Tod eines Aristokraten

Ein Lucy-Ann-Trotter-Krimi

Anya Wylde
Übersetzung: Sabine Warning

Contents

Title Page	
Danksagung	1
Prolog	2
Kapitel Eins	8
Kapitel Zwei	12
Kapitel Drei	20
Kapitel Vier	27
Kapitel Fünf	32
Kapitel Sechs	40
Kapitel Sieben	47
Kapitel Acht	55
Kapitel Neun	64
Kapitel Zehn	67
Kapitel Elf	73
Kapitel Zwölf	79
Kapitel Dreizehn	86
Kapitel Vierzehn	95
Kapitel Fünfzehn	100
Kapitel Sechzehn	104
Kapitel Siebzehn	113

Kapitel Achtzehn 118
Kapitel Neunzehn 124
Kapitel Zwanzig 129
Kapitel Einundzwanzig 132
Kapitel Zweiundzwanzig 137
Kapitel Dreiundzwanzig 147
Kapitel Vierundzwanzig 155
Kapitel Fünfundzwanzig 162
Kapitel Sechsundzwanzig 167
Kapitel Siebenundzwanzig 173
Kapitel Achtundzwanzig 183
Kapitel Neunundzwanzig 189
Kapitel Dreißig 193
Kapitel Einunddreißig 200
Kapitel Zweiunddreißig 207
Kapitel Dreiunddreißig 214
Kapitel Vierunddreißig 222
Kapitel Fünfunddreißig 228
Kapitel Sechsunddreißig 233
Kapitel Siebenunddreißig 238
WEITERE BÜCHER DER AUTORIN 246
About The Author 249

Danksagung

Für John, der unzählige Stunden damit verbracht hat, meine Bücher zu lesen und zu redigieren. Er hat mit Hingabe den Rotstift geschwungen und doch mein Schriftsteller-Ego gestärkt, wann immer es ins Wanken geriet. Ohne ihn wäre ich verloren.

Für Marcus und Daniel, die Lachen und Spaß in mein Leben bringen. Diese Kleinen haben mir mehr beigebracht, als ich mir hätte vorstellen können.

Für Portia, mein Fellknäuel, deren beruhigendes Gewicht ich ständig auf meinen Füßen spüre, wenn ich schreibe.

Prolog

Die dunklen Steinmauern und die gedrungene, krötenähnliche Bauweise von Gopshall standen in starkem Kontrast zu der atemberaubenden weißen ländlichen Kulisse.

Die warzenartigen Vorsprünge waren mit Schnee bestäubt und die Fenster glitzerten eisig auf die wilde, malerische Waldlandschaft, die sie umgab.

Es schneite wieder, und die zunächst weichen, zarten Flocken, die im Sonnenlicht tanzten, wurden schnell grausam, denn sie fielen immer weiter, schnell und schwer.

Die Wolken verdunkelten sich und der dicke Schneeteppich stieg höher und höher.

Der Wind nahm Fahrt auf, peitschte über das Gelände und verwandelte Schnee und Erde in einen chaotischen Wirbelwind. Er fegte weiter über das Land und prüfte die Fundamente der englischen Häuser, indem er mit seinem eisigen Schweif gegen Mauern und Fenster schlug.

Die Sonne kämpfte tapfer gegen die Wolken, doch sie scheiterte kläglich. Sie wurde zu einer blassen Version ihrer selbst und stürzte das Land in Dunkelheit.

Nach drei stürmischen Tagen ging dem Wind endlich die Puste aus und die Wolken lösten sich auf.

England atmete erleichtert auf. Sein Boden war gefroren, heimtückisch und totenstill.

Nach einer ruhigen Nacht steckten die Menschen ihre eiskalten Nasen aus Türen und Fenstern und schimpften über die dreckigen Schneehaufen, die das Land bedeckten.

Die Menschen auf dem Land entdeckten Zweige, Blätter und Schlamm, die durch die Schneehaufen gewirbelt worden waren, während die Londoner vom Anblick von Fischgräten, Mäusekadavern und bunten Hüten begrüßt wurden, die aus kleinen, grauen Schneehügeln ragten.

Das Spektakel auf dem Boden mochte vielleicht in der Stadt und auf dem Land sehr unterschiedlich gewesen sein, doch der klare Morgenhimmel, der auf ganz England herabschaute, trug das gleiche roségoldene Siegerlächeln.

Das Ende des Sturms war für die meisten Menschen ein Anlass zur Freude.

Die privilegierten Bewohner von Gopshall hingegen waren traurig, dass der Sturm so schnell vorüber war. Für sie war es eine amüsante Abwechslung gewesen und sie wünschten sich sehnlichst, dass sich irgendwo ein neuer Sturm zusammenbraute, der sie so bald wie möglich treffen sollte.

∞∞∞

∞∞∞

„Lady Willoughby?" Der Hausdiener kauerte in der Nähe der Tür.

„Ist mein Mann schon auf?"

„Ich weiß nicht genau..." Er schluckte.

Lady Catherine Willoughbys zierlicher Kopf schnellte hoch wie eine indische Kobra, die sich zum Angriff bereit machte. Ihre goldenen Löckchen tanzten im Feuerschein und ihre babyblauen Augen wurden eisig. Ihre spitze Nase schien noch spitzer zu werden, als sie ihre Augen zusammenkniff.

Die Augen des Hausdieners schossen von der Vase, die sich gefährlich nahe an Lady Willoughbys hübschen

Fingerspitzen befand, zu ihrer außergewöhnlich breiten Stirn. Er schwankte.

„Es tut mir leid." Nervös trat der Hausdiener einen Schritt zurück. Seine Haut war leichenblass und er sprach, als wäre er in Trance. „Aber ich muss eine dringende Angelegenheit mit seiner Lordschaft besprechen. Ich hatte gehofft, ihn hier vorzufinden. ...Vielleicht ist er noch im Bett..."

„Was ist los, George?" Lord Willoughby schlurfte am Hausdiener vorbei und hätte ihn beinahe umgestoßen. Er sah aus wie ein geflecktes Ei, das am unteren Ende aufgebrochen war, damit ein Paar spindeldürre Beine herausschlüpfen konnten. Seine Augen waren mit winzigen roten Adern durchzogen und seine Hautfarbe war ein wenig orange-grün.

Er stellte sich an den Kamin und seufzte, als ihn die Hitze aufwärmte. Er lehnte sich an den rosafarbenen Samtsessel und ließ seine Augen mit Bedacht vom Gesicht seiner Frau zu dem des Hausdieners wandern. Dabei vermied er es geschickt, die Kuchen und Brotscheiben auf dem Tisch anzusehen.

Lady Willoughbys Augen blieben an den flackernden Flammen kleben. Sie starrte sie so intensiv an, dass es den Anschein hatte, sie wolle das Feuer dazu zwingen, einen Hauch enthusiastischer zu brennen, gerade genug, um herauszuspringen und das riesige Hinterteil ihres Mannes zu verbrennen.

„Können wir bitte unter vier Augen sprechen?", flehte der Hausdiener.

„Sie können vor ihr sprechen", sagte Lord Willoughby, der nicht in Stimmung war, sein Arbeitszimmer anzusteuern wie ein Pirat, der seine Seebeine verloren hatte. Er hatte gestern Abend nur einen Fingerhut von dem Brandy getrunken und doch hatte er das Gefühl, seinen ganzen Körper in eine mit Gin gefüllte Wanne getaucht zu haben...

„Es ist eine heikle Angelegenheit."

Lord Willoughby lehnte sich fester an den Sessel und wedelte mit seiner Hand. „Sprechen Sie weiter. Hier ist niemand heikel."

Lady Willoughby legte eine blasse Hand an ihre Brust und

schnappte nach Luft.

„Kein Grund, dramatisch zu werden, meine Liebe. George weiß über deine Nerven genau Bescheid. Dick wie Eisenstäbe.“ Er lachte leise. „Habe stattdessen Mitleid mit meinen Nerven. Sie fühlen sich heute Morgen ein wenig zerrüttet an. Sie scheinen herumzuschwimmen wie verwirrte, betrunkene Würmer…“

„Mr. Beazley ist tot“, platzte der Hausdiener heraus.

Nach seiner Äußerung herrschte fassungsloses Schweigen.

Als niemand sprach, wiederholte sich der Hausdiener.

„Oh.“ Lord Willoughbys Beine gaben nach und er ließ sich in den Sessel sinken. „Sie müssen sich irren. Entweder das oder ich schlafe noch.“

„Ich habe ihn im Wald gefunden. Ihm wurde ins Herz geschossen ... überall im Schnee war Blut. I...Ich habe seine Leiche hierher geschleppt.“

„Hierher!“, kreischte Lady Willoughby. Es schien, als hätte ihr Mann recht, was ihre Sensibilität anging. Es dauerte nur einen Augenblick, bis sie sich wieder im Griff hatte. „Was meinen Sie mit Sie haben die Leiche hierher geschleppt. Wir haben gerade neue Teppiche verlegt…“

„Er liegt an der Türschwelle“, stellte der Hausdiener klar.

„Wie kannst du dir um den Teppich Sorgen machen, Catherine, wenn unser Gast tot ist?“, fragte Lord Claybrook, der gutaussehende jüngere Bruder von Lord Willoughby von der Tür aus.

Seine Größe und sein muskulöser Körper ließen den in rotbraunen und rosa Tönen gehaltenen Morgensalon sofort klein aussehen. Seine dunklen, intelligenten Augen wanderten von seinem Bruder zu dessen Frau und sein Gesicht verspannte sich sofort als sein Blick auf Letztere fiel.

Lord Willoughby ließ sich tiefer in den Sessel sinken und zog die Knie an. Seine Wimpern flatterten nervös, als er zu seinem Bruder aufblickte.

Lady Willoughby veränderte sich dagegen schlagartig. Ihre Knochen wurden weich und schienen in dem rosafarbenen

Hauskleid flüssig zu werden. Sie wirkte zerbrechlich, verführerisch und hilflos. Niemand hätte beim Anblick ihrer schlanken Taille geglaubt, dass sie drei Kinder zur Welt gebracht hatte.

„Oh, das versteht ihr nicht", sagte Lady Willoughby und drehte sich auf ihrem Stuhl so, dass sie ihm ihre bevorzugte Seite zeigte. „Es ist so schwer, ihn zu reinigen. Sagen Sie es ihnen, Rosie."

Ihr Hausmädchen antwortete sie nicht, da sie bei der Nachricht von dem Mord in Ohnmacht gefallen und auf dem Zitronenkuchen gelandet war.

Lord Claybrook ignorierte Lady Willoughby, zog einen Flachmann aus seinem Leibrock und sah sich suchend nach einem Becher um. Da er keinen fand, goss er ein wenig Brandy in eine orientblaue Vase und drückte sie dem Hausdiener in die Hand. „Trinken Sie aus. Sie zittern."

„Sie irren sich nicht?", fragte Lord Willoughby abermals.

Der Hausdiener schluckte den Brandy hinunter und schüttelte den Kopf.

„Bringen Sie ihn in den Salon. Die Leiche, meine ich", quiekte Lord Willoughby. „Das ist eine scheußliche Angelegenheit. Vater wird nicht erfreut sein."

„Ihn hereinbringen?", polterte Lady Willoughby. „Sicher nicht. Er gehört schließlich nicht zur Familie."

„Aber Catherine…", flehte Lord Willoughby.

„William, eine Leiche in Gopshall Manor? Ich werde nie wieder schlafen können."

„Wie kannst du nur so grausam und egoistisch sein?", schimpfte Lord Claybrook. „Ein Mann ist tot und du verlangst von uns, ihn an der Türschwelle liegenzulassen…"

„Es ist ja nicht so, dass er die Kälte spüren kann", schimpfte Lady Willoughby zurück. „Er ist tot. Sei doch vernünftig."

„Bringen Sie die Leiche herein", sagte Lord Claybrook und sah Lady Willoughby geradeheraus an. „Ein Mann ist ermordet worden und nur ein herzloser Mensch kann das getan haben."

„Denkst du, ich habe ihn getötet?“, fragte sie und sprang wütend auf.

„Der Schnee ist dick, was diesen Ort unzugänglich macht. Das bedeutet, jemand in diesem Haus hat Lord Beazley getötet.“

„Willst du damit sagen, dass wir einen Mörder in unserer Mitte haben, Richard?“, fragte Lord Willoughby entsetzt.

„Genau das will ich damit sagen, William.“

Das zweite Hausmädchen, das ein Silbertablett mit Kaffee, Sahne und Erdbeermarmelade in der Hand hielt, brach mit einem dumpfen Aufprall auf dem neu verlegten Teppichboden zusammen.

Kapitel Eins

Lucy Anne Trotter hing kopfüber an einem Baum. Das Seil schnitt in ihre Knöchel, während der Pfeil, der ihr rechtes Ohrläppchen knapp verfehlt hatte, an einem dicken Ast neben ihr zitterte.

Ihr Rock und ihre Unterkleider waren über ihre Augen gefallen, deshalb legte sie vorsichtig ihren Kopf frei und steckte so viel von dem grauen, wollenen Rock zwischen ihre Knie, wie sie konnte.

Ihre Knöchel und Waden waren immer noch zu sehen und wahrscheinlich auch ihr gesamter Hintern, aber zum Teufel mit der Schicklichkeit. Bei diesem Wetter war die Gefahr, zu erfrieren, viel größer als die, sensible Gemüter vor den Kopf zu stoßen.

Außerdem hatte Lord Adair, so viel sie wusste, nur eine Handvoll Diener. Sie erinnerte sich, seinen Hausdiener kennengelernt zu haben ... oder war er ein Butler gewesen? Er war ein komischer Kauz, mit seinem braunen Haar, das er mit einem roten Band auf seinen Kopf zusammenband und auffächerte wie einen Vogelschwanz.

Sie schüttelte stirnrunzelnd den Kopf und versuchte, sich auf dringendere Angelegenheiten zu konzentrieren, wie zum Beispiel darauf, ihre Haut zu retten.

Sie fühlte sich bemerkenswert ruhig, wenn man bedachte, dass sie gerade in eine Falle getreten war, aber sie hatte ihr ganzes Leben damit verbracht, von einem Fettnäpfchen ins nächste zu springen, ohne sich dazwischen auszuruhen.

Als sie im Waisenhaus gelebt hatte, hatte sie viele Schwierigkeiten, Krankheiten und Nöte überlebt. Sie war klein und hatte nicht viel Essen gebraucht, das hatte geholfen, ebenso wie ihr zäher Überlebenswille. Außerdem war sie wie eine verrückte Biene: fleißig und glücklich.

Sie war nicht gerne unglücklich, was die meisten Leute verblüffte. Menschen, so erkannte sie schon in jungen Jahren, suhlten sich lieber in Selbstmitleid und schwammen in einem Fluss des Elends, als ein Lächeln aufzusetzen und das Leben in vollen Zügen zu genießen.

Sie kicherte, als sie sich daran erinnerte, Liebesbriefe von der geizigen Köchin an den strengsten und gemeinsten Lehrer der Schule geschrieben zu haben, nachdem sie ungerecht bestraft worden war. Das Resultat war unerwartet gewesen. Die Köchin und der Lehrer verliebten sich ineinander und die Liebe, wie sie das nun mal an sich hat, weichte ihre harte Schale auf und der Umgang mit den beiden war fortan viel angenehmer gewesen.

Sie seufzte. Ach, verliebt zu sein, zu heiraten und einen Haufen Kinder zu bekommen.

Ihre Beine wurden taub und das brachte sie wieder in die Gegenwart zurück. Sie sollte sich wirklich daran machen, ihren Hals zu retten.

Sie holte tief Luft und stieß einen markerschütternden Schrei aus. „Hiiiilfeee!“

Ihr Pferd, das an eine majestätische Eiche gebunden war, wieherte mitfühlend. Sonst antwortete niemand.

Sie suchte das Gelände des Lockwood-Anwesens nach einem Lebenszeichen ab. Die Dächer des Anwesens waren schneebedeckt, wie dicker Zuckerguss auf einem üppigen, schweren Obstkuchen. Das Gras darunter schimmerte wie kandierter Zucker in der hellen Wintersonne und dunkle, blattlose Bäume standen hoch und gerade da wie Karamellstangen, stolz darauf, Teil des Landes der Familie Lockwood zu sein.

Ihr Magen knurrte. Sie hatte Hunger.

Ein kleiner Bach blinzelte ihr hinter einer schneebedeckten Hecke zu. Neben dem Bach war ein schmaler, mit trockenen Zweigen übersäter Weg, der sich in die Ferne schlängelte. Sie entdeckte einen tauenden Teich, der mit einer grauen Eisschicht überzogen war, einen mit gefrorenem Efeu bedeckten Stall und einen cremefarbenen Pavillon mit hübschen Bogenfenstern, aber nichts weiter, da ihre Sehkraft schlecht war.

Die Luft war still und berauschend durch den Duft von Zaubernuss und Winterjasmin, aber so kalt, dass es schwer war, sie einzuatmen. Die schneidende Luft brannte in ihren Nasenlöchern, deshalb atmete sie nur flach und wünschte sich verzweifelt, dass die Sonne nur ein kleines bisschen heller scheinen würde.

Sie riss ihren Blick von der wilden, hypnotischen Landschaft los und wünschte sich, dass die dicke Holztür des Anwesens auffliegen würde.

Nichts geschah.

Sie rief abermals, doch ein plötzlicher, eisiger Windstoß verschlang die meisten ihrer Worte.

Sie hatte Hunger, ihr war kalt und sie wurde verzweifelt. Der Schnee hatte ihre Kleidung und Handschuhe sowie ihre dünnen Stiefel durchnässt und arbeitete nun gerade an ihrer zweiten Schicht Wollsocken. Ihr entblößter Hintern fühlte sich wie ein Eisblock an.

Sie geriet in Panik. Vielleicht würde sie sich dieses Mal nicht retten können. Vielleicht war es das … ihr letztes und endgültiges Fettnäpfchen.

Sie öffnete ihren Mund und begann mit neuer Lebenskraft zu schreien wie eine verrückte Todesfee.

Das nächstgelegene Fenster sprang auf und eine wundervolle Stimme, die wie flüssiger Honig klang, fragte: „Wer zur Hölle macht diesen verflixten Krach?“

„Ich!“ Lucy griff nach ihren Röcken, die zwischen ihren Knien herausgerutscht waren, und riss sie sich erleichtert vom Gesicht.

„Wer, ich?“

„Lucy."

„Welche Lucy?"

„Lucy Anne Trotter."

Lord William Ellsworth Hartell Adair, der Marquis von Lockwood, internationaler Spion, berühmter Nationalheld, Retter des Königs und des Regenten und der schönste Mann Englands, erbleichte bei dieser Neuigkeit.

„Großer Gott, das kann nicht sein."

Kapitel Zwei

Lord Adair führte sie in einen staubigen blau-grauen Salon. Er hatte eine unglaublich hohe Decke, auf die dramatische Szenen gemalt waren. Sie zeigte fantastische Wesen aus der griechischen Mythologie in Gold, Rot und Preußischblauen.

Das Mobiliar war spärlich und staubig, der Teppich dick und dicht und die hohen Bogenfenster waren mit dicken blauen und silbernen Brokatvorhängen umrahmt, die zur Chaiselongue passten.

Ein seltsamer Geruch durchzog den Raum. Nach einem Moment erkannte Lucy, dass es eine Mischung aus alten Büchern, Whiskey und Leder war. Ein beunruhigender und ungewohnt maskuliner Geruch, bei dem ihre Nase zuckte.

Sie schob ihre Röcke beiseite, um Platz für ihn zu machen, und er setzte sich neben sie.

Das Feuer knisterte im Kamin, und sie beäugten sich gegenseitig misstrauisch.

Er trug einen Leibrock aus grüner Seide, der seine Muskeln fließend umspielte. Seine dunklen Augen, die von langen, dichten Wimpern umrahmt wurden, waren schläfrig und verhangen, während seine feinen, aristokratischen Züge im fahlen Morgenlicht ein wenig schelmisch wirkten. Sein Haar war ein bisschen unordentlich, und sie wusste instinktiv, dass ihn das stören würde, sollte er es bemerken.

Er war gutaussehend ... viel zu attraktiv für jemanden wie sie.

Sie erschauerte.

Er sprang plötzlich auf und verließ den Raum.

Sie saß auf der äußersten Kante des Sofas und hielt sich verwirrt an ihren Röcken fest.

Hatte sie ihn irgendwie beleidigt? Roch sie vielleicht komisch? Sie beschnupperte sich diskret. Sie roch wie eine verschneite Suppe aus Fichtenholz, Zweigen und Kaninchenkot.

Genauso unvermittelt, wie er gegangen war, kam er zurück und hatte eine dicke weiße Felldecke dabei, die er ihr über die Schultern warf. Sie quiekte.

Vorsichtig drückte sie die Ränder an ihren zitternden Körper, weil sie befürchtete, dass der Schmutz von ihrem Kleid auf das reine, weiße Fell abfärben würde, aber die Wärme, die sie spendete, war zu einladend, als dass sie sie ablehnen konnte. Sie wickelte die Decke so eng wie möglich um sich und wünschte, sie könnte sich zurücklehnen und es richtig genießen.

Er schürte das Feuer, bis es heiß und hell loderte und läutete nach Erfrischungen.

Sie bewegte ihre blauen Finger und fühlte sich unsicher und unbehaglich. Sie hatte das Gefühl, ein unerwünschter Eindringling zu sein, den man eigentlich in die Küche zu den Dienern schicken müsste und nicht so behandeln sollte, wie er sie behandelte ... wie eine Dame, die seiner persönlichen Aufmerksamkeit würdig war.

Sie blickte auf und sah, wie er ihr Gesicht musterte. Konnte er ihre Gedanken lesen? Viele Leute dachten, er hätte alle möglichen seltsamen Kräfte. Sie sagten, er könne die Zukunft vorhersagen, Gedanken lesen und gegen hundert Männer auf einmal kämpfen. Aber das stimmte doch sicher nicht, oder?

Sie wandte ihren Blick von seinen dunklen, wissenden Augen ab. Er sah viel besser aus, als es irgendjemandem zustand, und hatte Dinge erreicht, die kein gewöhnlicher Mann erreichen konnte.

Er seufzte. Sie öffnete den Mund, um ihm eine Frage zu stellen, bemerkte aber, dass ihre Zähne klapperten. Sie presste ihre Kiefer zusammen und senkte den Blick.

„Sie werden sich bald besser fühlen“, sagte er sanft.

Sie nieste und nickte. Die Freundlichkeit in seiner Stimme ließ Tränen in ihre Augen steigen.

Er holte ein Tongefäß aus seiner Tasche und öffnete es. Sie richtete ihren Blick darauf und beäugte es neugierig. Es enthielt eine gelbe Paste mit einem erdigen Geruch.

„Halten Sie still", sagte er und begann, die Salbe auf die kleine Wunde an der Spitze ihres Ohrs aufzutragen. Der Pfeil hatte es tatsächlich geschafft, es zu streifen. Die Kälte hatte den Schmerz betäubt und sie bemerkte ihn erst jetzt, da sie allmählich auftaute.

Sie starrte entschlossen auf sein Kinn, mucksmäuschenstill, kaum atmend. Er brauchte ihr nicht zu sagen, dass sie stillhalten sollte, dachte sie nervös. Ihm so nahe zu sein, ließ jede Frau in England vor Freude erstarren.

Allerdings war das, was sie empfand, nicht angenehm. Es war eine Mischung aus Angst, Besorgnis und Ehrfurcht.

Er war Lord William Ellsworth Hartell Adair, der Marquis von Lockwood, während sie eine Waise mit fragwürdiger Herkunft war. Er könnte sie fesseln und in den Kerker werfen oder sie erschießen und sagen, er hätte es für England getan, und niemand würde sein Wort anzweifeln.

Sie erschauderte. Sie hatte ihn schon einmal um Hilfe gebeten, aber damals war sie gerade widerwillig von der Leiterin des Waisenhauses, *The Brooding Cranesbill*, die Welt entlassen worden.

Sie war naiv und herzzerreißend dumm gewesen.

Doch in den letzten Monaten hatte sie ein paar Lektionen gelernt. Sie hatte gelernt, dass die Welt viel feindseliger war, als sie gedacht hatte, dass es unmöglich war, die Ereignisse oder Menschen um sie herum zu kontrollieren und vor allem, dass Leute wie sie sich von Aristokraten fernhalten sollten.

Und doch saß sie hier vor einem Blaublütigen, der nur einen Atemzug von ihr entfernt war und noch dazu ihr Ohrläppchen berührte.

Ein überaus glückliches Ohrläppchen.

Sie konnte sich vorstellen, wie eifersüchtig die Damen der

vornehmen Gesellschaft wären, wenn sie jemals erfahren würden, dass das kalte Ohrläppchen einer einfachen Gouvernante von keinem Geringeren als Lord Adair gepflegt worden war.

Er räusperte sich. „Wollten Sie mich etwas fragen?"

„Wie?"

„Hören Sie auf, zu starren."

Sie blinzelte wütend. „Ich habe nicht gestarrt. Ich habe nachgedacht. Und während ich nachgedacht habe, ist mein Blick zufällig auf Ihnen gelandet. Ich habe Ihre Gesichtszüge nicht wahrgenommen. Es war alles so verschwommen. Meine Gedanken waren ganz woanders..."

„Miss Trotter."

„Hmm?"

„Sie schwafeln wie eine Närrin. Trinken Sie etwas Tee."

Sie funkelte ihn wütend an. „Ich schwafle nicht."

Er richtete seine Augen auf die Decke, als würde er die darauf gemalten Zentauren anflehen, ihn vor einem Schwachkopf zu retten.

„Wollten Sie mich etwas fragen?", wiederholte er langsam.

„Haben Sie meine Unterwäsche gesehen?", platzte sie heraus und schlug sich gleich darauf die Hände vor den Mund.

„Was?"

Sie stellte sich dieselbe Frage. Warum in aller Welt hatte sie das gesagt? War ihr Kopf erfroren, aufgetaut und dann zu Brei geworden? Oder war der Schaden dadurch entstanden, dass sie über einen längeren Zeitraum kopfüber gebaumelt war?

Er wischte sich die Finger am Rand des Tongefäßes ab, stellte es auf den Tisch und zog dann eine Zigarre aus seiner Tasche. Er wartete auf ihre Antwort und seine Augen funkelten.

Sie warf ihm einen wütenden Blick zu. Er hatte den ganzen Tag Zeit, auf dem Sofa herumzulümmeln, Zigarren zu rauchen und Schnupftabak zu ziehen, aber ihr lief die Zeit davon. Sie holte tief Luft und sagte hastig: „Ich baumelte kopfüber, und meine Röcke hingen über meinem Kopf. Haben Sie das gesehen?"

Er schnitt seine Zigarre an und sagte sanft: „Meine Liebe, das ist keine sehr *damenhafte* Frage."

„Dann *haben* Sie also hingesehen!", keuchte sie und wurde feuerrot.

„Was machen Sie hier?" Er warf die Zigarre weg und sah zu, wie sie vom Tisch rollte und auf dem Teppich landete.

In diesem Augenblick kam der Butler herein und stieg darauf. Er warf einen Blick auf die zerdrückte Zigarre und den Tabakfleck und ignorierte dies. Jeder Butler, der etwas auf sich hielt, würde nach einem Dienstmädchen rufen, damit es mit einem Wischmopp angerannt kommt. Sie runzelte die Stirn.

Lord Adair schien seine Inkompetenz nicht zu stören.

Der Butler – sie nahm an, dass er das war – stellte krachend ein Teetablett auf dem Tisch ab. Etwas von dem Tee schwappte aus der Tasse auf das angelaufene Silbertablett.

Sie bemerkte, dass sein Haar heute mit einem blauen Band gebunden und so frisiert war, dass es dem Schwanz eines Sumpfrohrsängers ähnelte. Am liebsten wäre sie aufgesprungen, hätte sein Band ins Feuer geworfen und ihn dafür gescholten, dass er einen guten Mann wie Lord Adair ausnutzte.

Der Butler wiederum beäugte sie neugierig. Sein knochiges Gesicht war voller scharfer Falten.

Lord Adair gab einen Schuss Brandy in die Tasse und reichte sie ihr. Der Butler nahm das als Signal zu gehen.

Dankbar schluckte Lucy den süßen, heißen Tee. Der Brandy wärmte sie und besänftigte ihre Empörung über den Butler. Die kleinen, harten Waffeln, die er ihr entschuldigend anbot, füllten ihren Magen und sie fühlte sich schon viel besser.

„Sind Sie bereit, zu sprechen?", fragte Lord Adair.

Lucy richtete sich auf ihrem Platz auf und nickte. „Ich bin so unendlich dankbar, dass Sie mir die Stelle als Gouvernante in Gopshall besorgt haben, aber…"

„Aber?"

„Die Kinder sind Ausgeburten des Teufels. Alle fünf."

„Sie wollten eine Gouvernante sein. Sie sagten, Sie

würden Kinder mögen."

„Ich mag die meisten Kinder. Im Waisenhaus habe ich ein paar schreckliche gesehen, die alles für ein Stück Apfel tun würden. Lord Willoughbys Kinder hingegen sind undankbare kleine Bestien, die mit Fleisch und Nachspeisen vollgestopft werden..."

„Es ist Ihre Aufgabe, dafür zu sorgen, dass sie sich benehmen."

„Aber ich wurde gefoltert", sagte sie flehentlich. „Sie haben Kröten in mein Bett gesteckt, Kuhmist in mein Kopfkissen, haben meine Lieblingsspitze zerschnitten und alle meine Nachspeisen gestohlen!"

„Haben Sie sich bei Lady Willoughby beschwert?"

„Das habe ich, aber sie sagte, ich solle sie nicht mit solchen Kleinigkeiten behelligen. Also habe ich getan, was jeder in meiner Lage tun würde. Ich habe Kröten in ihr Bett gesteckt, Kuhmist in ihre Kissen und ihre Nachspeisen gestohlen."

Er riss die Augen auf. „Dann hat man Sie also hinausgeworfen?"

„Nicht direkt. Lady Willoughby war wütend, aber sie schien sich mehr über meine Nähkünste als über meine Rachemethode aufzuregen. Ich kann nicht nähen, wie Sie an meinem eigenen Kleid sehen können. Ein Ärmel ist länger als der andere. Wenn ich in die Nähe eines Nähkorbs komme, koppeln sich meine Finger irgendwie von meinem Verstand ab, und das Ergebnis ist meistens erbärmlich. Ich versichere Ihnen, das ist mein *einziger* Fehler. Ich bin eine hervorragende Bäckerin, ich spreche Französisch, schreibe ausgezeichnete Briefe..."

Er hob die Hand.

Lucy fuhr eilig fort. „Lady Willoughby bat mich, ihr Kleid zu ändern, und als ich fertig war, fehlten einige wichtige Teile des Kleides, wie das Mieder und ein Teil des Rocks."

„Und man hat Sie hinausgeworfen?"

„Nicht direkt. Gleich nachdem Lady Willoughby meine Ohren beleidigt hatte, weigerte sich einer der Teufel ... ich meine, eines der Kinder, ins Bett zu gehen. Er ist der Älteste der Bande und hatte mir das mit den Kröten und dem Mist noch nicht verziehen, also jagte ich ihn durchs Haus..."

Lord Adair presste die Lippen zusammen und bedeutete ihr, fortzufahren.

Sie nickte und fuhr tapfer fort: „Und dann rannte er ins Arbeitszimmer. Sein Vater, Lord Willoughby, war bereits im Zimmer, versteckte sich am Bücherregal, knabberte an einer Hühnerkeule und war sturzbetrunken. Lady Willoughby mag es nicht, wenn er zu viel isst, also versteckt er sich in der Bibliothek und isst ein zweites Abendessen. Er ist klein und rund und sieht aus, als würde er jeden Moment platzen, also nehme ich an, dass sie in gewisser Weise recht hat ...."

„Fahren Sie mit Ihrer Geschichte fort."

„Der Junge rannte an seinem Vater vorbei, schlug ihm das Hühnerbein aus der Hand und versteckte sich hinter dem Bücherregal. Natürlich rannte ich dem Jungen hinterher. Das musste ich schließlich auch. Er hätte seine schmierigen Hände über die ganzen Bücher streifen können."

„Und?"

„Nun, der Boden ist aus Marmor. Wussten Sie, dass die Bediensteten ihn jeden Tag polieren, damit er glänzt? Ich versuche manchmal, mein Spiegelbild darin zu sehen, aber irgendwie stimmt das Licht nie. Jedenfalls bin ich dem Bengel hinterhergelaufen. Habe ich schon das Huhn erwähnt?"

„Das Huhn, das er gegessen hat, das ihm von seinem Sohn abgenommen wurde. Ja, das haben Sie", sagte er und schloss die Augen, als ob er schon wüsste, was jetzt kommen würde.

„Sie haben ein gutes Gedächtnis. Ich hingegen nicht. Ich vergaß das Huhn und als Nächstes trat ich darauf, rutschte aus und flog durch die Luft. Lord Willoughby versuchte, mir zu helfen, indem er mich an der Schulter packte, aber mein Flug war zu schnell und zu kraftvoll. Ich prallte gegen ihn und warf ihn um, und dann fand ich mich auf ihm liegend wieder, während er unter mir landete."

„Wir keuchten beide sehr laut und versuchten, zu Atem zu kommen und uns zu orientieren, und in diesem Moment kamen

Lady Willoughby und ihre beiden Dienstmädchen herein. Ich hörte, wie sie ihnen sagte, sie sollten mich im Zimmer einsperren. Sie wollte mir mein ganzes Geld wegnehmen, weil ich nichts davon verdiente, und dann meine Strafe festlegen."

„Dann sind Sie also weggelaufen?"

„Nicht direkt. Ich dachte, Lord Willoughby würde seiner Frau die Situation erklären und alles wäre vergeben..."

„Kommen Sie zum Punkt, Miss Trotter."

„Lord Beazley war ein Gast in Gopshall. Er wurde gestern Morgen ermordet, und sie sagten ... ich hätte es getan."

Kapitel Drei

Lord Adair schenkte ihr noch eine Tasse Tee ein. „Haben Sie es denn getan?“

„Nein! Warum sollte ich einen Fremden töten?“

„Und doch glauben Lord und Lady Willoughby, dass Sie es waren.“

„Weil sie denken, dass die Kugel für Lord Willoughby bestimmt war. Sie glauben, ich hätte versucht, ihn wegen dieser ganzen Hühnergeschichte zu verführen. Als das nicht klappte, sagten sie, ich hätte einen Tobsuchtsanfall bekommen und ihn erschossen. Auch die Tatsache, dass jemand in dem letzten Haus ermordet wurde, in dem ich gearbeitet hatte, schien sie davon zu überzeugen, dass ich schuldig bin.“

„Weshalb denken sie, dass die Kugel für Lord Willoughby bestimmt war?“

„Weil Lord Beazly Lord Willoughbys Kleidung trug, als er erschossen wurde. Und da die beiden ähnlich gebaut waren, hätte der Mörder sie miteinander verwechseln können.“

Sie hob ihre Hand. „Ich weiß, was Sie mich als nächstes fragen wollen.“

Als er schwieg, fuhr sie fort. „Lord Beazley kam vor ein paar Tagen in unserem Haus an. Sein Hausdiener hätte ihm in einer anderen Kutsche mit seinen Habseligkeiten folgen sollen. Doch es fing an zu schneien und der Hausdiener wurde vermutlich durch den Sturm aufgehalten, also hatte Lord Beazley nichts anzuziehen. Lord Willoughby war so freundlich, ihm seine Kleidung zu leihen. Am ersten Abend, als sie Karten spielten, wetteten sie sogar darum, wer den schönsten seidenen Leibrock bekommen würde."

Lord Adair schlug seine Knöchel übereinander und lehnte sich zurück. Er schien in Gedanken versunken und sie verstummte.

Sie beobachtete die flackernden Flammen und fühlte sich unwohl. Die brennenden Holzscheite sprühten Funken, ein paar flogen sogar aus dem Rost und erreichten ihre Röcke. Sie atmete tief durch, um ihre Nerven zu beruhigen und das plötzliche Bild von Lockwood, das in Flammen aufging, vor ihrem geistigen Auge zu vertreiben.

Schließlich sprach er. „Ich hätte Sie gerne noch etwas länger hierbehalten und mich vergewissert, dass Sie nach Ihrem Abenteuer heute Morgen keine gesundheitlichen Schäden davongetragen haben und vielleicht den Arzt gebeten, einen Blick auf Sie zu werfen, und Ihnen etwas Herzhafteres zu essen geben..."

„Ich bin kein Kind", sagte sie mit finsterer Miene.

Er fuhr fort, als hätte sie nichts gesagt. „Doch ich denke, wir müssen sofort nach Gopshall Manor."

Er glitt vom Sofa und begann, darunter zu kramen. Kurz darauf kam er mit einem Spazierstock in der Hand wieder hervor. Er war schwarz und hatte oben einen silbernen Gepardenkopf. Lord Adair ergriff ihn und sprang auf.

„Wir müssen uns beeilen, *Kind*", sagte er mit einem leichten Lächeln. „Es wird mir viel schwerer fallen, die Wahrheit herauszufinden, wenn wir ankommen, nachdem Lord Willoughby den Herzog darüber informiert hat, dass Sie Lord Beazley ermordet haben."

„Sie werden doch nicht zulassen, dass sie mich hängen, nicht wahr?" Voller Angst umklammerte Lucy seinen Arm.

Er starrte einen Augenblick auf sie herab, dann wurde sein Gesicht weicher. „Wenn Sie ihn nicht getötet haben, dann werde ich mein Möglichstes tun, um Ihre Unschuld zu beweisen."

Erleichtert ließ Lucy die Schultern sinken.

Danach ließ er sie alleine, um Vorbereitungen für ihre Abreise zu treffen. Er drängte sie dazu, sich näher ans Feuer zu setzen, und so viel von ihrer Kleidung zu trocknen, wie möglich.

Sie wagte nicht, näher an den Kamin zu rücken, doch sie breitete ihre Röcke aus und zog die Schuhe aus, um ihre Füße zu trocknen. Irgendwann schlief sie im Sessel ein.

Ein leichtes Tippen auf ihre Schulter weckte sie.

Die späte Morgensonne strömte wie breite Lichtstreifen in den Raum. Sie blinzelte und rieb sich die Augen, als sie Lord Adair entdeckte, der auf sie herabblickte.

Er trug eine dunkelblaue Weste unter einem schweren grauen Wollmantel. Die vergoldeten Knöpfe an seinen Kragen und Manschetten glitzerten im Licht. Außerdem trug er Hirschlederhosen, gerippte Wollstrümpfe und Reitstiefel. Auf seinem Kopf saß ein dunkelgrauer, mit schwarzem Satin besetzter Hut. In der Hand hielt er den Geparden-Spazierstock. Ein weicher rosafarbener Pashmina lag über seinem Arm.

Jetzt hielt er ihr das Schultertuch hin.

Sie streckte die Hand aus, berührte es abwesend und dachte, das sei alles ein wunderbarer Traum. Doch mit einem Mal erinnerte sie sich an die Ereignisse des Vortages. Hastig setzte sie sich auf und glättete sich verlegen ihr Haar. Hatte sie gesabbert? Du liebe Güte, wenn sie nun auf Lord Adairs Kissen gesabbert hatte? Hektisch tupfte sie sich die Mundwinkel ab und ging dann daran, den Sessel nach irgendeinem einen Anzeichen von Beschädigung abzusuchen. Hatte sie ihn mit Dreck beschmiert?

„Was um alles in der Welt machen Sie da?“ Er hielt ihre Hand fest, um sie zur Ruhe zu bringen.

Sie erstarrte wie ein Vogel, der in einer Falle gefangen war. „Ich“, sie schluckte. „I … nichts.“

„Nehmen Sie das Schultertuch und kommen Sie. Die Kutsche ist bereit.“

„Es ist zu schön“, sagte sie zögernd.

„Ihr Mantel hat eine scheußliche Farbe. Sie sehen aus wie eine ausgehungerte Ratte, der Fell fehlt. Nehmen Sie einfach das verdammte Schultertuch, Mädchen, und beeilen Sie sich."

Sie sprang auf die Füße, um seine Anordnung auszuführen, warf sich das Tuch um die Schultern, zog sich hastig die Schuhe wieder an und raste hinter ihm her.

Der Landauer mit seinen glänzenden Glasfenstern und den weichen cremefarbenen Ledersitzen wirkte einladend. Die Pferde wieherten ungeduldig, stampften mit den Füßen und forderten sie auf, ihre Schritte zu beschleunigen.

Der Butler half ihr hinein und beäugte sie dabei misstrauisch.

„Barnaby, bitten Sie die Kapitänin, zu bleiben, bis ich zurück bin", sagte Lord Adair an den Butler gewandt, der, wie sie später bemerkte, gleichzeitig der Kutscher war.

Barnaby. Sie lächelte. Der Name passte nicht zu ihm, machte ihn aber weniger bedrohlich. Und wer war die Kapitänin?

Lord Adair setzte sich ihr gegenüber und klopfte an die Wand. Kurz darauf setzte sich die Kutsche in Bewegung.

„Mein Pferd", keuchte sie plötzlich.

„Ist an dieses Gespann angeschirrt", sagte er ruhig. „Es wird nach Gopshall zurückgebracht, wo es hingehört."

„Ich wollte damit nicht sagen, dass es mir gehört. Das war nur so eine Redensart."

„Ich verstehe."

„Die Kätzchen?", fragte sie kurz darauf.

„Ah, die, die Sie bei mir gelassen haben, bevor Sie Ihre neue Stellung angetreten haben. Sie gedeihen prächtig. Ich gab sie der Kapitänin. Sie hat viel Freude mit ihnen."

„Der Kapitänin?"

„Meiner Köchin."

„Oh."

In diesem Augenblick schwebte ein Rabe herein und ließ sich auf Lucys Schulter nieder.

„Spinoza! Du bist mir gefolgt!", rief sie erfreut aus.

Er schüttelte verdutzt den Kopf. „Ein Rabe als Haustier. Sie sind Einzelgänger, aber dieser hier scheint gesellig zu sein.

Vielleicht ist er auch nur eine riesige Krähe."

„Pst, Sie verletzen sonst seine Gefühle", rügte sie und biss sich gleich darauf auf die Lippen. Sie sollte sich wirklich daran erinnern, wer ihr gegenüber saß und ihre Zunge im Zaum halten.

Er beugte sich vor. „Lucy?"

Ihr Name aus seinem Mund traf sie wie ein Blitzschlag. Sie sah ihm in die Augen und war verblüfft von der Intensität seines Blickes.

„Verlieren Sie nicht den Mut", sagte er leise. „Verlieren Sie nicht Ihr Feuer und werden eine von ihnen. Haben Sie keine Angst vor mir."

Das klang fast wie eine Bitte. Es verwirrte sie. Sie nickte, obwohl sie nicht ganz verstand, was er meinte.

Danach sprach er nicht mehr viel und blieb den Rest der Fahrt in Gedanken versunken.

Für die Reise, die höchstens eine Stunde hätte dauern sollen, brauchten sie drei, da der Lakai und der Kutscher immer wieder anhalten und die Schneeverwehungen beseitigen mussten, die ihnen den Weg versperrten.

Die Verzögerung machte sie nervös. Ihr war heiß, sie fühlte sich unwohl und ihr war ein wenig schlecht. Der Kutsche konnte sie keine Schuld an ihrem flauen Magen geben, da sie gut gefedert war.

„Ich habe noch nie gesehen, dass es so heftig schneit", sagte sie schließlich und brach das Schweigen.

„Es ist ungewöhnlich."

„Beängstigend", nieste sie. „Diese Verwehung ist auf halber Höhe des Baums."

„Es ist ein kleiner Baum."

Sie wühlte in ihrer Tasche, zog ein Stück Obstkuchen heraus, das in ein Taschentuch gewickelt war und bot es Lord Adair an. „Das wird Sie aufwärmen. Die Rosinen sind in Rum getränkt."

Er lehnte höflich ab. „Nein, danke. Erzählen Sie mir von Lord Beazley. Als er ankam, in welcher Stimmung war er da? Wie hat der Haushalt reagiert, als sie ihn sahen? Alles, an das Sie sich erinnern können."

Nachdenklich stocherte sie in den Krümeln herum, froh, dass er ihr etwas zu tun gegeben hatte. „Vor drei Tagen, spät am Abend, war ich gerade im Garten und versuchte, die Kinder ins Haus zu holen. Es war kalt und das Licht schwand schnell, als eine Kutsche die Auffahrt entlangfuhr. Wie blieben stehen und sahen einen beleibten Mann aussteigen und die Stufen hinaufgehen. Der Butler ließ ihn ein, und das war alles, was ich an diesem Tag von ihm gesehen habe. Die Köchin teilte mir spät in jener Nacht mit, dass der neue Gast Lord Beazley sei. Die nächsten zwei Tage verbrachte er zurückgezogen mit Lord Willoughby in dessen Arbeitszimmer. Ich esse nicht mit der Familie, deshalb habe ich ihn auch nicht beim Abendessen gesehen. Und im nächsten Moment beschuldigen sie mich, den Mann ermordet zu haben."

„Ist das alles, was Sie mir sagen können? Schien jemand nach seiner Ankunft verändert? Nervöser oder glücklicher oder überhaupt irgendwie ungewöhnlich?"

Lucy schüttelte den Kopf. „Ich habe nicht viel mit der Familie zu tun. Die Kinder sind schwierig und beanspruchen den Großteil meiner Zeit. Soweit ich weiß, hatte sich nichts verändert."

„Erzählen Sie mir von den Menschen im Haus."

„Wie Sie wissen, beaufsichtige ich Lord Willoughbys fünf[SW1] Kinder. Drei sind von seiner jetzigen Frau, Catherine Willoughby, und die anderen von seiner vorherigen Frau, die tragischerweise im Kindbett gestorben ist. Außer ihnen ist da noch Lord Claybrook, Lord Willoughbys verwitweter Bruder, der mit seinen zwei Kindern und deren Gouvernante, Miss Jane Peyton, zu Besuch gekommen ist. Lord Aston, der Besitzer von Gopshall Manor und der Vater von Lord Claybrook und Lord Willoughby, ist ebenfalls ein Bewohner, auch wenn man ihn selten sieht. Die Diener..."

Er hob die Hand. „Das reicht einstweilen. Danke schön, Miss Trotter." Er schloss die Augen und legte den Kopf zurück an den Ledersitz.

Sie war sich nicht sicher, ob er nachdachte oder döste. Sie betrachtete sein hübsches Profil und verwöhnte ihre Augen einen Moment lang. Sie versuchte, ihre Sorgen beiseite zu schieben und Vertrauen in ihn zu haben.

Es war schwierig. Sie bat ihn, sich gegen seinesgleichen zu stellen und ihr zu helfen. Was, wenn er sie nun an Lord Willoughby auslieferte, sobald sie Gopshall Manor betraten? Was, wenn seine Freundlichkeit eine List war?

Sie starrte aus dem Fenster. Emotionen brodelten in ihrem Magen. Sie hatte keine Wahl. Zu Lord Adair zu gehen, war ein verzweifeltes Glücksspiel gewesen, und nun hatte sie die Karten ausgespielt und konnte nur noch abwarten und das Beste hoffen.

Die Pferde trabten durch den Schnee und wirbelten dabei weißen Staub auf dem Boden auf. Der Wind strich über das gepuderte Eis und schuf Wirbel aus Rauch und Nebel. Es war wunderschön und unheimlich zugleich.

Sie biss ein großes Stück von dem Kuchen ab und ahmte Lord Adairs Haltung nach. Der Rest der Antworten lag in Gopshall Manor und sie hoffte, dass es ihm gelingen würde, sie auszugraben und ihre Unschuld zu beweisen.

Kapitel Vier

Jane

Miss Jane Peyton faltete die Zeitung auseinander und las mit leiser, fester Stimme:

‚Das Fest zur Feier der Regentschaft des Prinzen wurde zu einer außergewöhnlichen Angelegenheit.

Gerüchten zufolge kamen Tausende, um an der Veranstaltung teilzunehmen. Der Regent genießt keine solche Verehrung. Wir denken vielmehr, dass Neugier die Menschen dazu trieb, an den Toren zu erscheinen. Die braven Engländer haben wohl angenommen, dass der ‚Regent' in Wahrheit eine neu erworbene Kuriosität war.

Wir hörten auch, dass sich während der ausschweifenden Feier viele Männer die Gliedmaßen gebrochen und einige Frauen ihre Kleidung verloren haben. Wie das alles zustande kam, ist noch immer ein Rätsel.

Menschen mit empfindlichen Gemütern mieden die Veranstaltung vernünftigerweise, da sie es nicht für richtig hielten, die Tatsache zu feiern, dass der König den Verstand verloren hat.

Es gibt noch eine Neuigkeit: Lady V.M. ist mit ihrem zweiten Lakaien durchgebrannt.'

Lady Willoughby runzelte die Stirn. „Ich bin froh, dass ich nicht teilgenommen habe. Das klingt schrecklich."

Es dauerte einen Augenblick, bis Jane aufhörte, rot zu werden und ihre Fassung wiedergewann. Die Klatschspalten waren schockierend. Sie legte die Zeitung weg, nahm schnell ihre Stickerei zur Hand und machte sich an die Arbeit.

„Sie sind weitaus versierter als diese furchtbare Miss Trotter." Lady Willoughby betrachtete Janes kleinen, dunklen Kopf wohlwollend. „Sie sorgen dafür, dass sich Claybrooks Kinder wunderbar benehmen. Ich habe noch nie gehört, dass *Sie* sich beklagen, und Ihre Gesellschaft ist beruhigend. Ich wünschte, ich könnte Sie von Claybrook wegholen. Ich vermute, das liegt an Ihrer Erziehung. Eine Lady, egal, wie verarmt, wird *immer* eine Lady bleiben."

Janes Hand rutschte aus und die Nadel stach in ihre Haut. Sie unterdrückte einen Schrei und leckte an ihrem Daumen.

„Ich hoffe, Miss Trotter wird gefasst", sagte Rosie, das Dienstmädchen der Lady. Sie stellte die Teekanne auf den Tisch und schimpfte. „Ich habe sie noch nie gemocht, Miss."

„Sind Sie denn sicher, dass sie ihn getötet hat?", fragte Jane vorsichtig.

In diesem Augenblick kam Lord Willoughby herein. „Wer sollte es sonst gewesen sein?", fragte er gereizt. „Sie ist sofort weggelaufen, als wir sie befragt haben. Wenn sie ehrlich gewesen wäre, wäre sie geblieben und hätte ihre Unschuld bewiesen."

Er nahm gegenüber von seiner Frau Platz und blickte zu Jane hinüber. Seine Augen wanderten schnell und fachkundig über ihre Figur und verharrten bei ihren vollen Lippen und ihrer schmalen Taille.

Jane sank auf ihrem Stuhl zusammen. Sie war nicht schön wie Lucy, sondern eher der Typ, der einem ans Herz wuchs wie eine exotische Delikatesse. Zunächst wirkte sie unscheinbar, doch dann brachte ihr Lächeln ihre braunen Augen zum Strahlen und ließ sie fast hübsch erscheinen. Ihre Haut war rein und ihr Mund süß und einladend. Sie war schlank und immer sauber gekleidet.

Lord Willoughby nahm eine Tasse Tee von Rosie entgegen und fuhr fort: „Ich bin froh, dass wir den Täter so schnell gefunden haben. Ich glaube nicht, dass Sie mit einer solch üblen

Angelegenheit fertig geworden wären, wenn sie noch länger gedauert hätte, meine Liebe."

Lady Willoughby schob ihrem Mann einen Teller mit Sandwiches zu. Angewidert kniff sie die Augen zusammen, als er zwei nahm und sie sich in den Mund steckte.

„Sie sind so zart", sagte er und Brotkrümel regneten aus seinem Mund. Ein Stück Huhn hängte sich an seinen ungleichmäßigen Bart und steckte fest. „Sie sollten sich nicht mit einer solch furchtbaren Sache herumschlagen müssen. Ich bin überrascht, dass Sie sich nicht für vierzehn Tage ins Bett zurückgezogen haben."

Lady Willoughby heftete ihre Augen an das Feuer. Ihre Hände krampften sich um ihre Röcke zusammen und ihr Mund war zu einer dünnen Linie zusammengepresst. Er verhöhnte sie.

Jane schlang ihr Tuch enger um die Schultern und beugte sich noch tiefer über ihre Stickerei. Sie wünschte, sie könnte in das Blumenbeet eintauchen, das sie gerade stickte, und darin verschwinden.

Als Gouvernante war sie in einer eigentümlichen Position. Anders als die Bediensteten, musste sie nicht wie ein Schatten herumhuschen und ihr Bestes tun, um unsichtbar zu bleiben. Sie durfte mit der Dame des Hauses sprechen und etwas mehr Respekt fordern.

Doch wenn die Männer den Raum betraten, verschwand sie in den Hintergrund und wurde Mitwisserin intimer Gespräche, hässlicher Streits und gefährlicher Geheimnisse.

Das war gerade ein solcher Moment. Sie konnte spüren, dass sich das Paar auf einen Streit vorbereitete. Die Luft fühlte sich schwer und bedrückend an, als würde ein riesiger Elefant über ihnen schweben, bereit, sie jeden Augenblick unter sich zu begraben.

Jane rieb sich den Nacken und blickte zur Tür. Die Kinder schliefen im Kinderzimmer. Vielleicht sollte sie nach ihnen sehen.

Sie schickte sich gerade an, aufzustehen, als die Tür aufflog und Mr. Underhill, der Butler, hereinstürmte.

„Erhasiegefundn", keuchte er.

„Hä?" Lord Willoughby blickte ihn fragend an.

Der Butler umklammerte den Türgriff so fest, dass seine Finger weiß wurden.

„Er hat Lucy gefunden", wiederholte der Butler langsam.

„Wo?" Lady Willoughby setzte sich auf.

„Wer hat sie gefunden?", fragte Lord Willoughby im selben Moment.

„Sie ist gerade mit einer Kutsche eingetroffen!", rief der Butler aus.

„Kutsche?", wiederholte sie stirnrunzelnd.

„Sie trägt das Zeichen von Lockwood."

„Der Marquis!" Lady Willoughby sprang auf. „Lord Adair!"

„Das kann nicht sein." Lord Willoughby zitterte.

„Wir sind nicht darauf vorbereitet, ihn zu empfangen", kreischte Lady Willoughby. „Das Haus, das Gästezimmer … Mein Haar! Mein Haar! Halten Sie ihn hin. Er darf mich nicht so sehen! Rosie, schnell, bringen Sie mir einen Kamm, den Tiegel mit „Blühende Rosen" und „Mitternachtsruß". Beeilen Sie sich!"

Jane konnte die Frage nicht zurückhalten. „Heißt das, dass Lucy unschuldig ist?"

Lord und Lady Willoughby fuhren herum wie Holzköpfe und starrten sie entsetzt an.

„Was ist nur in Sie gefahren, Miss Peyton?", blaffte Lord Willoughby. „Zweifellos hat Lord Adair sie gefunden und zurückgebracht, um sich dem Urteil zu stellen."

„Hat er sie denn nicht empfohlen?", beharrte Jane und ihre Stimme zitterte dabei nur ein kleines bisschen.

„Sein Vater war ein alter Freund meines Vaters", sagte Lord Willoughby ungeduldig. „Wir treffen uns manchmal im Parlament und tauschen Grüße aus. Er hörte, dass ich eine Gouvernante brauchte und schickte sie her. Er ist nicht ihr Vormund und hat keinen Grund, sie zu beschützen. Seine Loyalität gilt unserer Familie und nicht irgendeiner niederen Gouvernante."

Jane errötete und wandte den Blick ab.

Lady Willoughby strich sich die Röcke glatt und fuhr mit der Zunge über ihre scharfen, gelben Zähne. Sie begutachtete ihr Spiegelbild auf der Rückseite eines Löffels und sagte gereizt: „Ich stimme euch zu, Mylord. Ich bezweifle stark, dass er den weiten Weg von Lockwood auf sich nehmen würde, um jemanden zu beschützen, der so unbedeutend ist, wie sie. Er muss sich verantwortlich gefühlt haben, weil er sie uns empfohlen hat. Er schützt Unschuldige wie uns vor Kriminellen wie ihr."

„Ich stimme zu", murmelte Lord Adair von der Tür. „Da unsere Väter solch alte Freunde waren, fand ich es nur fair, die Wahrheit selbst herauszufinden."

Kapitel Fünf

Lucy

Lucy trödelte an der Türschwelle herum, in der Hoffnung, Lord Adair würde sie bald holen. Stattdessen erschien der Butler vor ihr, packte sie am Arm und begann, sie ins Herrenhaus zu ziehen.

„Sie tun mir weh", schimpfte sie.

Das attraktive Gesicht des Butlers zuckte, seine Lippen verzogen sich zu einem gehässigen Lächeln und seine grünen Augen glitzerten wie zwei rohe, nicht zusammenpassende Peridots. Einen Augenblick lang sah er aus wie eine dieser bemalten Masken, die man im Theater sah.

„Hier entlang", sagte er mit einem seltsamen, hohen Kichern. „Lord Adair hat alle gebeten, sich im offiziellen Salon zu versammeln. Das gilt auch für die Bediensteten."

„Ich bin keine Bedienstete." Sie fing an, sich in seinem Griff zu winden. Ihre Bewegungen wurden hektisch und verzweifelt, als er sich weigerte, ihn zu lockern.

Er drehte ihren Arm auf den Rücken und sie spürte seinen heißen Atem in ihrem Nacken. Sie öffnete ihren Mund, um zu schreien, entdeckte jedoch plötzlich, dass sie frei war.

Der Butler stand aufrecht und steif da wie eine gefrorene Statue. Seine Augen traten hervor, als hätte wäre sein Blick zufällig auf Medusa gefallen, während Lord Adair hinter ihm stand und den Nacken des Butlers locker festhielt.

„Ich habe einen Trick gelernt, als ich die königliche Familie im Fernen Osten besuchte", sagte Lord Adair im Plauderton. „Wenn ich hier etwas Druck ausübe", er stach in den Hals des Butlers, „lähmt das die Person und diese Stelle daneben wird sie töten."

Lucy stellte sich auf Zehenspitzen und reckte ihren Hals. „Welche Stelle?"

Lord Adair ließ den Butler los, der auf die Knie sank und sich an den Kopf griff. „Sie werden ein paar Tage Kopfschmerzen haben", bemerkte er. „Wenn ich das nächste Mal sehe, dass Sie sich gegenüber einer Frau ungebührlich benehmen, Dame oder nicht, werde ich nicht so nachsichtig sein."

„Wie haben Sie das gemacht?", fragte sie abermals. „Ich konnte es nicht sehen."

Er ignorierte ihre Frage. Seine Augen waren auf die roten Striemen auf ihrem Arm gerichtet. „Das wird ein Bluterguss werden, Miss Trotter."

Sie blickte achselzuckend auf ihren Arm. „Ach, ich hatte schon schlimmere." Sie wippte auf ihren Zehen und fragte: „Tötet Druck auf diese kleine Stelle am Hals wirklich einen Menschen? Sagen Sie mir, wo sie ist? Glauben Sie, ich kann das? Benötigt man dafür viel Druck oder ist es nur eine Berührung?"

„Ich schlage vor, Sie unterlassen derartige Äußerungen, immerhin sind Sie des Mordes beschuldigt."

Lucy schloss ihren Mund und schlurfte demütig hinter ihm her.

Der offizielle Salon war eine Explosion aus Pomona-Grün und Spanisch-Braun. Die Fenster waren klein, die Decken hoch und der Kamin frisch entzündet. Der Raum war kalt und roch nach Teeblättern, die kürzlich verstreut worden waren, um den Farbton des blassgrünen Teppichs aufzufrischen.

Lord Adair führte sie zu einem Stuhl neben dem Kamin. „Setzen Sie sich, Miss Trotter", befahl er.

Und niemand im Raum wagte es, Einspruch zu erheben, als sie auf dem eindeutig begehrtesten Platz saß.

Sie unterdrückte ein Seufzen, als die Wärme des

lodernden Feuers ihre Knochen wärmte. Sie gönnte sich einen Moment der Ruhe, bevor sie sich im Raum umsah.

Lady Willoughby hatte sich auf dem dick gepolsterten grünen Sofa drapiert. Ihr rosa Seidenkleid war an den Knöcheln verwegen geöffnet. Auf der anderen Seite des Sofas saß Jane, die entweder gerade versuchte, ein lavendelfarbenes Kissen auf ihrem Schoß erwürgen oder in dessen Füllung verschwinden zu wollen.

Lord Claybrook und Lord Willoughby saßen auf der Chaiselongue und waren beide sichtlich verärgert über diese Sitzordnung. Sie saßen aufrecht und steif, Schultern und Stiefel waren voneinander abgewandt.

In diesem Augenblick schoss der Hausdiener herein, der einen Stuhl trug, auf dem Lord Aston wie ein alter, knochiger Vogel saß, der einen großen Teil seiner Federn verloren hatte. Sein zerbrechlicher Körper wirkte in dem großen Holzstuhl fast kindlich.

Lucy bewunderte die Ringe, die an den Fingern des alten Mannes glitzerten. Ein funkelnder Smaragd an seinem vierten haarigen Finger hatte es ihr besonders angetan.

Die Bediensteten standen in einer ordentlichen Reihe neben der Tür, rangen die Hände und wischten sich die Stirn. Die untergehende Sonne tauchte sie in ein unheimliches, orangefarbenes Licht. Es schien alles surreal, wie ein Theaterstück, das zum Leben erwachte.

Lucy lächelte ihnen zu und sie sahen sofort erschrocken weg. Sie verdrehte die Augen. Sie würde ja wohl kaum aufspringen, den Schürhaken schwingen und sie alle erstechen.

Lord Adair nahm seinen Platz vorne im Raum ein. Das sanfte Licht der Sonne fiel durch das Fenster und landete auf seinem Gesicht. Er lächelte und sah dabei so gut aus, dass es schon fast überirdisch war.

Die Dienstmädchen fielen in Ohnmacht.

Gedankenverloren zog der Hausdiener seinen Stiefel aus und hielt seinen Fuß, der in einem löchrigen Socken steckte, unter ihre Nasen. Prompt kamen sie wieder zu sich.

Lucy grub ihre Nägel in den Stuhl und konzentrierte sich auf das flackernde Feuer. Sie hatte plötzlich das Gefühl, als würde jemand ihre Kehle zusammendrücken, sodass nur wenig Luft in ihre Lungen gelangen konnte.

Jemand im Raum hustete und Röcke raschelten.

Nun war es soweit. Sie würde gleich erfahren, ob Lord Adair sie den Wölfen zum Fraß vorwerfen würde oder nicht.

„Danke, dass Sie sie gefangen haben", brach Lord Willoughby das Schweigen. „Wir werden den Herzog informieren."

„Ich habe sie nicht gefangen. Sie kam zu mir und wollte Gerechtigkeit", berichtigte Lord Adair.

Lady Willoughby runzelte die Stirn. „Aber Sie glauben ihr doch sicher nicht. Sie muss es getan haben. Wer sonst könnte es gewesen sein?"

„Haben Sie irgendwelche Beweise?", fragte Lord Adair.

„Jemand wurde in dem Haus ermordet, in dem sie zuvor gearbeitet hat", sagte Lord Claybrook.

„Ein Zufall. Sie war völlig unschuldig und der Mörder wurde gefasst."

„Sind Sie sicher?"

„Wollen Sie unterstellen, dass ich den falschen Mann verhaftet habe?"

Lord Claybrook wandte den Blick ab.

Lady Willoughby drehte ihren Körper zu Lord Adair und zeigte dabei noch etwas mehr von ihrem Knöchel. „Sie rannte weg, als wir sie beschuldigten."

„Vielleicht wusste sie, dass ihr niemand glauben würde. Es ist bequem, dem Außenseiter die Schuld zu geben."

Lord Willoughby blinzelte. „Sie wollen doch nicht etwa sagen, dass … es einer von uns getan hat?"

Lord Adair faltete die Hände und schwieg.

„Schlagen Sie vor, dass wir in dieser Angelegenheit ermitteln?" Lord Astons dünne, näselnde Stimme ertönte vom Stuhl.

„Das wäre das Beste."

„Eine Ermittlung in Gopshall Manor?“, fragte Lord Aston erneut und seine Stimme wurde vor Wut tiefer. „Das werde ich niemals gestatten.“

„Vater hat recht.“ Lord Willoughby nickte Lord Aston zu. „Wenn das bekannt würde … Das wäre ein Skandal.“

Lord Adair zuckte die Schultern. „Lord Willoughby, die Familie glaubt, dass die Kugel für Sie bestimmt war. Wenn Miss Trotter unschuldig ist und zum Tod am Galgen verurteilt oder auf den Kontinent verschifft würde, was würde das bringen? Es wird Ihre Familie vor einem Skandal bewahren, könnte aber auch die letzte Entscheidung sein, die Sie jemals getroffen haben, denn die Person, die versucht hat, Sie zu töten, wird es wieder versuchen. Werden Sie jede Nacht ruhig schlafen können, mit dem Wissen, dass jemand darauf wartet, Sie im nächsten günstigen Augenblick zu ermorden?“

Ein tödliches Schweigen legte sich auf den Raum.

Die Köchin, die neben der Tür stand, fing an zu zittern, und ließ dabei die Teetassen auf dem Tablett tanzen. Inmitten des klappernden Porzellans verbreitete sich allmählich die Erkenntnis, dass sie alle Verdächtige waren.

Lucy hatte das Gefühl, als wäre ihr eine Last von der Brust genommen worden, und die Luft strömte in ihre Lungen. Sie atmete tief und dankbar und betrachtete Lord Adair, als wäre er das wunderbarste Geschöpf auf Erden. Ihre Augen leuchteten vor Wärme und Dankbarkeit. Er war brillant. Absolut brillant.

Niemand würde jetzt die Ermittlung stoppen, es sei denn, er wollte schuldig aussehen. Zudem war Lord Willoughby das Oberhaupt des Haushalts. Es lag in seinem Interesse, dafür zu sorgen, dass der wahre Täter gefasst wurde.

„Jane Peyton“, kreischte Lady Willoughby plötzlich. „Sie muss es getan haben.“

Lord Adair warf dem Mädchen, das in der Ecke saß, einen Blick zu. Ihre Hände waren gefaltet, ihr Gesicht bleich und ihre Lippen zusammengepresst.

„Und welchen Beweis hast du?“, blaffte Lord Claybrook.

„Sie ist zu ruhig.“ Lady Willoughbys Stimme zitterte. „Sie

hat versucht, meinen Mann zu verführen. Ich weiß es. Eine Frau weiß so etwas."

Jane starrte Lady Willoughby an, schockiert und verraten.

„Sie ist unschuldig. Wir waren zusammen in der Bibliothek und haben Briefe geschrieben, als der Mord passierte. Wir haben es Ihnen gesagt", meldete sich Lucy zu Wort. „Aber niemand von Ihnen hat uns geglaubt."

Tränen glitzerten in Janes Augen und ein Hauch von Schuld huschte über ihr Gesicht.

„Sie hat sich nicht sehr bemüht, uns zu überzeugen", sagte Lady Willoughby gehässig. „Heute Morgen war sie sogar noch bereit, Lucy die ganze Schuld zu geben."

Janes Mund verhärtete sich. „Ich habe nichts dergleichen getan." Ihre Stimme war fest, ein Flüstern, kultiviert und damenhaft gesprochen, und schnitt durch Lady Willoughbys groben Tonfall wie Butter.

„Möchten Sie, dass ich in der Angelegenheit ermittle?", fragte Lord Adair Lord Willoughby.

Lord Willoughby blickte schnell zu seiner Frau und dann wieder weg. „Ich wäre Ihnen dankbar für Ihre Hilfe."

Lord Adair lächelte und die Frauen schnappten nach Luft. Es geschah nicht jeden Tag, dass man den attraktivsten Mann Englands lächeln sah. Sie bewahrten sich diesen Augenblick auf wie ein kostbares Kleinod, um sich in dunkleren Zeiten daran zu erfreuen, während Rosie, das Dienstmädchen, vorübergehend den Verstand verlor und ein wenig schnurrte und bellte.

Lord Adair entließ sie alle außer Lord Claybrook. „Auf ein Wort."

Lucy schlüpfte aus dem Raum, zusammen mit der Familie. Sie verharrte neben der Tür und fragte sich, worüber Lord Adair mit Lord Claybrook sprechen wollte.

„Miss Trotter." Lord Adair steckte seinen Kopf zur Tür heraus und kniff die Augen zusammen.

„Ich wollte gerade gehen", murmelte sie. „Ich hatte meinen Pompadour fallen lassen."

„Gewiss."

Sie blickte finster drein und schlich davon. Ein bisschen Lauschen schadete doch niemandem.

Ihre Schritte wurden langsamer, als sie in Richtung ihrer alten Kammer ging. War es noch ihre? Hatten die Diener ihre Sachen hinausgeworfen? Sie wusste nicht mehr, wo sie stand. Würde die Familie sie vor die Tür setzen und darauf bestehen, dass sie sich eine andere Bleibe suchte? Wohin sollte sie gehen?

∞∞∞

Lucy war überrascht, dass Jane im Flur auf sie wartete.

Sie ergriff ihre Hand und drückte sie. „Danke."

Lucy war zu besorgt, um das Lächeln zu erwidern. Ihre sonst so fröhliche Art war zugeschneit worden. „Ich habe nur die Wahrheit gesagt."

„Ich habe versucht, ihnen zu sagen, dass Sie unschuldig sind."

„Das weiß ich, aber wer glaubt schon unseresgleichen?"

Schweigend gingen sie auf ihre nebeneinander liegenden Zimmer zu.

Ihre Zimmer waren durch eine dünne Wand getrennt, und wenn Lucy den Atem anhielt, konnte sie Jane manchmal im Nebenzimmer herumwirtschaften hören.

Lucy hustete, ihr war sonderbar heiß.

Jane blieb vor Lucys Zimmer stehen. „Sie sehen nicht gut aus."

„Ich glaube, ich lege mich eine Weile hin."

„Soll ich Ihnen Tee bringen?"

Lucy schüttelte den Kopf. Abermals kitzelte ein Husten ihre Kehle, und sie eilte hinein und schloss die Tür hinter sich.

Obwohl sie monatelang nebeneinander gewohnt hatten, hatten sie und Jane es nicht geschafft, einander zu vertrauen und Freundinnen zu werden. Sie wusste, dass Jane in ihr ein wildes, unzähmbares Geschöpf sah, jemanden, dem sie nicht vertrauen konnte, während Lucy Jane zu ruhig, reserviert und voller Geheimnisse fand.

Das Einzige, das die beiden Mädchen mit Sicherheit wussten, war, dass keine von ihnen Lord Beazley ermordet hatte, da sie zu der Zeit zufällig zusammen gewesen waren.

Es sei denn, der Arzt der Familie hatte sich beim Todeszeitpunkt geirrt.

Jane hätte es getan haben können. Sie konnte sich vorstellen, dass das mausähnliche Mädchen das Ganze geplant und sie alle getäuscht hatte.

Bei dem Gedanken hielt sie inne und ihr Herz schlug plötzlich schnell. Sie warf einen Blick zur Wand und fragte sich, ob Jane wohl mit einem Fleischermesser in der Hand dahinter stand, ein Wiegenlied sang und wie eine Verrückte grinste?

Sie beschloss, so bald wie möglich mit Lord Adair zu sprechen und sich über den Todeszeitpunkt Gewissheit zu verschaffen.

In der Zwischenzeit kroch sie in ihr schmales, hartes Bett, zog sich eine dünne Wolldecke über den Kopf und schloss die Augen. Sie fühlte sich furchtbar, doch eine ordentliche Ruhepause würde sie wieder auf die Beine bringen.

Was Jane betraf, wenn sie mit einem Hackebeil hereinkäme und sie zerstückelte, würde Lord Adair ihren Tod rächen ... zumindest hoffte sie das.

Kapitel Sechs

Jane

„Kommen Sie herein." Lord Claybrooks tiefe Stimme hüllte Jane ein wie eine Schale voller Sonnenschein.

Sie strich sich ihren grauen Rock glatt und umklammerte den Türgriff. Ihr Herz raste und ihr Gesicht fühlte sich heiß an. Sie holte tief Luft und betrat das Arbeitszimmer.

Lord Claybrook saß am Schreibtisch und las einen Brief. Es war ein kleiner Raum mit Rosenholzvertäfelung, kastanienbraunen Ledersesseln, Bücherregalen und einem überfüllten Schreibtisch. Der Teppich war cremefarben und braun und Tabakgeruch hatte sich tief in seinen Wollflor gesenkt.

Sie stand in der Nähe der Tür und richtete ihren Blick auf Claybrooks gesenkten Kopf. Während sie ihn beobachtete, fiel ihm eine dunkle Haarsträhne in die Stirn. Besorgt, dass sie in seinem Auge landen könnte, trat Jane nach vorne.

In diesem Augenblick sah er auf. Sie senkte den Blick, neigte den Kopf und knickste.

„Setzen Sie sich", befahl er ungeduldig.

Sie setzte sich.

„Lord Adair möchte, dass ich alle befrage. Er denkt, dass die Familie entgegenkommender ist, wenn ich die Fragen stelle."

Jane wusste nicht, wie sie antworten sollte. Er brauchte ihr keine Erklärung zu geben, schließlich war er ja ihr

Arbeitgeber. Er hatte jedes Recht, sie zu verhören. Sie faltete die Hände und schwieg.

Er warf den Füller hin, lehnte sich in seinem Sessel zurück und richtete seinen Blick auf ihr Gesicht. „Wie haben die Kinder die Nachricht aufgenommen?"

Janes Lippen zuckten. „Sie sind begeistert. Master Claybrook findet, nichts ist interessanter als ein Mord. Er hat bereits begonnen, nach Hinweisen zu suchen, während Miss Claybrook sich in ihr Zimmer zurückgezogen hat und darauf beharrt, sie sei zu zart für solche Dinge. Nach einem kurzen Nickerchen beschloss sie dann, es wäre besser, mutig zu sein und bei der Aufklärung des Verbrechens zu helfen, als in ihrem Zimmer zu sitzen und Däumchen zu drehen."

Ein seltenes Lächeln huschte über sein Gesicht. „Schwer zu glauben, dass die kleine Hannah die zarte Jungfer spielt. Sie ist ein Rabauke, wie ihre Mutter einer war."

Sie verspürte einen Anflug von Neid auf die tote Frau. Es war etwas Kostbares, selbst nach dem Tod in so liebevoller Erinnerung zu bleiben.

„Was wollten Sie mich fragen?" Sie sprach ein wenig schärfer, als sie beabsichtigt hatte.

Er deutete auf die silberne Kaffeekanne.

Sie schenkte ihm eine Tasse ein.

Er formte mit seinen Fingern eine Raute und fragte: „Ihr Name ist Jane Aubrey Peyton?"

Sie nickte. Ihre Finger flogen an ihren Hals, während sie auf seine nächste Frage wartete.

Seine Augen fielen auf ihre Hand, die über blasse, zarte Haut strich. „Ihr Vater war ein Baron, und er hat seinen Reichtum verloren, als Sie noch sehr jung waren?"

Sie schluckte. Er hatte ihr diese Fragen bereits gestellt, als er sie vor einem Jahr eingestellt hatte. Weshalb wiederholte er sie jetzt? „Ja, ich war fünf, als ich meine Mutter verlor und mein Vater begann, seine Angelegenheiten zu vernachlässigen. Er k...konnte und eine Ausbildung ermöglichen, aber nichts weiter."

„Keine Mitgift?“

„Nein.“

„Wie viele Geschwister haben Sie?“

„Drei. Einen Bruder und zwei Schwestern.“

„Ihr Bruder hat das Grundstück geerbt. Wie ich hörte, ist er nicht sehr freundlich?“

„Das stimmt. Deshalb musste ich mir eine Stelle suchen, ebenso wie meine Schwestern.“

„Was machen Ihre Schwestern?“

„Sie sind Lehrerinnen in einer Schule in der Nähe meiner Heimat in Winshire. Ich musste mir weiter entfernt Arbeit suchen, da für mich nichts verfügbar war. Ich nähte ein bisschen im Dorf und half dem Dorfarzt, bevor ich mich für diese Stelle bewarb.“

Er warf die Feder hin und trat ans Fenster. „Es ist ein warmer Tag. Der Schnee schmilzt endlich.“

Jane runzelte die Stirn wegen des plötzlichen Themawechsels.

Er wandte sich ihr zu. Seine Augen waren so blau wie der Himmel draußen. Er hatte einen neugierigen Gesichtsausdruck.

„Gibt es irgendetwas, das Sie mir sagen möchten, Jane? Irgendwelche verborgenen Geheimnisse, die Sie enthüllen wollen?“

Sie verlor die Fassung, als sie ihren Namen aus seinem Munde hörte. Er hatte sie noch nie zuvor Jane genannt.

Vielleicht war das ein Fehler? Er schien nicht zu bemerken, dass er es gesagt hatte.

Der Duft des frischen Kaffees kitzelte ihre Nase und sie wünschte, sie könnte sich eine Tasse davon nehmen, um ihren trockenen Hals anzufeuchten.

Er zog die Augenbrauen hoch. „Jegliche Geheimnisse, Miss Peyton.“

Ihr Herz begann, heftig und schnell zu schlagen. Seine Stimme war vielschichtig. Beinahe schmeichelnd, einladend, vertrauenerweckend. Langsam schüttelte sie den Kopf.

Er sah neugierig aus, unglücklich und enttäuscht.

„Ich habe im Augenblick keine weiteren Fragen", sagte er und wandte ihr den Rücken zu.

Sie zögerte und hatte eine Frage auf den Lippen. Doch als es an der Tür klopfte, biss sie die Zähne zusammen und eilte hinaus.

Draußen stieß sie mit Lucy zusammen.

„Miss Trotter! Wie fühlen Sie sich?"

„Verärgert."

„Ich meinte Ihren Husten. Ich hörte Sie letzte Nacht bellen."

„Ich entschuldige mich, Sie wachgehalten zuhaben", sagte sie gereizt. „Das nächste Mal werde ich versuchen, zu wiehern oder zu muhen. Wäre Ihnen das lieber?"

„Ich habe mir Sorgen gemacht", sagte Jane beruhigend. „Kann ich etwas tun, damit Sie sich besser fühlen?"

Lucy sah verblüfft aus. Sie stand da und staunte, als hätte sie noch nie jemand so etwas gefragt.

Jane betrachtete das Mädchen besorgt. Ihre Haut war blass, Schweiß glänzte auf ihrer Stirn und sie sah sogar noch zierlicher und zerbrechlicher aus als sonst. Sie wollte Lucy in ihr Bett stecken und sie füttern, bis sie wieder so lebhaft war wie immer. Sanft fragte sie: Kann ich Ihnen ein warmes Posset oder eine Tasse Tee machen?"

Lucys Augen wurden noch größer. „Ich ... Oh, ich weiß gar nicht, was ich sagen soll. Ich... Danke schön, aber mir geht es gut. Wirklich."

„Sie können kaum sprechen", schalt sie. „Ich finde, Sie sollten auf Ihr Zimmer gehen und sich ausruhen. Ich werde mich heute um die Kinder kümmern."

„Mir wurde aufgetragen, hierher zu kommen", krächzte Lucy. „Claybrook will mich befragen, dabei sollte *ich* eigentlich *ihn* befragen. Ich habe einen Mord aufgeklärt, wussten Sie das? Das habe ich beim letzten Mal gut gemacht."

„Sie wollen ermitteln?", fragte Jane ungläubig.

„Das sind alles hohlköpfige Narren. Ich bin die Einzige mit Erfahrung in solchen Angelegenheiten. Außerdem ist es in unserem Interesse, wenn ermittelt wird, ansonsten werden wir als die berüchtigten mordenden Gouvernanten bekannt werden, und die Leute werden uns mit Steinen bewerfen, wenn wir an den Galgen treten."

„Wie meinen Sie das, Miss Trotter?"

„Sie werden denken, wir hätten ihn gemeinsam getötet."

„Das werden sie nicht!"

„Wir beide sind die einzigen Neuankömmlinge in Gopshall und wir erklären, zur Tatzeit zusammen gewesen zu sein. Die meisten Schwachköpfe würden vermuten, dass wir den Brutalen Beazley getötet haben, und die Menschen in diesem Herrenhaus sind genau das: Schwachköpfe."

„Pst, sprechen Sie nicht schlecht über die Toten."

„Er war brutal. Er wollte mit Ihnen ins Bett gehen."

Jane erstarrte. „Das wissen Sie?"

„Ja, das weiß ich. Claybrook hat ihn verprügelt, als er ihn dabei erwischt hat, wie er Sie im Flur belästigen wollte."

„Oh, Lucy, wissen es alle?"

Lucys Gesicht wurde weich. „Nein, ich war direkt hinter Ihnen. Sie waren so erschüttert, dass Sie mich nicht bemerkt haben."

„Was haben Sie sonst noch gesehen?"

„Beazley lag zusammengesunken in der Ecke und ich hätte ihn am liebsten auch getreten ... habe es aber unterlassen. Ich sah, wie er aufstand und Claybrook folgte, und Sie rannten ihnen hinterher. In diesem Augenblick kam Master Willoughby mit zwei Puddings um die Ecke gerast und rannte direkt gegen mich. Ich musste schnell in mein Zimmer und mich umziehen. Dieses Kind wird mich noch ins Grab bringen..."

Jane ließ Lucy weiterplappern, während ihre eigenen Gedanken durcheinander gerieten. Sie erinnerte sich an den Abend, an dem Beazley sie belästigt hatte und Claybrook wie ein Ritter herbeigeeilt war. Er hatte den Mann geschlagen und ihre Ehre gerettet. Danach war Claybrook in die Bibliothek gestürmt und Beazley war ihm auf den Fersen gewesen. Beazley hatte wissen wollen, warum er ihn geschlagen hatte. Claybrook hingegen hatte ihm mit weit mehr gedroht, wenn er Jane auch nur noch einmal ansähe.

Ihr war seltsam warm geworden, als sie seinen leisen, bedrohlichen Tonfall gehört hatte. Der Streit war eskaliert und sie hatte sich leise zurückgezogen.

Wenn sie nun zurückdachte, fragte sie sich, wie schlimm es an jenem Abend noch geworden war. Wie sehr hatte Beazley Claybrook verärgert? Genug, um ihn zu töten?

Immerhin hatte sich der Streit am Abend vor Beazleys Tod ereignet.

Sie wusste, dass Claybrook ein freundlicher, warmherziger und ausgezeichneter Arbeitgeber war, bis jemand versuchte, ihn auszunützen.

Sie wusste, dass er im Handumdrehen brutal werden konnte. Er verabscheute es, belogen zu werden und alle in Claybrooks Haus in Hartford wussten, dass sie ihn nicht verärgern sollten.

Sie umklammerte den Kleiderständer, als eine Welle von Heimweh sie überkam. Sehnsucht, nicht nach dem Haus, in dem sie aufgewachsen war, sondern nach Hartford, Claybrooks Wohnort.

Sie wünschte, der Großvater der Kinder hätte nie um ihre Anwesenheit hier in Gopshall Manor gebeten. Sie wollte wieder Marys Fleischpasteten essen, einen Spaziergang am Strand in der Nähe ihres Hauses machen, die luxuriösen Lavendel- und Vetiverseifen benutzen, die die Haushälterin in der Küche herstellte. Sogar ihr Zimmer war gemütlicher gewesen, mit großen Fenstern und ordentlichen Vorhängen.

Widerwillig ließ sie den Kleiderständer los und ging in Richtung des Kinderzimmers. Es war Zeit, den Kindern etwas Tee zu geben.

Sie fragte sich, was geschehen würde, sollte sich herausstellen, dass Claybrook der Mörder war. Sie biss sich auf die Lippe und ihr wurde flau im Magen.

Sie würden ihn nicht verdächtigen, wenn sie den Vorfall für sich behielt. Sie würde Lucy darum bitten müssen, ihn ebenfalls zu verbergen.

Sie fragte sich, ob das Mädchen gehorchen würde. Falls nicht … würde sie etwas Drastisches tun müssen, um sie zum Schweigen zu bringen.

Kapitel Sieben

Lucy

Lord Erasmus Gilbert Willoughby, der Graf von Aston, saß im Esszimmer und trank Tee, nur mit seiner Unterwäsche bekleidet.

Lucy hatte sich inzwischen an diesen Anblick gewöhnt. Im Lauf der Monate hatte sie gelernt, dass Lord Aston am liebsten in seiner Unterwäsche und sonst nichts speiste. Deshalb war es im Esszimmer stets unerträglich warm.

Sie war froh, dass man ihr aufgetragen hatte, in ihrem Zimmer zu essen, denn sie konnte sich nicht vorstellen, eine große Mahlzeit im Esszimmer einzunehmen, während sie schwitzte wie ein pelziger Fuchs an einem heißen Sommertag. Das war auch der Grund, warum Lady Willoughby keine Abendgesellschaften halten konnte, denn ein alter Mann in brauner Unterwäsche, mit alten Knochen und spärlichem Haarwuchs, würde sicher allen den Appetit verderben.

Lucy knickste in Richtung von Lord Astons nacktem rechtem Arm, der aussah wie ein Teil einer tausend Jahre alten Leiche, die sie einmal im Raritätenmuseum gesehen hatte, und wandte sich schnell Lord Adair zu.

Der Anblick von Lord Adair, bekleidet mit einem wunderschönen blauen Seiden-Leibrock, beruhigte ihre Augen wie eine luxuriöse Augenspülung. Sie ließ ihren Blick über seine attraktive Gestalt wandern und dachte sich, dass sich die

Damen so fühlen mussten, wenn sie ihre Augen mit diesen edlen Tropfen beträufelten, die Mondschein oder Morgentautropfen hießen.

Sie fragte sich, ob er wohl etwas unter seinem Leibrock trug. Bei dem Gedanken wurde ihr Gesicht flammend rot, dennoch konnte sie ihren Blick nicht von ihm abwenden.

Ob er etwas dagegen hätte, wenn sie an seinem Ohr knabberte?

„Miss Trotter?", polterte Lord Aston. „Hören Sie auf, den Mann anzuglotzen. Was wollen Sie?"

„Mit Lord Adair sprechen, bitte", erwiderte sie demütig. Sie schämte sich nicht, beim Starren erwischt worden zu sein. Alle starrten Lord Adair an. Es war unmöglich, das nicht zu tun.

Lord Aston entließ sie mit einer Handbewegung, und Lord Adair erhob sich geschwind, nahm ihren Arm und eilte aus dem Zimmer.

„Danke schön. Sie haben mich davor gerettet, zu einer Pfütze zu zerfließen."

„Sie sehen wirklich heiß ... ein bisschen warm aus. Erhitzt." Sie biss sich auf die Lippen.

Er blickte mit funkelnden Augen auf sie herab. „Ein Spaziergang sollte mich abkühlen. Die Sonne scheint zwar, doch die raue Frühlingsluft sollte angenehm genug sein."

Lucy war es egal, ob die Luft rau oder weich war, solange Lord Adair an ihrer Seite war. Alles schien wunderbar und sicher, wenn er bei ihr war.

„Wie fühlen Sie sich?", fragte er, während sie in der Garderobe nach ihren Sachen kramte.

Überrascht blickte sie auf. „Ich fühle mich gut."

„Wirklich?"

Sie wandte den Blick ab, drückte sich wütend einen Hut auf ihren Kopf und fing an, sich mit den Handschuhen abzumühen. Noch nie zuvor hatte sich jemand nach ihrem Wohlbefinden erkundigt, und heute war sie schon zweimal gefragt worden!

„Lucy", schalt er sanft. „Richten Sie Ihren Mantel, und

dieser Hut kann nicht Ihnen gehören."

Sie nahm die dunkelbraune Pelzmütze ab und starrte sie einen Augenblick lang an. „Sieht aus wie eine Katze, die ich einmal gekannt habe." Stattdessen nahm sie eine mit Obst beladene Haube vom Ständer und setzte sie auf.

Der Anblick der wackelnden, aus alten Socken genähten Früchte, die ihre Haube zierten, schien ihm Schmerzen zu bereiten.

Sie ignorierte seinen Gesichtsausdruck und schritt zur Tür hinaus. Zufällig mochte sie ihre Haube. Sie hatte Monate gebraucht, um sie zu nähen. Besonders stolz war sie auf die Birne, die neben ihrem Ohr baumelte, denn bei bestimmten Lichtverhältnissen sah sie beinahe echt aus.

Sie gingen schnell und in kameradschaftlichem Schweigen, doch als sie sich ein gutes Stück vom Haus entfernt hatten, wandte sie sich ihm zu.

„Warum haben Sie Lord Claybrook gebeten, die Bewohner[SW2] zu befragen? Warum nicht mich? Ich habe den Fall auf Rudhall gelöst. Da könnte ich Ihnen doch sicher assistieren?"

„Sie sind wie eine hartnäckige Biene. Irgendwann mussten Sie auf Rudhall einmal ins Angesicht der Wahrheit fliegen. Was Lord Claybrook angeht, so ist er vernünftig, intelligent und versteht die Familie. Er weiß, welche Fragen er stellen und wo er nachbohren muss. Er wird die Antworten schneller beschaffen können als ich."

„Niemand kann der Wahrheit schneller auf die Spur kommen als Sie", sagte Lucy voller Überzeugung.

„Nun, vielen Dank, meine Liebe, aber ich kann auch alles machen. Ich muss wegen einer dringenden Angelegenheit nach London und habe Claybrook gebeten, während meiner Abwesenheit die Verantwortung zu tragen."

„Ich kann Ihre Assistentin sein. Ich habe Erfahrung."

„Können Sie sich vorstellen, dass Lady Willoughby Ihre Fragen beantwortet?"

„Aber ich kann auf andere Arten helfen. Ich bin

verschwiegen, intelligent, gebildet. Ich kann Klavier, Cembalo und Flöte spielen. Ich kann ausgezeichnete Briefe schreiben, Französisch sprechen und debattieren wie ein griechischer Philosoph. Ich kann stricken, ein wenig nähen, malen und tanzen. Ich kann göttliche kleine, luftig-leichte Törtchen backen…"

„Miss Trotter…"

„Ich weiß, wie man eine Kugel aus einem Menschen herausholt und eine Salbe für eine üble Schnittwunde herstellt", fuhr sie fort. „Ich weiß, wie man das Hunga Munga benutzt, das tödliche afrikanische Kampfwerkzeug. Ich kann mich prügeln wie ein erfahrenes Gassenkind."

„Hier." Er zog ein langes Messer mit einem gebogenen Elfenbeingriff aus seinem Mantel und reichte es ihr. „Als wir uns zum ersten Mal getroffen haben, erwähnten Sie ihre Fertigkeit mit dem Hunga Munga. Zufällig habe ich die Waffe bei einem Pfandleiher gesehen und Ihnen mitgebracht."

„Oh." Sie griff zögerlich danach. „I … Danke schön. Sie ist hübsch. Ein schönes Exemplar des Hunga Munga."

„Jetzt hätte ich gerne eine Demonstration."

„Was?"

„Zeigen Sie mir, wie man es benützt."

„Äh … nun, der Boden ist ein wenig matschig. Nicht geeignet für so etwas", sagte sie, stampfte herum und ließ ihren Fuß nach links, rechts und wieder zurück gleiten.

Er nahm die Waffe wieder an sich und schüttelte den Kopf. „Das ist ein gewöhnliches, wenn auch verziertes Messer, und kein Hunga Munga."

Sie schnappte empört nach Luft. „Sie haben mich reingelegt!"

Er starrte sie kalt an. „Belügen Sie mich nicht noch einmal, Miss Trotter."

„I … Ich entschuldige mich." Sie senkte beschämt den Blick. Dann fuhr sie kleinlaut fort: „Sie könnten es mir beibringen."

„Ich habe keine Zeit, es Ihnen beizubringen."

„Aber ich möchte helfen. Ich kann den Mörder schneller finden als Claybrook. Und überhaupt, was ist, wenn Claybrook der Mörder ist?“

„Könnte sein.“ Lord Adair zuckte die Schultern. „Die Zeit wird es zeigen.“

„Alle werden verdächtigt?“, fragte sie.

„Alle, einschließlich Ihnen.“

„Und Sie werden mich Ihnen nicht assistieren lassen?“

„Nein. Das ist zu gefährlich.“

Lucy zog ein finsteres Gesicht. Die Schlinge schwebte bereits über ihrem Hals. Es konnte ja wohl kaum noch gefährlicher werden.

Sie fuhr sich mit der Hand über das Gesicht und fühlte sich hilflos.

Sie musste den Fall lösen, nicht, weil sie kein Vertrauen in Lord Adairs Fähigkeiten hatten, sondern, weil sie ihm beweisen wollte, dass sie eine würdige Verbündete war.

„Mylord“, sagte sie, straffte die Schultern und sah ihn an. „Ich weiß, dass Sie mich als Jungfrau in Nöten betrachten, und ich muss zugeben, dass ich meine Fertigkeiten ein wenig übertrieben habe, ...“

„Miss Trotter.“

„Doch ich muss versichern, dass ich tief in meinem Herzen eine Kriegerin bin, die darauf wartet, ihre Fähigkeiten zu verfeinern. Eine kaltblütige, intelligente Frau, die das Zeug hat, eine ausgezeichnete Spionin ... Ach!“ Sie stolperte über einen Ast und landete auf dem matschigen Boden.

Er starrte auf sie herab. „Fähigkeiten, Miss Trotter?“, fragte er mit hochgezogener Augenbraue.

„Herrje!“ Sie spuckte einen Schlammbrocken aus und funkelte ihn wütend an. „Sie hätten mich warnen können, Mylord.“

„Und Ihnen die Gelegenheit nehmen, zu glänzen?“

Tränen brannten in ihren Augen. Sie hatte versagt, wieder einmal. Und wenn das so weiterging wie bisher, würde sie nie sein Vertrauen gewinnen, er würde ihr nie dabei helfen, die Kunst des Verhörs zu lernen und sie würde nie den Verbleib ihrer Eltern entdecken.

Wütend klopfte sie den nassen Schlamm ab, der ihr Mieder und ihre Röcke befleckte. Er war der Einzige, der ihr helfen konnte, Antworten auf ihre Fragen zu bekommen. Was war mit ihren Eltern passiert? Weshalb wurde sie in einem Waisenhaus zurückgelassen? Waren sie tot oder lebten sie mit einer Kinderschar, die viel größer war, als sie ernähren konnten … oder, noch schlimmer, war sie unehelich?

Sie wäre am liebsten auf die Knie gesunken und hätte ihn um Hilfe angefleht.

Er ging weiter, schwang seinen Spazierstock und ahnte nichts von ihren Qualen.

Sie gingen tiefer in den Wald. Gopshall war jetzt überhaupt nicht mehr zu sehen. Die Blätter und Tannennadeln, die vom schmelzenden Schnee durchnässt waren, quietschten unter ihren Füßen, während Vögel irgendwo hoch oben zur Begrüßung zwitscherten.

Sie fröstelte, als die Bäume mit ihren neuen grünen Blättern Schatten auf den Boden warfen und der Sonne etwas von ihrer Wärme nahmen.

„Sagen Sie mir wenigstens alles, was Sie über den Fall erfahren haben", flehte sie.

Er wandte sich ihr zu. Sein Haar flatterte sanft im Wind und sie trat einen Schritt zurück, damit sie sich auf seine Worte konzentrieren konnte, anstatt auf seinen warmen, luxuriösen Duft und die pulsierende Hitze, die von ihm ausging.

„Nichts von dem, was ich sage, wird Sie davon abhalten, zu ermitteln, nicht wahr?", fragte er und lachte auf.

Sie schüttelte den Kopf. Er kannte sie zu gut.

Er nickte. „Ich werde Ihnen alles sagen, was ich erfahren habe, aber danach sind Sie auf sich gestellt. Ich werde nicht hier sein, um Sie zu retten, Miss Trotter, deshalb werden Sie vorsichtig sein müssen."

„Ich verspreche es. Jetzt sagen Sie es mir, schnell."

Er seufzte. „Lord Beazley hatte seine alternde Tante in

Truntlewood besucht. Kurz nach seiner Abfahrt fing es an zu schneien und das schlechte Wetter zwang ihn dazu, seine Reise abzubrechen, und anstatt nach London zu fahren, beschloss er, eine Nacht auf Gopshall zu verbringen. Das Wetter wurde immer schlechter, deshalb blieb er noch eine Nacht und aß, trank und spielte mit Lord Willoughby.

Am dritten Morgen seines Aufenthalts wurde er vom Hausdiener tief im Wald hinter dem Haus tot aufgefunden. Irgendwo hier in der Nähe, wie es der Zufall will."

Sie betrachtete die Erde, den schmelzenden grauen Schnee und die schweigenden Bäume und spürte, wie sich ihr der Magen umdrehte. Egal, wie oft sie den Tod schon gesehen hatte, er machte ihr immer wieder Angst.

Er legte seine Hand auf ihren Arm. „Wie Sie wissen, vermutete die Familie, dass der Schuss für Lord Willoughby bestimmt war, da die beiden einen ähnlichen Körperbau haben, und weil Lord Beazley Lord Willoughbys Kleidung trug, da sein Gepäck verspätet ankam."

Sie schürzte nachdenklich die Lippen. „Sein Besuch war eine Überraschung. Wenn er also Feinde hatte, hätten sie das nicht wissen können, und das schlechte Wetter hielt Außenseiter fern."

Er drehte sich wieder zum Haus. Sein Spazierstock wirbelte Schneewolken auf, wenn er den Boden berührte. Sein Mantel schwang hinter ihm, als er sein Tempo erhöhte.

Sie hustete und ging schneller, um Schritt halten zu können. „Lord Willoughby ist kein netter Mann." Ihr Hals brannte, als sie sprach. „Er wird oft wütend und wirft mit Dingen um sich, wenn er einen Wutanfall hat. Er behandelt die Dienstboten schlecht, versucht, die Dienstmädchen zu betatschen, seine Frau hasst ihn und Lord Claybrook verachtet ihn. Kurz gesagt, niemand mag ihn und alle wollen ihn loswerden."

Er schlug mit seinem Stock auf den Boden, um sie zum Schweigen zu bringen. „Meine Kutsche müsste gleich eintreffen", sagte er. „Ich werde ein paar Tage weg sein. Machen Sie keinen

Unsinn."

„Eine Frage noch", sagte sie. „Hatte der Arzt recht mit dem Todeszeitpunkt? Er sagte, Lord Beazley starb gegen acht Uhr morgens."

„Er hat recht."

„Es könnte nicht zwei Stunden früher gewesen sein?"

„Nein."

Erleichtert ließ sie die Schultern sinken. „Das bedeutet, dass Jane unschuldig ist. Gott sei Dank."

Das Geklapper von Pferdehufen in der Einfahrt drang zu ihnen vor. Kurz darauf stob eine dunkle Kutsche heran und blieb abrupt vor ihnen stehen. Barnaby, Lord Adairs Hausdiener, sprang vom Vordersitz, den er sich mit dem Kutscher geteilt hatte, und überreichte einen Brief.

Lord Adair las ihn, knüllte ihn zusammen und schob ihn tief in seine Tasche. Er spannte sein Kinn an und sah einen Augenblick lang verletzlich aus.

Sie war neugierig. Was könnte wohl jemanden wie ihn erschüttern?

Er riss die Tür der Kutsche auf und stellte einen Fuß auf die Stufe. „Ich muss fahren, Miss Trotter."

„Hat Ihre Reise etwas mit diesem Fall zu tun?"

Seine Miene verfinsterte sich. „Nein."

Sie blinzelte, als sie seinen Gesichtsausdruck sah, und erinnerte sich plötzlich daran, wer sie war. Sie trat einen Schritt zurück und knickste, um ihr Gesicht zu verbergen.

Eines Tages würde er ihr vielleicht seine Geheimnisse anvertrauen und ihr gestatten, zu helfen.

Als sie wieder aufblickte, sah sie ihn in der Kutsche abfahren, die einen Schwall aufwirbelnden Staubs, Eis und Wind hinterließ.

Er hatte sie in einem Nest voller Giftschlangen alleine gelassen.

Kapitel Acht

Jane

Jane tauchte einen Streifen Stoff in eine Schüssel mit Wasser und wischte über Lucys Stirn.

Lucy öffnete die Augen und blinzelte verwirrt. „Gack?"

„Der Arzt ist unterwegs."

„Wasis?"

Jane legte den Lappen auf den Tisch und half Lucy, sich aufzusetzen. „Ich vermute, Sie waren letzte Nacht krank. Als Sie nicht zu Ihrer üblichen Zeit aufwachten, kam ich, um nach Ihnen zu sehen und fand Sie im Fieberwahn vor."

Lucy wandte den Blick ab und zog die Bettdecke an ihre Brust. „Habe ich etwas gesagt, während ich nicht ... bei Sinnen war?"

„Sie dachten, ich sei Ihr zahmer Rabe."

„Spinoza?"

„Sie sagten mir, ich solle meinen Schnabel gerade halten, nicht am Obstkuchen picken und schalten mich, weil ich die Spatzen erschreckt hätte."

„Sonst noch etwas?"

„Sie sagten, ich solle eine Frau Rabe finden."

„Ich verstehe."

„Und kleine Rabenbabys bekommen."

„Oh."

„Sie wollten eine Großmutter werden, bevor sie sie

hängen."

„Bevor mich wer hängt?"

„Das sagten Sie nicht."

Ein Hauch von Verlegenheit drang ins Zimmer, zusammen mit einer leichten Brise aus dem Schlitz in der Wand, also, dem Fenster.

Jane rutschte auf ihrem Stuhl hin und her und versuchte verzweifelt, an ein banales Thema zu denken. Schließlich fragte sie: „Wie fühlen Sie sich?"

„Besser", krächzte Lucy. „Ich weiß Ihre Sorge zu schätzen."

„Ich bin froh, dass ich helfen konnte." Sie beobachtete, wie Lucy mit dem Finger über ihren Kragen strich, der wahrscheinlich vor Schweiß klebrig war. „Möchten Sie sich waschen?"

Lucys Miene hellte sich auf. „Ja, bitte."

Sie stand auf und streckte ihr die Hand hin.

Lucy runzelte verwirrt die Stirn.

„Ich werde Ihnen zum Waschgestell helfen", erklärte sie.

Lucy schüttelte den Kopf. „Äh, ich … schaffe das schon."

Jane nickte schnell. „Ich werde Ihnen etwas zu essen und eine Tasse Tee holen. Ich schlage vor, dass Sie den Rest des Tages auf Ihrem Zimmer bleiben."

Lucy blinzelte wie eine Eule. Ihre Wangen hatten wieder etwas Farbe bekommen und ihre Augen waren wieder wach, sodass etwas von Janes Sorge zerstreut wurde.

Sie verließ das Zimmer und ging in die Küche. Sie hatte Mitleid mit dem Mädchen.

∞∞∞

„Gehen Sie wieder ins Bett", sagte Jane von der Tür aus.

„Ich habe viel zu tun", entgegnete Lucy. Sie hatte sich ein Hauskleid angezogen und kämpfte gerade mit einem Paar Strümpfe. Ihre Zehe steckte in einem Loch, in dem eigentlich der Schenkel sein sollte.

„Briefe verschicken? Ihre Socken stopfen? Das mache ich alles. In der Zwischenzeit bleiben Sie im Bett."

„Ich muss ermitteln."

„Sie müssen gesund werden. Ihr Hals klingt schrecklich."

„Mein Hals muss sich um viel mehr Sorgen machen, als um eine Erkältung. Er klingt heiser, weil er vor dem Galgen Angst hat, der auf ihn zueilt."

„Sie können keine Fragen stellen, wenn Sie keine Stimme haben", schnauzte Jane. „Gehen Sie ins Bett und frühstücken Sie."

„Ich esse doch nicht Ihr Frühstück."

„Das ist nicht meins, das ist Ihres", log sie aalglatt.

„Die Köchin hasst mich. Sie würde mir niemals ein Tablett zurechtmachen."

„Ich sagte ihr, Sie lägen auf dem Sterbebett und Ihr letzter Wunsch sei ein gutes Frühstück. Sie gehorchte bereitwillig."

„Oh"." Lucy nahm das Tablett und setzte sich. „Danke schön."

Jane nickte und setzte sich auf den Stuhl am Schreibtisch. Sie trommelte mit den Fingern auf den Tisch, während sie dem Mädchen beim Essen zusah. Ihr eigener Magen knurrte, doch sie ignorierte es.

Sie sprachen nicht viel. Die Spannung lag schwer und klebrig in der Luft, wie Honig auf der Haut.

Sie machte sich Sorgen, weil Lucy sich aus dem Bett geschält hatte, bereit, sich in die Ermittlungen zu stürzen. Das Mädchen musste sich ausruhen, doch ihre Weigerung bedeutete, dass sie nicht nur eigensinnig sondern auch töricht war. Sie wünschte, sie könnte sich das Kissen schnappen und es ihr ein paar Mal auf den Kopf hauen, um sie zu Verstand zu bringen.

Lucy leerte die Teetasse und sagte: „Sie haben es nicht getan."

Jane runzelte die Stirn. „Was nicht getan?"

„Den Brutalen Beazley getötet."

Jane starrte Lucy an. Sie hatte schon immer den Verdacht gehabt, dass die Frau verrückt sei. Tapfer, aber auf jeden Fall verrückt. „Ich verstehe nicht."

„Ich ließ Sie in dem Glauben, dass ich Ihnen vertraute, obwohl ich es nicht getan habe."

Jane blinzelte verwirrt. „Ich war mit Ihnen zusammen, als der Mord geschah."

„Ich weiß, aber das würde nur stimmen, wenn der Dorfarzt in Bezug auf den Todeszeitpunkt ehrlich gewesen war."

„Warum sollte er Lügenmärchen erzählen?"

Lucy lehnte sich an das Kissen und steckte ihren beschuhten Fuß unter die Decke. „Was wäre, wenn Sie und der Dorfarzt eine heimliche Affäre hätten und er den Zeitpunkt geändert hat, um Sie zu schützen?"

„Hä? Er muss hundert Jahre alt sein!"

„Oder Sie beide sind Teil einer kriminellen Bande."

„Sind wir nicht!"

„Oder ein schwachsinniger Vater und seine Tochter, die töten, rauben und dann von einem Dorf ins andere fliehen, um der Verurteilung zu entgehen?"

Empört sprang Jane auf. „Wie können Sie es wagen?!"

„Sie könnten Beazley getötet haben, dann sind Sie nach Hause geschlendert und gaben vor, die ganze Zeit mit mir zusammen gewesen zu sein. Und der Arzt hätte den Mann viel später für tot erklärt, als er tatsächlich starb, um Sie zu retten."

Sie konnte nicht glauben, dass sie den gesamten Vormittag damit verbracht hatte, dieses schreckliche Mädchen zu pflegen. Sie sprang vom Stuhl und raste aus dem Zimmer, blind vor Wut.

Lucy folgte ihr. „Aber Adair versicherte mir, dass der Mann starb, während wir zusammen waren, also sind Sie unschuldig. Man kann dem Urteil des Arztes vertrauen."

Jane blieb abrupt stehen, wirbelte herum und musterte das Mädchen.

Ein paar Fäden standen aus Lucys Kragen und Ärmelbündchen hervor, der Saum war nicht gerade genäht, doch ihre hellen Augen, der weiche Mund und das volle, seidige, braune Haar machten ihre fehlenden Nähkünste wett. Sie sah aus wie ein ausgehungertes Kaninchen, das sich entschuldigen wollte. Jane schmolz dahin und spürte, wie ihre Lippen belustigt zuckten.

„Verdächtige jeden", erklärte Lucy hastig. „Das habe ich gelernt, während ich den Rudhall-Fall gelöst habe."

Sie brach in Gelächter aus. „Sie sind absurd ... Ihre Fantasie ist wild, genau wie Ihre Locken. All diese Szenarien ... Sie wären mir nicht einmal in den Sinn gekommen."

Lucy tätschelte ihre Schulter. „Diese Denkweise kommt mit der Erfahrung und von einer blutrünstigen Seele."

Hinter ihnen räusperte sich jemand, und die beiden sprangen hoch und drehten sich herum wie Tänzerinnen.

Lord Claybrook lehnte an der Tür des Esszimmers.

Jane schluckte nervös und trat einen Schritt zurück. Sie war überrascht, dass sie so schnell so weit gegangen waren. Wut und geistloses Geplapper schien die Zeit schneller vergehen zu lassen.

Er richtete seinen Rücken auf und musterte ihr Gesicht. Seine breiten Schultern nahmen der Großteil des Flurs ein und machten den Raum sofort klein.

Er wandte sich zu ihnen und versperrte dadurch das Licht, das vom Fenster hereinströmte. Schatten fielen auf sein Gesicht.

Jane spürte, wie ihr Herz hüpfte, während ihre Augen über seine Gestalt wanderten. Sie bemerkte die dunklen Ränder unter seinen Augen und die leichten Fältchen um seinen Mund.

Lucy knickste und stupste sie an, um es ihr gleichzutun.

„Miss Trotter", nickte Lord Claybrook zur Begrüßung. „Würden Sie freundlicherweise Ihre blutrünstige Seele noch einmal zu einer Befragung ins Arbeitszimmer bringen?"

Jane stolperte aus dem Nichts.

Lucy stützte sie. „Das werde ich, Mylord."

„Ich dachte, Sie hätten sie bereits befragt?", stotterte Jane.

Claybrook rümpfte die Nase. „Wir wollten gerade anfangen, doch Miss Trotter entdeckte eine Biene. Wussten Sie, dass sie eine Todesangst vor Bienen hat? Sie rannte aus dem Zimmer und schrie wie eine gefolterte Katze."

Lucy senkte den Kopf. „Es ist Frühling. Die Bienen sind überall."

„Ich werde diesmal die Fenster geschlossen halten und erwarte Sie mittags in meinem Arbeitszimmer. Bitte ziehen Sie sich bis dahin in Ihr Zimmer zurück und täuschen Krankheit vor, da der Arzt auf dem Weg ist, um nach Ihnen zu sehen. Ich möchte ihm nicht das Gefühl geben, kostbare Zeit verschwendet zu haben, um hier herzukommen."

Jane sah Lucy nach, während diese in ihr Zimmer floh, und ein Lächeln umspielte ihre Lippen. Von wegen Bienen. Mit Miss Lucy Trotter war es niemals langweilig.

Sie wandte ihren Blick wieder Claybrook zu und bemerkte, dass er sie anstarrte. Ihr Lächeln erstarb.

Sie räusperte sich und quiekte: „Ich bin gerade auf dem Weg ins Kinderzimmer."

Er antwortete nicht. Seine Augen klebten an ihrem Gesicht.

Sie glättete ihr Haar und überprüfte diskret ihre Zähne. „Mylord?"

„Ja?"

„Sie … starren. Habe ich etwas an meinem Gesicht?"

„Es ist perfekt."

„Oh." Sie kam einen Schritt auf ihn zu.

Er legte den Kopf schief und zog eine Augenbraue hoch.

„Sie starren mich noch immer an und stehen mir im Weg."

„Ich bitte um Verzeihung, ich bin ein wenig durcheinander heute Morgen." Er trat zur Seite und bedeutete ihr, voranzugehen.

Sie begann, den Flur entlangzugehen, während er neben ihr herschritt und es anscheinend nicht eilig hatte.

Jetzt sprach er: „Ein paar Hausangestellte haben zusammen mit William … ich meine, Lord Willoughby, das Grundstück abgesucht. Sie fanden keine Fußspuren. Merkwürdig."

Sie war überrascht, dass er ihr Informationen mitteilte.

Bedeutete das, dass er ihr vertraute? Der Gedanke erfreute sie und sie senkte den Kopf, um zu verbergen, dass sie rot wurde.

Zurzeit fand sie es ein wenig schwierig, in seiner Nähe zu sein. Gleichzeitig freute sie sich darauf, ihn den ganzen Tag zu sehen. Dieses widersprüchliche Gefühl war sehr seltsam und anstrengend.

Sie runzelte die Stirn. War Lucys Wahnsinn etwa ansteckend? Sie ging schneller, um von ihm wegzukommen.

Sie biss sich auf die Lippen, als er am Ende des Flurs links abbog. „Wollten Sie die Kinder besuchen?"

„Ja, und ich wollte Sie sicher ins Kinderzimmer bringen. Seit unserer Ankunft in Gopshall stolpern Sie viel mehr."

Jane stolperte aus dem Nichts ... schon wieder.

Er griff nach ihrem Arm und drehte sie herum, sodass sie ihn anschaute.

Alles wurde still.

Ihre Ohren füllten sich mit Luft und sein Gesicht nahm ihr Sichtfeld ein. Sie holte tief und unsicher Luft, in einem vergeblichen Versuch, ihr rasendes Herz zu beruhigen.

Die Wärme seiner Finger drang in ihren Arm und ihr Brustkorb hob und senkte sich voller Aufregung.

„Hören Sie mir zu?", fragte er und strich mit dem Daumen über ihre Haut.

Ihre Sinne vernebelten sich und sie konnte an nichts anderes denken, als an seine Finger auf ihrer bloßen Haut.

Ein leises Keuchen entwich ihr. Er kniff die Augen zusammen und blickte auf ihre Lippen.

Er zog sie näher heran und ihr Magen krampfte sich zusammen.

Sie versuchte, ihre Züge in den Griff zubekommen, versuchte, den Tumult zu verbergen, der in ihr tobte. Das Atmen fiel ihr immer schwerer, als würde die Luft um sie herum langsam fest werden. Sie hatte das Gefühl, ohnmächtig zu werden und ein Teil von ihr wünschte sich, sie würde es, damit seine Wirkung auf sie ein Geheimnis bleiben könnte.

Seine Stimme war sanft, im Gegensatz zu der Intensität in

seinen Augen. „Stimmt etwas nicht? Ich weiß, hier ist es nicht so schön wie in meinem Haus, doch das kann doch sicher nicht der Grund für Ihre plötzliche Ungeschicklichkeit sein."

Seine Worte drangen durch den Nebel in ihrem Gehirn und sie versuchte verzweifelt, aus ihnen schlau zu werden.

Sie sprach, ohne nachzudenken. „Sie..."

„Ich?" Seine schneidende Stimme brachte sie wieder zu Verstand.

Sie trat von ihm weg. „Ich meine, der Mord..."

Er schüttelte den Kopf und ging wieder weiter. „Sie haben sich schon seltsam verhalten, bevor der Mord geschah. Ich hatte vorgehabt, mit Ihnen darüber zu sprechen, doch wegen der kürzlichen Ereignisse habe ich..." Er brach ab und musterte ihr Gesicht. „Sie waren immer so sicher auf Ihren Füßen. Ich habe gesehen, wie sie den Hügel hinaufliefen, über Pfützen hüpften und über Steine sprangen, so gekonnt wie eine agile Ziege."

Errötend senkte sie den Blick. Sie wusste nicht, ob sie sich ärgern sollte, weil sie mit einer Ziege verglichen wurde, oder erfreut sein sollte, weil er sie so sehr beachtet hatte.

Sie ging schneller und zwang sich, sich auf die Gemälde an der Wand zu konzentrieren, anstatt auf den Mann, der neben ihr ging.

Seine Stimme klang plötzlich besorgt. „Es liegt doch nicht etwa an Ihrer Gesundheit? Soll ich einen Arzt rufen? Ich weiß, auf die Kinder aufzupassen, ist harte Arbeit, und wenn es Ihnen zu viel wird, können Sie für eine kurze Zeit nach Hause fahren, wenn der Mord aufgeklärt ist. Sie haben Ihre Familie lange nicht gesehen."

Sie versteifte sich. „Es ist sehr freundlich von Ihnen, an mich zu denken, Mylord, aber mir geht es gut. Ich entschuldige mich für meine Ungeschicklichkeit. Ich werde dafür sorgen, dass es nicht wieder vorkommt. Ich kann mich um die Kinder kümmern."

„Sie missverstehen mich, Miss Peyton. Ich..."

„Vater!", quietschen die Kinder und sie war dankbar für die Unterbrechung. Sie steuerte auf den Schrank im

Kinderzimmer zu und tat so, als würde sie die Kleidung aufräumen, während Lord Claybrook seine beiden Kinder umarmte. Liebe und Zuneigung war deutlich in seinem Gesicht zu sehen.

Sie wandte den Blick ab und fühlte sich wie ein Eindringling. Sie war eine Bedienstete, nichts weiter. Sie musste sich immer an ihren Platz erinnern. Sie holte tief Luft, um sich zu stabilisieren und zwang sich, sich auf die anstehende Aufgabe zu konzentrieren, und nicht auf den lachenden Mann ein paar Meter von ihr entfernt.

Eines schönen Tages würde sie sich noch vergessen und etwas Dummes tun. Sie schloss die Augen und vergoss eine Träne. Sobald der Mörder gefunden war, würde sie sich eine neue Stelle suchen müssen.

Kapitel Neun

Lucy

Lord Claybrook klopfte mit der Rückseite seiner Feder an die silberne Schnupftabakdose. „Es ist merkwürdig, nicht wahr, dass Sie zwei Anstellungen hatten, und beide Male ist zufällig ein Mord im Haus Ihres Arbeitgebers geschehen."

Lucy richtete sich auf. „Es erscheint wirklich wie ein bemerkenswerter Zufall, doch ich versichere Ihnen, mehr ist es nicht."

„Sie wuchsen in einem Waisenhaus auf?"

„Im „The Brooding Cranesbill". Etwa vier Tagesreisen von hier."

Er nickte und schrieb es geschwind nieder.

„Im Waisenhaus starben viele Kinder", sagte sie. „Sie werden doch sicher nicht denken, ich hätte sie ebenfalls getötet?"

„Ich fälle keine Urteile, Miss Trotter. Ich stelle Fragen und berichte Lord Adair meine Antworten. Er kann daraus schließen, was er will. Also, sind Sie gerne Gouvernante?"

„Es ist ein Privileg, eine solche Stelle zu bekommen", sagte sie ausweichend.

„Werden Sie oft wütend, Miss Trotter?"

„Ich könnte sagen, ich hätte das Temperament einer Perserkatze oder eines Bluthundes. Ich könnte sogar sagen, ich sei so dumm wie eine Schildkröte. Sie würden die Wahrheit nicht erkennen, da Sie meine Gedanken nicht lesen können. Ich bezweifle, dass ein mordendes Geschöpf bei solchen Dingen sehr ehrlich wäre."

„Beantworten Sie die Frage."

„Wenn sich jemand die Zeit nimmt, ein Gewehr zu holen, Lord Beazley zu folgen, zu warten, bis er weit vom Haus weg ist, um ihm dann in den Rücken zu schießen, dann heißt das eindeutig, dass es geplant und kein vorübergehender Verlust der Sinne war. Ein kaltblütiges Geschöpf, ich denke..."

„Genug."

Sie beugte sich auf ihrem Stuhl vor. „Kannten Sie Lord Beazley gut, Myord?"

„Nein", erwiderte er mürrisch. „Er war nur ein Bekannter."

„Mochten Sie ihn?"

„Nein."

„Mögen Sie Ihren Bruder?"

Er warf ihr einen scharfen Blick zu. „*Ich* soll hier die Fragen stellen, Miss Trotter. Seien Sie so freundlich und beantworten Sie sie."

Lucy senkte den Blick und sagte demütig: „Ja, Mylord."

Er tauchte seine Feder in die Tinte, als sie weitersprach. „Sie sollten mich über mein Verhältnis mit jedem Mitglied des Haushalts befragen."

„Ich werde Sie fragen, was ich will, wann ich will und wie ich will. Ist das klar?"

Sie fuhr aus ihrem Stuhl hoch. „Was ist, wenn Beazley ein Königsverräter ist und Adair mich geschickt hat, um ihn zu töten?"

„Hat er Sie geschickt, um ihn zu töten?"

„Nein, aber Sie sollten mich nicht beim Wort nehmen."

Lord Claybrook drückte auf seinen Nasenrücken und beschmierte ihn dabei mit Tinte.

„Stimmt etwas nicht, Mylord? Schmerzt Ihr Kopf furchtbar? Oh, Sie sind doch nicht etwa vergiftet worden? Ich bin erledigt, wenn man mich in einem Raum mit einer frischen

Leiche findet."

„Miss Trotter, die nächsten zehn Minuten beantworten Sie meine Fragen und sehen davon ab, irgendetwas anderes zu tun, als mir kurze, einfache und ehrliche Antworten zu geben."

Sie setzte sich wieder. „Kann ich etwas Tee haben?"

„Trinken Sie die verdammte Kanne leer", fluchte er.

Sorgfältig schenkte sie beiden eine Tasse ein und nippte an ihrer. „Ich *könnte* diese Kanne wirklich leer trinken. Das ist ein wunderbarer Tee. Er hat ein blumiges Aroma mit herben Untertönen. Jasmin? Nichts, was ich beim Frühstück wollen würde, aber wunderbar genug. Bitte, fahren Sie fort, ich bin bereit, Ihre Fragen zu beantworten."

„Sie müssen sich an Ihren Platz erinnern", schnauzte er.

Sie reichte ihm ein Taschentuch. „Sie haben einen Tintenfleck auf Ihrer Nase, Mylord. Es scheint, Sie sind jähzornig. Was bedeutet, dass Sie ihn in einem Wutanfall erschossen haben könnten ... Aber Sie sind ein intelligenter Mann und wir waren uns ja einig, dass es vorsätzlich war..."

Er sprang auf. Seine Augen wurden schmal und seine Blicke durchbohrten sie wie Nadelstiche. „Essen Sie die Sandwiches, trinken Sie den Tee, solange Sie wollen. Ich gehe spazieren. Ich brauche Sie nicht zu befragen, da Lord Adair Sie gut genug kennt. Falls er noch Fragen hat, kann er sie Ihnen selbst stellen. Schönen Nachmittag."

Die Tür schlug hinter ihm zu und sie wartete, bis seine Schritte leiser wurden. Dann grinste sie von einem Ohr zum anderen. Es war ein kleiner Sieg, aber dennoch ein Sieg.

Nun war es an der Zeit, mit ihrer eigenen Ermittlung zu beginnen. Sie zog ein Stück Pergament heran und nahm die liegengelassene Feder.

Sie schielte auf das Papier und klopfte sich an die Lippen. Wo sollte sie anfangen?

Kapitel Zehn

Jane

Jane legte ihre Feder hin. Ihr Herz raste. Gerade hatte die Uhr zwei geschlagen, um diese Uhrzeit konnte doch niemand mehr wach sein. Und doch hörte die das leise Kratzen eines Stiefels vor ihrer Tür.

Da war es wieder. Ein leiser Schritt und ein unterdrücktes Niesen. Sie löschte die Kerze, ging zur Tür und hielt ihr Ohr daran.

Wieder ein Niesen! Diesmal lauter.

Wenn nun der Mörder draußen herumschlich? Wenn er sie erwischte?

Voller Schreck legte sie ihre Hand an den Mund. Wenn er sich nun ein neues Opfer suchte?

Nach einem Atemzug hatte sie sich wieder gefasst und neuen Mut gefasst. Das war ihre Chance, mehr zu entdecken, womöglich den Mörder zu finden und ihre Haut zu retten, und vielleicht auch die von Claybrook.

Sie holte tief Luft und zwang sich, zur Ruhe zu kommen und nachzudenken. Wenn es der Mörder wäre, dann würde er sie töten, oder sie würde später ohnehin gehängt werden, da alle dachten, sie und Lucy hätten Beazley getötet.

Sie hatte die Wahl jetzt oder später zu sterben.

Tat der Galgen mehr weh als ein Schuss in den Kopf?

Sie musste tapfer sein und mehr herausfinden. Sie musste

ihre Ängste beiseite schieben und ums Überleben kämpfen. Sie würde nicht wie ein kleines Lamm zur Schlachtbank gehen. Sie würde auf dem ganzen Weg dorthin kämpfen.

Sie war eine Tigerin, die bereit war, zu brüllen, ein Elefant, der trotzig den Rüssel schwang, ein schöner Schwan, der wie verrückt mit den Flügeln schlug, um sich zu verteidigen.

Sie spürte, wie eine Welle der Aufregung und des Mutes sie durchströmte, und ihre Vorfahren tanzten vor Freude, während sie sich auf die Schlacht vorbereitete.

Sie richtete sich auf, warf ihren Zopf auf den Rücken, griff nach dem Türknauf und öffnete die Tür.

Sie spähte mit einem Auge hinaus und entdeckte eine graue Gestalt, die eine Kerze hielt und um die Ecke verschwand.

Nach einem tiefen Atemzug eilte sie der Gestalt hinterher.

„Beazley, hierher, Beazley. Wo sind Sie?“

Jane blieb abrupt stehen, als Lucys Stimme an ihr Ohr drang.

„Tante Sedley, kannst du Beazley runterschicken?“

Jane klappte erschrocken die Kinnlade herunter und sie bekam Gänsehaut in der Kälte. Das arme Mädchen war verrückt geworden. Sie rief einen Toten.

Sie tappte zum Fenster und sah, dass Lucy auf einen kaputten, leeren Stuhl starrte und dabei die Kerze hochhielt.

Der fahle Kerzenschein beleuchtete Lucys braunes Haar, das in wilden Wellen um ihr Gesicht fiel. Ihr langweiliges Wollkleid hing ihr über die Schultern, es war zu groß für ihre zerbrechliche Figur. Ihre Haut war bleich und Schweißperlen standen ihr auf der Stirn. Doch ihre Augen waren klar, hell und intelligent. Sie zeigten keine Spur von Wahnsinn.

„Beazley! Wollen Sie denn keine Gerechtigkeit? Kommen Sie jetzt raus!“, zischte Lucy.

Abermals hörte Jane Schritte, diesmal hinter sich. Vielleicht war ein Diener aufgewacht und kam, um nachzusehen?

Sie sprang auf Lucy zu, legte eine Hand auf den Mund des Mädchens und flüsterte ihr ins Ohr: „Psst. Jemand kommt. Wir müssen uns verstecken."

Sofort löschte Lucy die Talgkerze und tauchte die beiden in Dunkelheit. Der beißende Geruch von brennendem Fett und Rauch erfüllte die Luft.

Jane nahm ihre Finger von Lucys Mund und griff stattdessen nach ihrer Hand und drückte sie.

Voller Verständnis drückte Lucy zurück und sie schlüpften hinter die Vorhänge.

Die Schritte wurden lauter und stoppten genau dort, wo sie standen. Nur eine Lage blauen Stoffs trennte sie von der Person, und die Mädchen klammerten sich ängstlich aneinander.

Kurz darauf verschwanden die Schritte wieder. Jane riss die Vorhänge beiseite und rannte in ihr Zimmer.

Ihr Mut hatte sie verlassen und ließ sie zitternd wie Wackelpudding zurück.

Lucy war direkt hinter ihr, und die beiden Mädchen ließen sich mit einem Seufzer der Erleichterung aufs Bett fallen. Gleich darauf kicherten sie hysterisch.

„Danke, dass Sie mich gerettet haben", keuchte Lucy schließlich.

„Einen Augenblick." Jane fummelte in der Dunkelheit herum, bis sie eine Kerze und die Zunderbüchse fand.

Das Klicken des Feuersteins erfüllte den kleinen Raum, bis eine Flamme aufloderte.

Im Kerzenschein beäugten sich die beiden Mädchen unbehaglich.

„Ich habe Sie sprechen gehört." Jane räusperte sich, unsicher, wie sie fortfahren sollte. Wie fragte man, ob der andere verrückt war. Schließlich entschied sie sich für: „Haben Sie den Verstand verloren?"

Lucy riss die Augen auf. „Sie haben mich gehört?"

Jane schluckte nervös. „Sie wollten mit Beazley sprechen. Er ist ... ähm ... tot. Sehr tot. Und alle denken, wir hätten ihn getötet."

Lucy wurde knallrot. „Ich weiß."

„Ich verstehe nicht."

„Und doch haben Sie mich gerettet."

„Ich weiß nicht, warum." Sie runzelte die Stirn. „Ich fühle mich gerade ratlos. Das ist ein Zustand, an den ich nicht gewöhnt bin."

Lucy setzte sich auf dem Bett auf und legte die Arme um das Kopfkissen. „Sie werden mir nicht glauben."

„Nichtsdestotrotz würde ich gerne eine Erklärung hören."

„Ich werde am Anfang anfangen müssen."

„Ich höre."

„Es ist eine lange Geschichte."

„Ich bin nicht schläfrig."

„Ich glaube nicht, dass ich das tun sollte."

„Ich werde es Claybrook sagen, und man wird Sie am Morgen nach Bedlam bringen."

Lucy zog ihre Beine an die Brust und legte ihr Kinn auf die Knie. „Ich arbeitete als Gouvernante in Rudhall Manor, als ich des Mordes an Lord Sedley beschuldigt wurde. Während ich dort wohnte, sah ich eines Nachts einen Geist. Das war Tante Sedley. Also, nicht meine Tante, sondern die Tante der Familie. Ich weiß nicht, warum ich sie Tante nenne … Na ja, das ist nicht wichtig. Wichtig ist, dass sie ruhelos war wegen des Mordes an ihrem Bruder. Sie half mir bei der Ermittlung. Als ich den Ort verließ, kam sie mit mir nach Lockwood, Lord Adairs Wohnsitz, und hat den Geist von Lord Adairs Urgroßvater kennengelernt. Sie verliebten sich und gingen ins Jenseits, zumindest hoffe ich das."

„Sie *haben* den Verstand verloren", keuchte Jane.

„Ich weiß, das klingt lächerlich, aber es ist wahr. Jedes Mal, wenn ich Tante Sedley gespürt habe, verspürte ich eine unheimliche Kälte. Gardinen bewegten sich, Fäden tanzten, und ich bekam Gänsehaut. Dann, heute Nacht, begann ich plötzlich zu zittern und fragte mich, ob das Beazley sei. Die Kälte kam und ging und deshalb dachte ich, er wollte mich irgendwo hinführen. Ich ging den Flur entlang und bemerkte, dass die Stelle, an der der kaputte Stuhl war, am kältesten war. Ich bin sicher, dass Beazley auf mich gewartet hat und er hätte sich gezeigt, wenn Sie nicht aufgetaucht wären."

„Sie *reden* Unsinn. Das Fieber ist Ihnen zu Kopf gestiegen."

„Ich versichere Ihnen, ich bin so normal wie Sie."

„Die Kälte, die Sie verspürt haben, kam von Ihrer Krankheit und diese Ecke war kälter als der Rest des Flurs, weil direkt darüber ein Fenster mit einem kaputten Riegel ist."

„Oh." Lucys ließ die Schultern sinken. „Ich hatte gehofft, sein Geist würde kommen und uns sagen, wer ihn getötet hat."

Jane wusste nicht, was sie denken sollte. Lucy schien nicht verrückt zu sein und doch klang das, was sie sagte, unmöglich.

„Ich mache Ihnen keinen Vorwurf, weil Sie an mir zweifeln." Lucy sprach ihre Gedanken aus. „Ich würde mir auch nicht glauben."

„Es wäre hilfreich gewesen, wenn Beazley uns seinen Mörder verraten hätte", sinnierte Jane. „Ich weiß noch immer nicht, was ich glauben soll."

„Bitte, erzählen Sie es nicht Claybrook, sonst komme ich nach Bedlam."

„Unter einer Bedingung: Erzählen Sie Adair nicht, dass Claybrook und Beazley in der Nacht vor dem Mord gekämpft haben."

„Das werde ich nicht, aber es würde mich nicht überraschen, wenn Lord Adair es bereits weiß."

„Behalten Sie es einfach für sich, Miss Trotter."

„Das werde ich. Und nennen Sie mich Lucy. Versprechen Sie, die Ereignisse von heute Nacht für sich zu behalten?"

„Sie sind definitiv verrückt, aber, wer ist das nicht? Wir tragen alle ein bisschen Wahnsinn in uns. Ihr Geheimnis ist sicher."

„Danke, Miss Peyton."

„Jane."

„Jane." Lucy gähnte und stand auf. „Ich sollte ins Bett gehen. Wenn Beazley mit mir sprechen will, dann kann er in mein Zimmer kommen. Ich werde ihm nicht noch einmal nachjagen."

„Wenn man dich erwischt hätte, wäre die Familie noch misstrauischer geworden."

„Das ist mir jetzt klar und ich werde von nun an vorsichtig sein. Bis morgen." Sie ging in Richtung Tür, blieb jedoch stehen, als sie einen Zettel mit glänzender Tinte auf dem Schreibtisch sah.

In Windeseile sprang Jane auf, rannte zum Schreibtisch und legte ihre Hand auf den Brief. Die Tinte war noch nass, sie hatte vergessen, Streusand darauf zu geben. Nun würde ihre ganze Handfläche damit verschmiert sein, aber das war nicht zu ändern. Sie bewegte sich, um den Brief komplett aus der Sicht zu nehmen, und wandte sich Lucy mit einem gequälten Lächeln zu.

Diese lächelte zurück und wandte höflich den Blick ab.

Sobald Lucy gegangen war, zündete Jane den Brief mit der Kerzenflamme an und warf dann das brennende Papier in eine Schale mit Wasser.

Kapitel Elf

Lucy

Stirnrunzelnd beäugte Lucy Eier, Sandkuchen, Brot, Butter, den warmen Toast, das Obst, die heißen Brötchen sowie die Kannen mit Tee und Kaffee und den kleinen Berg Bonbons. Warum hatte Lady Willoughby sie und Jane gebeten, mit der Familie zu frühstücken?

„Nun, da die Straßen frei sind, schicken wir die Kinder weg." Lady Willoughby legte ihre Gabel hin und nippte an ihrem Tee. „Wir können unsere Kinder nicht von einer Kriminellen betreuen lassen."

Ah! Sie wollten Lucy also zum Essen einladen, ihr alle möglichen köstlichen Speisen vorsetzen, ihr dann den Stuhl wegziehen und lachen, wenn sie auf den Hintern fiel.

Sie kniff die Augen zusammen. Lady Willoughby konnte zwar die Königin spielen, doch sie weigerte sich, ein gehorsamer Untertan zu sein.

Was die Tatsache betraf, dass ihre Schützlinge weggeschickt wurden, so konnte sie nicht erfreuter sein. Wenn Lady Willoughby dachte, die Kinder wären ihr ans Herz gewachsen und sie sei traurig, sie gehen zu sehen, dann irrte sie sich gewaltig.

Sie war hocherfreut über diese Nachricht. So sehr, dass es sie all ihre Willenskraft kostete, auf ihrem Stuhl sitzenzubleiben, und nicht auf den Tisch zu springen und mit der Butter und den Löffeln zu tanzen.

Sie krümmte ihre Finger und ballte sie zu trotzigen Fäusten. „Wir haben ihn nicht getötet. Welches Motiv sollten wir denn haben?“

„Sie haben beide versucht, meinen Mann zu verführen, und als das nicht funktioniert hat, haben Sie beschlossen, ihn zu töten.“

Lucy stach in ein gekochtes Ei und schob sich zwei Bonbons in den Mund. Sie fuhr fort, Trauben, Zitronenkuchen und Speck auf ihren Teller zu häufen. Sie kaute schnell, während die Familie sie beobachtete, wie sie sich immer wieder den Mund vollstopfte und dann ganz und gar nicht damenhaft schluckte.

Lord Willoughby schätzte gutes Essen, deshalb war der Tisch immer mit den erlesensten Speisen gedeckt. Die Marmeladen waren mit gesprenkelten Goldblättern durchsetzt, die Biskuits waren beim besten Bäcker in London gekauft und bis nach Gopshall gebracht worden. Das Fleisch war zart und saftig und die Schokoladenbonbons kamen aus Frankreich und waren köstlich.

Schließlich leerte sie ihre Teetasse und lehnte sich mit einem zufriedenen Seufzer in ihrem Stuhl zurück. Sie hatte ein vorzügliches Mahl genossen und wenn man sie nun entlassen würde, weil sie ihre Meinung sagte, dann machte das überhaupt nichts.

„Lady Willoughby“, sagte sie und fühlte sich wunderbar voll und schläfrig, „warum in aller Welt sollten wir, die armen Gouvernanten, mit Ihrem Ehemann flirten? Wenn wir schon jemanden verführen müssten, dann wäre das Lord Claybrook.“

Lord Claybrook verschluckte sich an seinem Kaffee.

Lucy ignorierte die erschrockenen Gesichter ringsum und fuhr fort: „Er ist viel attraktiver, wohlhabend, intelligent und hat einen besseren Körperbau als Ihr Mann, findest du nicht auch, Jane?“

Jane versuchte, in ihrem Nähkorb zu verschwinden, während Lord Claybrook errötete wie eine junge Debütantin bei ihrem Premierenball.

Lady Willoughby war sprachlos. Sie nippte an ihrer heißen Schokolade und zürnte schweigend. Schließlich sprach sie durch zusammengebissene Zähne. „Wenn Lord Adair nicht darauf bestanden hätte, dass wie Sie hier behalten, hätten wir Sie wegen Ihrer Impertinenz vor die Tür gesetzt."

Lucy biss in einen Apfel und kaute geräuschvoll. Sie hätte ihre Meinung nicht gesagt, doch nun, da die Kinder abreisten und Lord Adair die Familie angewiesen hatte, sie im Haus zu behalten, bis der Fall geklärt war, sah sie keinen Grund, höflich zu sein.

Sie hatten sie des Mordes an Beazley beschuldigt, ohne Ermittlungen anzustellen. Ihnen war es egal, ob sie als Folge dessen lebte oder starb, weshalb sollte sie sich also um ihre affektierten, großbürgerlichen Gefühle scheren.

Sie war kein scheues Mauerblümchen, und wenn sie auf ihrer armen verwaisten Seele herumtrampeln wollten, dann hatte sie die feste Absicht, ein paar Prellungen zu hinterlassen, bevor man sie auf den Kontinent verfrachtete.

„John weigert sich, zu gehen", flüsterte Lord Willoughby aus der Ecke. Sein Teller war unberührt, was ziemlich seltsam war.

„Er ist alt genug, um auf sich selbst aufzupassen", sagte Lady Willoughby abwesend. „Er kann bleiben. Die anderen fahren nach dem Frühstück."

Lucy wäre fast ein Aufschrei der Frustration entwichen. John, der ältere Sohn von Lord Willoughby, war sieben Jahre alt und das frechste Geschöpf, das ihr je begegnet war. Wenn er nicht gewesen wäre, wäre sie nicht auf dem verflixten Huhn ausgerutscht, in Lord Willoughbys Armen gelandet und des Mordes beschuldigt worden.

Plötzlich pfiff Lord Aston wie ein dampfender Kessel.

Sie zuckte erschrocken zusammen, ebenso wie Jane und der Rest der Familie.

„Hast du den Verstand verloren?", schnauzte Lady Willoughby den laut lachenden alten Mann an.

Lord Aston zeigte auf Lord Willoughby, der einen

merkwürdigen Grauton angenommen hatte, und schnaubte: „Hast du den Schrecken nicht bemerkt, der sich in das Herz deines feigen Ehemannes geschlichen hat? Die Tatsache, dass ihn jemand ermorden will, ist endlich in sein beschränktes Gehirn gedrungen. Sieh ihn dir an, er wimmert wie ein Kätzchen. Oh, er hat einen hübschen Farbton angenommen, he, he."

„Er ist dein Sohn", schimpfte Claybrook. „Hab doch ein Herz."

Lord Aston antwortete nicht, da er damit beschäftigt war, in sein Schnupftuch zu glucksen.

„Genug von diesem Unsinn." Vergnügt trommelte Lady Willoughby mit ihren Fingerspitzen. „Ich habe den reizenden Damen hier noch eine Neuigkeit mitzuteilen. Lord Claybrook hat sich ebenfalls dazu entschlossen, seine Kinder wegzuschicken."

Janes schockiertes Gesicht ließ Lady Willoughby zufrieden schnurren.

Lucy war wütend. Lord Claybrook hätte Jane die Nachricht überbringen sollen, und das auch noch ganz behutsam. Das arme Ding so zu überrumpeln… also, das war böse!

Sie legte den Kopf schief und betrachtete Lady Willoughby verärgert. Sie wusste, warum diese plötzliche Abneigung gegen Jane in ihrem Herzen aufgekeimt war wie eine eifrige Osterglocke im Frühling. Lady Willoughby war aufgefallen, dass Lord Claybrook Jane neulich so vehement verteidigt hatte und das hatte die rostigen Räder in ihrem Kopf in Bewegung gesetzt. Sie vermutete wahrscheinlich, dass Jane Lord Claybrooks Geliebte war und war verärgert.

Lord Claybrook sah unbehaglich aus. „Ich wollte es Ihnen gerade sagen, Miss Peyton."

Mit zusammengepressten Lippen und geballten Fäusten stand Jane auf. Sie sprach durch zusammengebissene Zähne, als wollte sie eine starke Emotion im Zaum halten. „Ich sollte den Kindern beim Packen helfen."

Lucy sah Jane nach und zählte leise: „Eins, zwei, drei…"

Lord Claybrook stand auf und eilte hinter Jane her.

Lady Willoughbys Gesicht war starr vor Wut. Lucy senkte den Kopf, um ihr Lächeln zu verbergen. Ohne es zu wollen, machte Jane mit ihrer ruhigen, würdevollen Art Lady Willoughby extrem wütend.

Es war unterhaltsam, das zu beobachten.

„Die Straßen sind geräumt, und das meiste Eis ist geschmolzen“, flüsterte Lord Willoughby wieder aus der Ecke. Er trug einen dunklen Leibrock und schwitzte stark. Ab und zu spähte er in die Schatten wie eine gefangene, wohlgenährte Ratte mit leuchtend roten Augen.

Der Mann tat Lucy leid. Er *war* schrecklich, aber das bedeutete nicht, dass er es verdiente, zu sterben.

„Tut, tut!“, kreischte Lord Aston seinem Sohn ins Gesicht.

Lord Willoughby sprang hoch und flatterte herum wie eine verschreckte Fledermaus.

Lucy konnte nicht anders, als bei diesem Anblick zu kichern. Abgesehen von seinem dunklen Leibrock, der aus demselben Stoff bestand, wie die dunkelblauen Vorhänge im Esszimmer, trug er eine Pistole, einen Dolch sowie Pfeil und Bogen.

Sie sah, dass ein großes Stück des Vorhangs fehlte und fragte sich, wer die Nacht damit verbracht hatte, dieses bemerkenswerte Kleidungsstück für ihn zu schneidern.

Er war während des Frühstücks ruhig geblieben und für so einen großen Mann hatte er sich hervorragend in das Mobiliar eingefügt.

Sie wandte ihre Aufmerksamkeit Lord Aston zu, der noch immer vor sich hin gackerte. Er kicherte weiter, landete dann plötzlich mit einem dumpfen Aufprall auf seinem Toast und verstummte.

War er vornüber gekippt und gestorben?

Der Hausdiener erschien hinter dem alten Mann, stach und stupste ihn und überprüfte seinen Puls.

„Er schläft“, schlussfolgerte der Hausdiener schließlich.

„Bringen Sie ihn auf sein Zimmer.“ Lady Willoughby

erschauderte. „Und lassen Sie ihn nicht heraus."

Nachdenklich kaute Lucy an einem trockenen Toast. Der Mord hatte anscheinend den Wahnsinn in ihnen allen geweckt.

Todesangst schuf oft eine hervorragende Atmosphäre, um die Psyche zu studieren, stellte sie fest.

Es stimmte, sie war ein hervorragendes Mittel, um das menschliche Gemüt zu studieren, dennoch konnte sie einem wilden Bären nicht einfach ein paar verängstigte Hinterteile präsentieren, nur, um primitive Überlebensfähigkeiten für weitere Experimente zu entfachen.

Sie wischte sich die Hand an der Serviette ab und stopfte das Tuch voller Schokolade in ihren Pompadour, dazu noch einen Apfel und eine Scheibe Brot mit Butter.

Sie wandte ihre Gedanken leichteren Dingen zu und fragte sich, wie Lord Claybrook Jane besänftigte.

Mit zwei Fingern streichelte sie ihren zahmen Raben, der jetzt auf ihrer Schulter saß und sagte heiser: „Ich werde grüblerisch und philosophisch, Spinoza", flüsterte sie. „Hoffentlich haben Lord Claybrook und Jane eine interessantere Zeit…Ob sie sich wohl küssen?"

Kapitel Zwölf

Jane

Jane stürmte den Flur entlang in Richtung des Kinderzimmers und versuchte dabei, ihre Tränen zurückzuhalten. Die Dienstmädchen hatten die Fenster aufgerissen, um die trostlose Winterluft hinauszulassen, und es der frischen Frühlingsbrise zu ermöglichen, hereinzuwehen.

Lichtstreifen strömten in das Haus und schufen lange, starre Schatten. Kleine Staubkörnchen tanzten im Sonnenschein wie Kobolde und in der Ferne läuteten Hochzeitsglocken.

Ausnahmsweise wirkte Gopshall Manor leicht und fröhlich, als hätte die dunkle, phlegmatische Luft endlich ihren Griff um das Haus gelöst.

Sie spürte, wie der Nordwind wich und die Atmosphäre sich um sie herum erwärmte, und doch blieb ihr Herz fest im Winter verankert.

Sie erhöhte ihr Tempo, als könnte sie ihren Tränen davonlaufen, und zwang sich, an alles zu denken, was die Kinder für die Reise brauchen würden. Lieblingsspielzeuge, Decken, Kekse, Reisemäntel…

Ihre Röcke raschelten, als sie um die Ecke bog, und der Wind wehte durch die offenen Fenster herein, zerrte an ihren Haarnadeln und löste ihren adretten Dutt.

Eine widerspenstige Strähne fiel in ihr Auge und sie

zuckte vor Schmerz zusammen. Doch bevor sie sie wegstreichen konnte, packte sie jemand am Arm und zerrte sie in ein leeres Gästezimmer.

„Hören Sie auf, sich gegen mich zu wehren", sagte Lord Claybrook, nahm ihre Hände und zog sie sanft von ihrem Gesicht. „Lassen Sie mich helfen."

Sie erstarrte und ihr Herz begann, heftig und schnell zu schlagen.

Sie spürte, wie er sich zu ihr beugte, und schon bald war sein Gesicht nahe genug, dass sie spürte, wie sein Atem über ihre Wangen strich.

Ihr Brustkorb hob und senkte sich vor Aufregung und sie schluckte nervös.

Sanfte Hände strichen die Strähne weg und ein warmes Taschentuch, das nach Amber und Gewürzen duftete, beruhigte ihr Auge.

„Besser?", fragte er.

Sie nickte. „Es brennt nicht mehr."

Er trat zurück, und sie konnte wieder atmen.

Sie sah sich im Gästezimmer um und rümpfte die Nase. Jemand hatte vergessen, hier die Fenster zu öffnen, und der nasskalte Geruch des Winters hing noch immer in den lavendelroséfarbenen Vorhänge. Der große Schreibtisch und das Fensterbrett waren mit Staub bedeckt und das Paisleymuster des Teppichs war im Lauf der Zeit grau geworden. Selbst die Tapeten in Pariser Grün waren an manchen Stellen verblasst und hatten einen matten, moosigen Farbton.

Es war, als hätte das Zimmer vergessen, sich an die Jahreszeit anzupassen, fast so wie ihr Gemütszustand.

„Die Tür ist geschlossen", sagte sie überrascht.

„Ich wollte Ihnen das wegen der Kinder sagen."

Sie griff um ihn herum nach dem Türgriff und wollte sie öffnen.

Er legte eine warme, raue Hand auf die ihre, um sie aufzuhalten. „Sie können gehen, wenn ich mit Ihnen gesprochen habe."

„Das schickt sich nicht“, erwiderte sie. „Wir können draußen sprechen.“

Seine Hände griffen nach ihrer Taille.

Sie schnappte nach Luft, als seine Finger fester zugriffen und sie vom Boden gehoben wurde.

Er starrte zu ihr hinauf, hielt sie einen Augenblick in der Luft und stellte sie dann weiter weg von der Tür auf dem Boden ab.

„Atmen Sie“, befahl er leise.

Sie gehorchte und holte tief Luft.

„Miss Peyton, Sie würden nicht wollen, dass jemand anderes das hört, was ich zu sagen habe.“

Etwas in seiner Stimme ließ sie erstarren.

Plötzlich bemerkte sie, dass er wütend war. Dennoch lagen seine Hände an ihrer schmalen Taille, als würde er sie nicht loslassen wollen. Seine Finger gruben sich durch das dünne Musselinkleid in ihre Haut und sie wand sich innerlich.

Sie verspürte einen unglaublichen Drang, sich an ihn zu lehnen, trotz des wütenden Sturms, der in seinen Augen tobte.

Sie legte den Kopf zurück, ihre Augen waren voller Emotionen. Was wollte er?

Er räusperte sich und trat von ihr zurück. Seine Augen musterten die Haarnadeln, die aus ihrem Haar rutschten und die Falten in ihrem blassgelben Hauskleid, die dort entstanden waren, wo sie die Röcke vor Aufregung gepackt hatte.

Sie fühlte sich erhitzt und verlegen und wandte ihren Blick von ihm ab. Sie befanden sich gemeinsam in einem Schlafgemach, unbeaufsichtigt … Ihre Ohren wurden warm und das Sonnenlicht, das durch die Fenster strömte, fühlte sich auf ihrer Haut plötzlich heiß wie Feuer an.

Er betrachtete sie, als wäre sie ein Stück Ratafiakuchen und er eine ausgehungerte Waise.

Als er sprach, war seine Stimme leise und heiser. „Ich schicke die Kinder zurück nach Hause, wo sich Tante Miriam um sie kümmern kann. Sie müssen zugeben, dass es gefährlich ist, in einem Haus zu sein, in dem ein Mörder lauert. Wenn ihnen etwas zustößt…“

„Wir können sie hier im Auge behalten“, wandte sie ein.

„Sie sind lächerlich.“

„Sie werden sie beschützen“, beharrte sie.

„Sie sind Ihnen ans Herz gewachsen.“

Sie senkte den Blick. „Sie sind seit über einem Jahr in meiner Obhut. Das ist natürlich.“

„Sie würden sie lieber einer Gefahr aussetzen, als sie gehen zu lassen?“

Er schritt zum Fenster, riss es auf und ließ der Klang der zwitschernden Vögel und die frische Brise herein. Der Duft von Frühlingsblumen und neuem Gras erfüllte den Raum.

Er stand einen Augenblick lang da und atmete tief. Gerade, als sie dachte, er wäre mit dem Gespräch fertig, sagte er: „Sie sind meine Kinder, *Miss Peyton*, ich weiß, was für sie am besten ist.“

Trotzig reckte sie das Kinn vor. „Sie vertrauen mir nicht.“

Mit einem einzigen Schritt war er abermals nur einen Atemzug von ihr entfernt. Sein Kopf senkte sich und seine Miene verfinsterte sich. „Ich gebe zu, ich bin hin- und hergerissen.“

Sie weigerte sich, sich Angst einjagen zu lassen. Er versuchte, sie einzuschüchtern, und sie konnte nicht verstehen, warum. Sie trat einen kleinen Schritt zurück, um einen klaren Kopf zu bekommen.

Er zog die Augenbrauen hoch, sein Blick wanderte zu ihren Füßen und zurück zu ihrem Gesicht.

„Sie glauben, ich hätte Beazley getötet?“, stammelte sie.

Seine nächsten Worte waren wie ein Eimer Schnee, der über ihrem Kopf ausgekippt wurde. „Ich will es nicht glauben, aber…“

„Aber?“

„Leider bin ich gezwungen, es in Erwägung zu ziehen.“

Sie senkte den Blick, um ihren Schmerz zu verbergen – den Schmerz, von den Kindern getrennt zu werden, den Schmerz, dass man ihr misstraute, obwohl es nicht ihre Schuld war.

Sanft griff er nach ihrem Kinn und hob es ein paar Zentimeter an. „So viele Geheimnisse."

Sie schloss die Augen und ballte die Faust. Sie wollte seine Augen nicht sehen, dunkel wie die Nacht, die sie anstarrten, suchend, fragend, urteilend.

Jedes Mal, wenn er sie so seltsam und intensiv anschaute, spürte sie schmerzhafte Pfeile, die ihr Herz durchbohrten.

In der darauffolgenden Stille spürte sie, wie er sie anstarrte. Das Schweigen zog sich hin, bis jeder ihrer gequälten Atemzüge laut und misstönend klang.

Sie betete, dass er bald sprechen möge, oder sie würde die Fassung verlieren.

Sie spürte einen Atemhauch auf ihrem Gesicht und dann, als könnte er nicht anders, strich er mit seinem Daumen über ihre Unterlippe.

Vor Schreck und Freude keuchte sie.

„Ich hatte ihrer Mutter geschrieben, *Miss Jane Peyton*, und eine interessante Antwort erhalten." Seine Augen wurden hart und funkelten wütend wie Eisstücke im Sonnenlicht.

Vor Entsetzen legte sie eine Hand in ihren Nacken und schwankte. „Ich k...kann das erklären."

Seine Hand schoss hervor und packte ihren Arm. Langsam drehte er ihn auf ihren Rücken und zwang sie dadurch, sich gegen ihn zu stemmen. Sie schrie auf.

Angst begann, durch ihr Blut zu rasen. Er hasste es, belogen zu werden. Er verabscheute es.

Sie hatte gesehen, wie er den alten Koch hinausgeworfen hatte, als er entdeckte, dass dieser ihn betrogen hatte, indem er seine Gewürze auf dem Markt verkaufte.

Sie hatte gesehen, wie der Koch gebettelt und gefleht und ihm von seiner kranken Mutter erzählt hatte, und doch hatte Claybrook ihn am Kragen gepackt und hinausgeworfen.

Gleichzeitig hatte sie gesehen, dass er den besten Arzt in London gerufen hatte, um seine loyale Haushälterin zu pflegen, als sie krank war. Sie hatte gesehen, dass er Süßigkeiten an alle Kinder auf seinem Anwesen verteilte.

Sie hatte auch gesehen, dass er den Stallburschen brutal verprügelt hatte, als er entdeckte, dass dieser die Pferde quälte.

Er hasste es, verraten zu werden. Er konnte der großzügigste Arbeitgeber sein. Doch wenn er bemerkte, dass seine Freundlichkeit ausgenutzt wurde, verwandelte er sich in ein Monster, in eine brüllende Bestie, die ihr Angst machte.

„Wissen Sie, was Ihre *Mutter* sagte, Miss Peyton?“ Er senkte den Kopf und seine Lippen waren einen Zentimeter von ihrem Nacken entfernt.

Sie schluckte und schüttelte den Kopf.

„Sie sagte, ich sei extrem grausam, von ihrer geliebten Tochter zu schreiben. Ich sei furchtbar unsensibel, weil ich sagte, sie würde in meinem Haus arbeiten und ihr berichtete, dass sie eine wunderbare Gouvernante sei. Sie sagte, das sei grausam, da das alles war, was sich ihre Tochter vor ihrem Tod vor einem Jahr gewünscht hatte. Mein Brief hatte sie zum Schluchzen gebracht und die Tinte war in Rinnsalen über die Seite geflossen, als sie den Augenblick noch einmal erlebte, in dem ihre Tochter, Miss Jane Peyton, in ihren Armen gestorben war.“

„Ich kann es erklären“, wiederholte sie verzweifelt.

„Ich kenne Sie überhaupt nicht.“ Er schloss kurz die Augen. „Verflixt nochmal. Ich kenne nicht einmal ihren Namen!“ Er schüttelte sie und sie schrie voller Angst auf.

„Sie tun mir weh.“

„Nicht mehr, als Sie mir wehgetan haben“, sagte er und schubste sie voller Abscheu weg.

„Bitte, lassen Sie mich sprechen.“

„Ich kann kein Wort glauben, das aus Ihrem Mund kommt. Was Sie getan haben … nichts, was Sie sagen oder tun, kann das wieder gutmachen“, schimpfte er.

Sie griff nach seiner Hand. „Es war falsch von mir, aber ich hatte nie vor, Sie im Unklaren zu lassen. Ich wollte gestehen.“

„Sie hatten über ein Jahr, und in der ganzen Zeit konnten Sie sich nicht aufraffen, mir die Wahrheit zu sagen.“

„Ich hatte mich verliebt … in die Kinder. Ich wollte mich

nicht von ihnen trennen."

Bei seinem Gesichtsausdruck sank sie in sich zusammen. Er betrachtete sie, als wäre sie eine Giftschlange.

„Ich muss wissen, wer Sie sind, woher Sie kommen und warum Sie gelogen haben", sagte er schließlich. „Nicht, weil ich irgendein Verlangen habe, mehr über Sie zu wissen, doch dieser Mord zwingt mich dazu. Ich soll jedes Mitglied dieses Haushaltes befragen und zufällig sind Sie eines davon."

Er schien nicht mehr wütend zu sein, aber enttäuscht und müde.

Ihr tat das Herz weh vor Unglück und sie verfluchte sich, weil sie ihn hintergangen hatte.

Er öffnete die Tür und wandte sich ihr ein letztes Mal zu. „Ich werde Sie heute Abend in meinem Arbeitszimmer anhören. Bitte, bringen Sie alle Beweise mit, die Sie haben, in Bezug auf wer Sie sind und was Ihre Geschichte ist. Ich muss Briefe sehen. Ich brauche die Namen von Menschen, die Sie kennen und Ihre Behauptungen bestätigen können."

Sie nickte und ließ ihren Tränen jetzt endlich freien Lauf.

Abrupt wandte er den Blick von ihr ab. „Ich wünschte, ich könnte Sie augenblicklich hinauswerfen, doch leider hat mir dieser Mord die Hände gebunden."

„Darf ich mich von den Kindern verabschieden?"

„Sie werden sie nie wieder sehen."

Geschlagen ließ sie den Kopf hängen.

Kapitel Dreizehn

Lucy

„Obstkuchen?"

Lucy blickte von ihrem Schreibtisch auf und betrachtete den unordentlichen kleinen Jungen. „Ich kann die Würmer sehen, die in die Mitte hineingestopft wurden, Master Willoughby."

„Ich will spazieren gehen."

„Ich bin nicht mehr Ihre Gouvernante."

„Warum?"

„Ihre Mutter denkt, ich hätte Beazley getötet."

„Warum?"

„Ich weiß es nicht."

„Warum?"

Sie sah ihn mit zusammengekniffenen Augen an.

Er kniff seinerseits die Augen zusammen. „Sie können trotzdem mit mir spazieren gehen."

„Mir wurde gesagt, mich von Ihnen fernzuhalten."

„Warum?"

„Kinder sollten nicht mit Leuten sprechen, die des Mordes verdächtigt werden. Für den Fall, dass ich Sie in einem Wutanfall ermorde."

„Aber als Mörderin sind Sie so viel interessanter. Haben Sie ihm in den Rücken geschossen oder in die Vorderseite? War da viel Blut? Ich habe die Leiche gesehen, sie war … wundervoll."

Lucy erschauderte. Was kleine Jungen vergnüglich fanden, war für die meisten normalen Menschen einfach abscheulich. Sie fragte sich, wo die Liebe zu abstoßenden Dingen verlorenging, wenn man erwachsen wurde.

Sie beäugte Master Willoughby spekulativ. Sie vermutete, dass es sich um einen rituellen Übergang handelte, eine Möglichkeit, mit der man herausbekommen konnte, ob das Wesen vor einem die Schwelle der Kindheit überschritten hatte oder nicht.

Dazu brauchte man nur eine Kröte und einen jungen Erwachsenen. Wenn die betreffende Person verzückt auf die warzige Amphibie, dann hatte man ein Kind vor sich. Doch wenn sie von ihr abgestoßen wurde, dann waren Glückwünsche angebracht, denn dann war sie jetzt ein vernünftiger Erwachsener.

Er stampfte ungeduldig mit dem Fuß auf.

Sie nörgelte gereizt: „Ich habe ihn nicht getötet. Jetzt gehen Sie weg. Ich muss diese Briefe zu Ende schreiben."

„Aber mir ist langweilig."

„Sie hätten mit den anderen Kindern fahren sollen."

„Aber sie sind alle dumme Babys."

„Sie sind jünger als Sie, aber viel wohlerzogener und ganz sicher nicht dumm. Sie sind dumm."

Er verdrehte die Augen.

Sie ignorierte ihn, schrieb den Brief zu Ende und streute Sand auf die Tinte.

Er stellte sich auf Zehenspitzen und versuchte, ihn zu lesen.

„Er ist nicht aufregend", sagte sie. „Nur ein Brief an meine Freundin aus dem Waisenhaus, in dem ich ihr berichte, dass ich eines grässlichen Verbrechens bezichtigt werde und sie all meine Habseligkeiten haben kann, falls ich verurteilt werde."

Er sah sich in dem spärlichen Raum um. „Sie haben nicht viel."

„Ich gehe. Suchen Sie sich jemand anderen, den sie belästigen können." Sie stand auf und strich sich die Röcke glatt.

„Bringen Sie mir etwas zu essen aus der Küche?“, fragte er und folgte ihr.

„Nein.“

„Einen trockenen Keks. Ich verhungere. Ich glaube, ich sterbe. Ich fühle mich wie ein Reisender in der Wüste. Ich habe in einem Reisebericht in der Bibliothek darüber gelesen. Wussten Sie, dass es in der Wüste sehr heiß wird?“

Sie erhöhte ihr Tempo, flog beinahe die Treppe hinauf. Sie musste mit ihrer Ermittlung anfangen und der erste Schritt war, jedes Familienmitglied zu belauschen. Sicher würde irgendjemand etwas ausplaudern.

Doch mit wem könnte sie anfangen? Und wie sollte sie lauschen, ohne erwischt zu werden?

Vielleicht könnte sie sich draußen unter das Fenster des Gesellschaftsraums setzen? Der Rosenbusch war dornig, deshalb würde sie dicke Röcke und Fäustlinge tragen müssen.

„Miss Trotter, hören Sie zu?“, jammerte Master Willoughby und riss an ihrem Ärmel.

Der Ärmel löste sich.

Erschrocken starrte sie darauf. Das war noch nie passiert. Sicher, sie war schrecklich im Nähen, doch dass ihr Ärmel abriss … Sie stöhnte.

Master Willoughby starrte auf den Ärmel, dann auf ihren nackten Arm. Ein Grinsen breitete sich auf seinem Gesicht aus. Er drückte den Ärmel an sich, als wäre er ein Piratenschatz und rannte davon.

Sie starrte dem davonflitzenden Jungen mit offenem Mund nach und fragte sich, was sie tun sollte. Sie durfte nicht ohne Ärmel gesehen werden … besonders nicht von Lady Willoughby. Das wäre demütigend. Sie musste in ihr Zimmer zurückgehen und sich umziehen.

In diesem Augenblick hallte Lady Willoughbys Stimme den Flur entlang. Sie in Lucys Richtung und würde gleich auf sie treffen!

Sie riss die nächstgelegene Tür auf und floh hinein.

Es war das Musikzimmer. Sie seufzte erleichtert.

Niemand benutzte dieses Zimmer, hier würde sie sicher sein.

Sie sah sich nach einem Sitzplatz um. Die Vorhänge waren zur Seite gezogen und mit verzierten Bändern festgebunden. Das Licht, das durch die Fenster hereinströmte, war voll tanzendem Staub. Das Sofa und die Instrumente waren mit großen, weißen Tüchern bedeckt, wodurch es im Raum erschreckend hell war.

Die Schritte kamen näher und der Türgriff wurde gedreht.

Donner und Doria!

Sie tauchte unter das verhüllte Klavier ab und zog ihren Rock in dem Moment aus dem Blickfeld, als sich die Tür öffnete und Lady Willoughby eintrat, gefolgt vom Butler.

Mr. Underhill, der Butler, war ein gutaussehender Mann und hatte ganz umgänglich gewirkt, bis zu dem Tag, an dem sie mit LordAdair zurückgekehrt war. Sie wusste, dass er scharf auf die Milchmagd war, mit ihrer hellen Haut wie Streichrahm. Sie hoffte, dass das süße Mädchen niemals seinem Charme erliegen würde.

„Endlich sind wir alleine, mein kleiner Bär“, seufzte Lady Willoughby.

Lucy riss erschrocken die Augen auf. Von ihrem Versteck aus konnte sie ihre Füße sehen, aber nichts weiter.

„Ich habe dich vermisst, mein Butterkin“, erwiderte der Butler.

Kussgeräusche erfüllten die Luft. Eine Geige klimperte, als einer von sie versehentlich streifte. Die Harfe erklang verärgert, Notenblätter flogen durch die Luft und landeten verstreut kurz vor Lucys Versteck.

Sie rückte näher an den Rand und versuchte, nach oben auf das Paar zu spähen. Teufel auch! Sie konnte die Knie sehen, aber nicht höher hinauf, und wenn sie das Tuch anhob, würde sie entdeckt werden.

„Oh, mein Pudding, meine süße, süße eingelegte Aubergine“, sagte Lady Willoughby. Ihre Stimme war belegt und sanft.

Tiefrote Samthandschuhe flatterten zu Boden und Lucy

errötete, als sie sah, wie sich zwei Paar Füße ineinander verschlangen.

Die Jacke des Butlers glitt auf den Boden und gleich darauf rutschte seine Furzbuxe – also, seine Hose – an seinen Oberschenkeln hinunter.

Lucy brannte vor Neugier. Sie rutschte noch ein wenig näher an den Rand, bis das Tuch ihre Nasenspitze berührte. Weiter konnte sie nicht gehen.

„Ooh", stöhnte Lady Willoughby. „Ich liebe Kinnkitzeln."

Lucy würgte. Kinnkitzeln?

Nach ein paar Augenblicken der Stille, in denen sie sich fragte, was das Paar wohl machte, sprach Lady Willoughby wieder. Ihre Stimme klang angestrengt, als hätte sie seit langer Zeit keine Luft mehr geholt. „Warum musste ich nur diesen schrecklichen, feigen Trottel heiraten. Ich bin froh, dass er aus unserem Schlafgemach ausgezogen ist. Vielleicht kannst du in ein paar Tagen zu mir kommen, meine kleine Banane."

„Lord Claybrook behält uns im Auge. Wir müssen vorsichtig sein."

„Ich liebe diese geheimen Treffen", sagte Lady Willoughby mit einem Lachen. „Aber trotzdem hoffe ich, dass mein Mann bald stirbt. Jedes Mal, wenn Lord Aston seinen Sohn anbrüllt oder sich auf ihn stürzt, um ihn zu erschrecken, bete ich inständig, dass er seinen Geist aufgibt. Dass mein Mann ihn aufgibt, meine ich. Obwohl es ideal wäre, wenn die beiden gemeinsam dahinscheiden würden. Ich wünschte, ich könnte etwas tun, um den Vorgang zu beschleunigen."

Lucys Miene erhellte sich. Hatte sie den Mörder gefunden? Sie legte den Kopf schief und nieste.

Es kam aus heiterem Himmel. Also, das Niesen kam aus heiterem Himmel. Sie war nicht vorbereitet gewesen.

Vielleicht lag es am Staub unter dem Klavier oder an ihrer andauernden Erkältung.

Es war nur ein kleiner Nieser gewesen. Ein süßes, kleines ‚Hatschi', doch anstelle von guten Wünschen brachte es Verdammnis.

Das weiße Tuch flog nach oben und der hosenlose Butler spähte auf sie herunter.

„Ich habe meinen Ärmel verloren, ich hörte Schritte und habe mich hier unten versteckt“, plapperte sie.

Lady Willoughby griff nach ihrer Hand und zog sie heraus. „Ihren Ärmel verloren, was? Eine wahrhaft glaubwürdige Geschichte.“ Sie schubste sie zum Butler, als wäre sie eine Stoffpuppe, und wischte sich die Hände an ihrem Rock ab. „Ich bin sicher, sie hat eine Affäre mit jemandem, Underhill, und ihr Ärmel hat sich gelöst, während sie in einer leidenschaftlichen Umarmung war. Er muss entkommen sein, als er uns gehört hat. Niemand ist so inkompetent mit einer Nadel.“

Lucy reckte trotzig ihr Kinn vor. „Ich bin sehr inkompetent und ich wollte nicht lauschen. Ich wusste nicht, dass dieses Zimmer benutzt wurde.“

„Niemand wird Ihnen glauben“, blaffte Lady Willoughby.

Der Butler zog seine Hose an, Lady Willoughby strich sich das Haar glatt und legte ihre Handschuhe an.

Sie begaben sich auf die Suche nach ihren Strümpfen.

„Niemand wird was glauben?“, fragte Lucy und deutete auf den grünen Seidenstrumpf, der an der Gardinenstange hing. Er sah aus wie eine grüne Schlange, die gleich angreifen würde, fast so wie seine Besitzerin.

Der Butler ging auf alle Viere, während Lady Willoughby auf seinen Rücken stieg. „Niemand wird glauben, dass Sie uns beide zusammen gesehen haben, Sie dämliche *Idiotin*“, sagte sie und nahm ihren Strumpf an sich.

Lucy zuckte die Schultern. „Lord Claybrook und Lord Adair können selbst entscheiden, wem sie glauben wollen.“

„Drohen Sie uns?“

„Nein, aber wenn ich befragt werde, habe ich keinen Grund, zu schwindeln.“

„Ich habe eine hübsche Perlenkette“, sagte Lady Willoughby schmeichelnd.

„Ich verabscheue Perlen.“

Der Butler packte sie am Hals und sein attraktives Gesicht wurde plötzlich grausam und hart. „Ich weiß, wie man mit solchen Frauen umgehen muss. Überlassen Sie sie mir."

Der Butler drückte ihren Hals zu und sie trat und kratzte ohne Erfolg.

Gerade, als sie dachte, sie würde sterben, flog die Tür auf und Lord Aston humpelte herein, assistiert von seinem Hausdiener.

Alle erstarrten und ihre Augen wanderten hin und her, um zu begreifen, was sie da sahen.

Lucy röchelte, und das setzte alle wieder in Bewegung.

„Nehmen Sie Ihre Hände von der jungen Frau", fuhr Lord Aston den Butler an.

Mr. Underhill tat, was ihm aufgetragen wurde.

„Was machst du hier?", fragte Lady Willoughby misstrauisch. „Ich dachte, du verabscheust das Musikzimmer, deshalb ist es seit dem Tod deiner Frau stillgelegt."

„Ich war auf dem Weg zu meinem Zimmer und hörte Lärm. Wir kamen, um nachzusehen. Und du, meine Liebe, was machst *du* hier?"

„Wir hörten ebenfalls etwas und fanden dieses Mädchen hier."

Lord Aston verlagerte sein Gewicht und lehnte sich auf seinen Gehstock mit Elfenbeinspitze. „Wohl kaum ein Verbrechen, Zuflucht in einem verlassenen Raum zu suchen. Haben sie einen weiteren Mord geplant?"

„Wir haben sie beim Stehlen erwischt", murmelte der Butler.

„Beim Stehlen?" Lord Aston sah sich im Zimmer um. „Beim Stehlen von was? Ich bezweifle, dass die Frau ein Klavier alleine hinauszerren oder eine Harfe in ihr Zimmer tragen kann. Vielleicht gefiel ihr eine alte Geige … leider nicht viel wert."

„Notenblätter", sagte Lady Willoughby und deutete auf die Blätter, die am Boden verstreut waren. „Sie wollte die Notenblätter stehlen."

„Sie haben also beschlossen, wegen ein paar

Notenblättern auf der Stelle zu morden?", fragte der Hausdiener den Butler mit wütendem Blick.

„Sie hatte eine Affäre mit jemandem. Ihr Ärmel fehlt", fauchte Lady Willoughby.

„Ah, eine Affäre. Mit wem?", fragte Lord Aston und sah sich um.

„Ich glaube, er ist geflohen", erwiderte Lady Willoughby.

„Ich verstehe. Nun, meine Liebe, kannst du mir sagen, ob du das Mädchen töten wolltest, weil sie eine Affäre mit einer unbekannten Person hatte oder wegen der Notenblätter? Das ist alles ein bisschen durcheinander, fürchte ich."

„Ich muss gehen", würgte Lucy hervor. „Ich habe nicht versucht, etwas zu stehlen und hatte auch keine Affäre." Sie wagte nicht, das zu erwähnen, was sie gesehen hatte. Schließlich hätte sie der Butler gerade fast erwürgt und wenn sie gestand ... Sie erschauderte und berührte ihren Hals.

Sie raste aus dem Zimmer. Ihr Herz donnerte und ihre Ohren klingelten. Niemand hielt sie auf.

Während sie rannte, holte sie tief Luft und war froh, dass sie am Leben war.

Es war durchaus möglich, dass der Butler und Lady Willoughby geplant hatten, ihren Ehemann zu ermorden. Es war ebenso klar, dass sie Liebhaber waren, und das schon seit langer Zeit.

Und Lord Aston und der Hausdiener ... Was hatten sie vor dem Musikzimmer getan? Lord Aston wagte sich kaum irgendwo auf seinen Füßen hin. Er wurde meist in seinem Stuhl getragen.

Er zog es vor, in seinem Zimmer zu bleiben, oder im Esszimmer, wo alle Kamine für ihn loderten, damit er in seiner Unterwäsche dort sitzen konnte. Der einzige andere Ort, den er gerne aufsuchte, war der orientalische Garten, wenn es ein klarer Tag war und die Sonne hoch und grell am Himmel stand.

Sie ließ sich auf ihr Bett fallen und starrte auf die abblätternde Decke. Etwas ging ihr im Kopf herum. Etwas, das Lord Aston gesagt hatte ... Sie runzelte die Stirn und versuchte, sich die Geschehnisse wieder ins Gedächtnis zu rufen, in der Reihenfolge, in der sich ereignet hatten.

Sie riss die Augen auf, als es ihr einfiel. Er hatte gesagt, er sei auf dem Weg in sein Zimmer gewesen, als er Lärm gehört hatte. Eine völlig logische Erklärung, abgesehen von der Tatsache, dass sein Zimmer in einem ganz anderen Flügel des Hauses lag.

Er hatte gelogen, aber warum?

Kapitel Vierzehn

Jane

Die Sonne ging gerade unter und die dichten Wolken dämpften das Abendlicht zu einem blassen Orange-Gold.

Es war ein warmer Abend, an dem Tausende von Wassertröpfchen in der Luft schwebten. Jane wischte sich mit einem Taschentuch über das Gesicht und machte sich langsam auf den Weg zum Arbeitszimmer.

Sie hoffte, das Bündel Briefe, das sie zusammengerafft hatte, war ausreichend, um ihre Identität zu beweisen.

Er würde endlich ihre Wahrheit kennen und doch würde er ihr ihren Verrat nie verzeihen. Ihr Herz fühlte sich bleischwer an und in ihrem Magen rumorte es vor Angst. Sie hatte nicht gewollt, dass er es auf diese Weise herausfand.

So hätte das alles nicht enden sollen.

Vor der Tür des Arbeitszimmers verharrte sie und der Mut verließ sie eindrucksvoll. Sie konnte ihm nicht gegenübertreten. Sie fühlte sich furchtbar. Diese ganze Situation war furchtbar.

Sie hatte nichts mehr gegessen, seit er ihr gesagt hatte, er wisse von ihrer Lüge. Durch den dunklen, lauwarmen Tee, den sie getrunken hatte, kurz bevor sie sich auf den Weg zu ihm machte, fühlte sie sich noch schlechter. Sie vermutete, dass die Köchin einen Schuss verdorbene Milch hineingegeben hatte.

Gopshall Manor erhob sich um sie herum wie eine unfreundliche, erdrückende Kreatur. Sie hasste dieses Haus. Sie hasste, wie isoliert sie hier war, wie auf einer vergessenen, öden Insel, die unaufhörlich von wilden, wütenden Wellen angegriffen wurde.

Die Bediensteten, die früher freundlich gewesen waren, hatten eine Einheit gebildet. Sie glaubten, dass es die beiden Außenseiter gewesen sein mussten, die Beazley getötet hatten. Es konnte keiner der ihren gewesen sein.

Sie nahm an, dass es die Familie wohl ebenso empfand, doch es war trotzdem entmutigend, so eine drastische Veränderung ihres Verhaltens zu sehen. Erst vor zwei Tagen hatte sie mit der Köchin über ihr Leben auf dem Land geplaudert, und heute konnte die Frau ihr nicht einmal mehr in die Augen sehen.

„Kommen Sie herein, Miss Peyton", rief Lord Claybrook.

Sie hatte weder geklopft, noch einen Laut von sich gegeben, dennoch hatte er ihre Anwesenheit gespürt.

„Kommen Sie herein", wiederholte er ungeduldig.

Sie holte tief Luft und öffnete die Tür.

Die beiden Kamine im Raum waren kalt und niemand hatte daran gedacht, wie wieder anzuzünden. Sie fragte sich, ob sie das tun sollte. Lord Claybrook musste völlig durchgefroren sein, weil er seit Stunden in so einem Raum arbeitete.

Sein Gesichtsausdruck warnte sie, stehenzubleiben. Sie zog das Schultertuch enger um sich und versuchte, nicht zu schlottern. Ihre billigen Pantoffel waren nicht angemessen für den eisigen Steinboden und sie krümmte ihre Zehen in einem schwachen Versuch, sie zu wärmen.

„Setzen Sie sich."

„Ich würde lieber stehen."

„Ich sagte, setzen Sie sich."

„Nein."

„Wollen Sie, dass ich Sie in den Stuhl zwinge?"

Sie beschloss, still zu sein und glitt auf den Stuhl.

Er sah müde und zornig aus. Enttäuschung und Verachtung funkelten in seinen Augen, wann immer er in ihre Richtung schaute.

Das traf sie wie ein Messer und sie setzte sich aufrechter hin. „Hier sind die Briefe, die alles erklären."

„Lassen Sie sie auf dem Tisch. Ich werde sie später lesen, um die Wahrheit Ihrer Aussage zu überprüfen. Doch sie werden nicht ausreichen."

„Das ist alles, was ich habe", erwiderte sie. Ihre Stimme klang trotzig.

„Halten Sie Ihre Zunge im Zaum", sagte er scharf. „Es scheint, sie brauchen nicht mehr die süße, ruhige Gouvernante zu spielen. Ihre Krallen kommen zum Vorschein."

„Sie werden nichts von dem glauben, was ich sage, warum sollen wir uns überhaupt die Mühe machen, darüber zu sprechen?"

„Sie haben mich getäuscht, mich belogen. Finden Sie nicht, dass Sie mir eine Erklärung schulden?"

„Doch, das tue ich." Sie senkte den Blick und schämte sich. Sie wusste nicht, warum sie so abwehrend war. Er hatte recht, sie hatte kein Recht, so mit ihm zu sprechen.

Er stand auf und ging um den Schreibtisch herum, lehnte seine Hüfte dagegen und starrte auf sie herab.

Ihr Herz raste und sie sank auf ihrem Stuhl zusammen. Ihre Finger gruben sich in ihre Röcke und ihre Augen waren auf den Boden gerichtet. Der Duft exotischen Holzes und Zigarren hüllte sie ein.

Er nahm eine Schnupftabakdose, die auf dem Tisch lag, und warf sie von einer Hand in die andere, während er darauf wartete, dass sie sprach.

Sie blickte auf die Schnupftabakdose, die im Licht funkelte, und konzentrierte sich dann aufmerksam auf das Fenster, während sie grübelte, was sie sagen sollte.

Ihr fiel auf, dass das Fenster leicht geöffnet war, und die nach Regen duftende Brise drang herein und hielt die Temperatur niedrig. Der Rosengarten und der Himmel draußen wirkten düster und die Bäume bogen sich in der Ferne, als würden sie gegen einen Sturm kämpfen. Es schien, als habe jemand die ganze Farbe aus der Welt gewaschen und sie in

Grautönen zurückgelassen.

Wenn sie so darüber nachdachte, ließ Lord Claybrook die Räume immer ein wenig kühl. Sie runzelte die Stirn. Lag es daran, dass sein Vater, Lord Aston, die Räume immer unangenehm heiß mochte? Vielleicht deutete dieses gegensätzliche Verhalten auf eine gestörte Beziehung zwischen den beiden hin.

Er räusperte sich, als Hinweis, dass sie anfangen sollte.

„Mein Name ist Elizabeth Verney“, sagte sie und ihre Stimme zitterte ein bisschen. „Ich bin die jüngste von sieben Schwestern und hatte dringend eine Anstellung gebraucht. Meine Familie ist arm und konnte es sich nicht leisten, mich noch viel länger zu behalten. Meine Busenfreundin, Lady Jane Peyton, lebte in unserem Dorf und war in einer ähnlichen Situation. Sie brauchte ebenso dringend Arbeit wie ich. Wir bewarben uns gemeinsam auf ein paar Stellen und Jane erhielt Ihr Angebot innerhalb eines Monats. Doch der Brief kam zu spät. Sie lag auf dem Sterbebett; sie starb an Schwindsucht.“

„Sie nutzten den Tod Ihrer Freundin zu Ihrem Vorteil aus“, sagte er angewidert. „Sie beschlossen, sie zu verkörpern?“

Sie schloss die Augen. Seine harte Stimme war wie ein Dolch, der in ihre verletzlichste Stelle stach. „Ich pflegte, sie zu besuchen“, fuhr sie ruhig fort. „Ich las ihr vor, Bücher, Briefe und Frauenmagazine. Eines Tages fand ich zufällig Ihren Brief, in dem Sie ihr die Stelle als Gouvernante anboten.“

Sie schluckte und fuhr fort. „Sie wusste, dass ich keine Dame war. Daher wäre es für mich unmöglich gewesen, so ein gutes Heim zu finden. Deshalb bat sie mich, die Stelle anzunehmen. Sie sagte, niemand würde es wissen, und ich könnte etwas Geld verdienen und meiner armen Mutter helfen. In der Zwischenzeit könnte ich weiter nach einer Stelle unter meinem richtigen Namen suchen.“

„Sie haben nach einer anderen Stelle gesucht?“

Sie nickte. „Ich habe noch nicht viel Glück gehabt, aber es ist nur eine Frage der Zeit, bis jemand sich bereit erklärt, mich einzustellen.“

„Sie wollten uns verlassen?“ Er packte sie am Arm und riss sie hoch. „Sie haben dafür gesorgt, dass wir uns alle an Sie gewöhnen und dann hätten Sie uns eines Tages verlassen?“

„I...Ich hielt es nicht für richtig, unter einem falschen Namen weiterzumachen.“

„Sie hätten mir die Wahrheit sagen können.“

„Ich glaube nicht, dass Sie mich eingestellt hätten, wenn Sie die Wahrheit gekannt hätten.“

„Wie konnten Sie uns täuschen, Miss Verney?“

„Ich wollte es nicht.“ Eine Träne rann an ihrer Nase herunter und fiel auf seinen Arm.

Er starrte auf ihr Gesicht herab und sah hin- und hergerissen aus. „Ich weiß nicht, was ich glauben soll. Ich weiß nicht, was ich denken soll. Was Sie getan haben, war schrecklich ... und doch glaube ich nicht, dass Sie Beazley getötet haben. Sie haben mich belogen, ja, aber ich kann Sie mir nicht als Mörderin vorstellen.“ Er schubste sie weg und sie stolperte. „Aber was weiß ich schon? Sie haben mich über ein Jahr lang zum Narren gehalten ... Sie könnten ebenso gut eine kaltblütige Kriminelle sein.“

„Das bin ich nicht!“, rief sie. „Ich habe gelogen und das tut mir leid. Aber ich war verzweifelt, doch ich würde niemals jemandem wehtun.“

„Sie haben uns wehgetan“, schimpfte er. „Sie haben den Kindern wehgetan. Sie werden sie vermissen.“

„Glauben Sie mir?“

„Ich habe Lord Adair gebeten, Ihren Hintergrund zu überprüfen. Bis ich von ihm höre, werde ich nichts glauben, das aus Ihrem Mund kommt. Ich bete, dass Sie diesmal die Wahrheit gesagt haben.“

„Ich wünschte, ich könnte gehen“, sagte sie und wandte sich ab.

„Das wünschte ich auch.“

Kapitel Fünfzehn

Lucy

Lucys Wollröcke und dicke Fäustlinge schützten sie vor dem dornigen Rosenbusch, aber ihr taten allmählich die Beine weh, weil sie schon so lange in gebückter Haltung unter dem Fenster des Arbeitszimmers kauerte. Als ihr ein Regentropfen auf die Nase fiel, beschloss sie, genug gehört zu haben, und kroch weg.

Sie sprang gerade auf, als Spinoza herunterstieß und auf ihrem Hut landete. Sie zog den Schal enger um ihre Ohren und ging auf den Apfelgarten zu.

„Ich sollte wieder hineingehen, Spinoza, doch nach allem, was ich herausgefunden habe, ... muss ich einfach spazieren gehen und nachdenken."

Lady Jane Peyton war Miss Elizabeth Verney? Das konnte doch nicht sein!

Spinoza krächzte protestierend, als es zu regnen anfing.

„Ich kann es nicht glauben. Sie schien so unschuldig, wohlerzogen und so, so ... gut. Wenn überhaupt, fühlte ich mich völlig unzureichend in ihrer Gegenwart. Sie schien so vernünftig."

Die Regentropfen wurden größer und sie suchte eilig Schutz unter einer riesigen Venusstatue, die eine Blumenschale hielt. Die Schale war groß genug, um ihren Hut und Spinoza vor dem schlimmsten Regen zu schützen.

„Lady Jane Peyton hat sich als eine gewöhnliche Miss

Elizabeth Verney entpuppt.“ Plötzlich lachte sie, streckte die Arme aus und ließ die Tropfen auf ihren Fingerspitzen tanzen. „Oh, wie brillant. Dieses Mädchen ist eine vortreffliche Schauspielerin. Aber welches Urteil steht mir schon zu, was ihre Handlungen betrifft.“

Tatsächlich sympathisierte sie vollkommen mit Elizabeth. Während ihrer Zeit im Waisenhaus hatte sie die Verzweiflung in den Augen jener gesehen, die hungerten, und miterlebt, wie der Tod Freundschaften getrennt hatte. Auch sie hätte ihre Freundin gebeten, ihren Platz einzunehmen, wenn sie an Janes Stelle gewesen wäre.

Nein, sie machte dem Mädchen keinen Vorwurf, sondern bewunderte sie nur, weil sie das Ganze so lange durchgezogen hatte.

Sie hatte auch Mitleid mit Jane, oder vielmehr Elizabeth, um sie bei ihrem richtigen Namen zu nennen. Sie hatte ihre Chance darauf, Lord Claybrook zu umwerben und ihn zu heiraten, vertan. Sie war keine verarmte Lady und eine Affäre zwischen ihnen käme fast einem Skandal gleich.

Elizabeth war eine wunderbare Gouvernante, die Kinder vergötterte. Sogar Master Willoughby hörte auf sie und tat, was sie ihm auftrug. Vielleicht könnte Lord Adair eine Stelle für sie finden?

Master Willoughby. Ihre Miene verfinsterte sich. Der Junge hatte noch immer ihren Ärmel. Er würde sie noch ins Grab bringen.

Spinoza krächzte abermals, doch diesmal klang er besorgt.

Ihr Nacken kribbelte. Jemand beobachtete sie. Sie suchte die Landschaft ab und verfluchte dabei ihre schlechte Sehkraft.

Beim Anblick der unscharfen Schatten in der Ferne erschauderte sie nervös. Vielleicht wäre es besser, sich nicht mehr alleine hinauszuwagen. Nicht, nachdem der Butler gedroht hatte, sie zu töten. Sie ging zum Haus zurück, ihr Herz raste.

Das Gefühl, dass jemand sie beobachtete, blieb, bis sie ihr

Zimmer erreicht hatte. Sie schloss die Tür, stellte einen Stuhl dagegen und setzte sich an ihren Schreibtisch.

Spinoza flog auf den Schrank und steckte den Kopf unter seinen Flügel.

Sie griff nach einem Pergament und tauchte die Feder in die Tinte. Ihre Hände waren kalt und die Feder zitterte.

Sie hatte das Gefühl, dass Angst sich in Gopshall Manor eingeschlichen und zu ihrem Zuhause gemacht hatte. Die Tatsache, dass ein Mörder in ihrer Mitte lauerte, war in die Wände und Möbel gedrungen und machte das Herrenhaus angespannter, dunkler und ernst.

Es war eine kalte Angst, die jeden besorgt, wachsam und misstrauisch machte. Die Zeit schien sich unerträglich hinzuziehen und sie hatte das Gefühl, sie würde jeden Moment zusammenbrechen.

Ein Tropfen Tinte fiel von der Federspitze auf das Pergament. Sie beobachtete, wie er sich ausbreitete, die Stirn ihres zarten Gesichts war gerunzelt. Vielleicht würden die Dinge klarer werden, wenn sie sie aufschrieb. Und diese Aufgabe würde sie von dem Schrecken und der Angst ablenken, die in ihrem Magen lauerten.

Lady Catherine Willoughby.

Einen Augenblick lang starrte sie nachdenklich auf den Namen, dann fuhr sie fort:

Alibi: Sie sagt, sie war bei Rosie, ihrer Zofe.

Motiv: Sie verachtet ihren Mann und will ihn töten, um frei zu sein und eine Affäre mit dem Butler fortzusetzen?

Und wenn Beazley nun ihr Ziel gewesen war? Er hätte ein verflossener Liebhaber sein können, der sie erpresst hatte? Oder er hatte sie mit dem Butler herumschmusen gesehen und gedroht, ihr Geheimnis zu lüften?

Sie kaute auf der Feder und bemerkte, dass sie die Spitze voller Tinte im Mund hatte. Einen Augenblick lang prustete und spuckte sie, dann schrieb sie den nächsten Namen auf.

Mr. Underhill, der Butler.

Mittelmäßig in seiner Arbeit, aber ein charmanter junger Mann mit einer gut verborgenen Anlage zur Grausamkeit.

Alibi: Weiß ich nicht.

Motiv: Hat eine Affäre mit Lady Willoughby und will Lord Willoughby aus dem Weg haben.

Beazley erwischte die beiden zusammen und er musste ihn töten.

Ein Schauer jagte über ihren Rücken, als sie sich abermals an seine große Hand erinnerte, die ihr die Kehle zudrückte.

Der Butler könnte es getan haben.

Sie schluckte und holte tief Luft, um sich zu versichern, dass sie in Sicherheit war.

„Donner und Doria, Spinoza, nachdem mir die Kehle zugedrückt worden ist und ich gesehen habe, wie die Furzbuxe an den Schenkeln des Butlers heruntergerutscht ist, fange ich an, durchzudrehen, und es wird nicht lange dauern, bis ich völlig den Verstand verliere“, seufzte sie. „Ich brauche einen Aristokraten an meiner Seite, alter Vogel. Ich brauche Lord Adair.“

Kapitel Sechzehn

Elizabeth

Elizabeth hörte, wie Lord Claybrook vor dem Gesellschaftszimmer mit dem Hausdiener sprach. Sie konnte ihm nicht gegenüber treten, nicht, nachdem er die Wahrheit entdeckt hatte.

Sie spürte, wie ihr Nacken rot und ihre Ohren warm wurden. Sie musste sich verstecken.

Verzweifelt blickte sie sich um. Die Vorhänge ... nein, er bevorzugte es, am Fenster zu stehen, sie würde im Handumdrehen entdeckt werden.

Der Raum war voller nutzloser Dinge wie Porzellankatzen, Elfenbeinstatuen und goldenen Fußbänken. Der Kuriositätenschrank quoll über mit Nippes, von Teetassen bis hin zu Fossilien, bot jedoch keinen Platz, in dem sich ein Mensch verstecken konnte.

Die Ohnmachtsliege? Oh, der Teufel sollte sie holen! Sie war zu schmal, als dass sie darunter passen würde.

Er war an der Tür! Ihre Finger flogen erschrocken an ihren Mund. Sie konnte seine Stimme klar und deutlich hören.

Dann würde es die riesige blau-silberne Vase in der Ecke tun müssen. Sie war ein wunderschönes, handbemaltes Stück, das mit einem getrockneten Lavendelstrauß gefüllt war. Sie reichte ihr bis zur Schulter und sie hoffte, dass sie breit genug war, damit sie sich hineinzwängen konnte.

Sie machte einen Satz auf die Vase zu, riss die getrockneten Blumen heraus und glitt mithilfe eines Fußschemels in den Bauch des Gefäßes. Es war sehr eng und sie musste sich fast zusammenrollen, um nicht gesehen zu werden.

Sie hielt die getrockneten Blumen hoch, in der Hoffnung, sie würden von außen nicht anders aussehen.

Der verflixte Mann hatte Adleraugen und ein Elefantengedächtnis. Wenn auch nur ein Blatt nicht an seinem Platz war, würde er das wahrscheinlich bemerken.

Sie hielt den Atem an, als sie Schritte hörte, die ins Zimmer kamen.

Ihr fiel auf, dass Lord Claybrook im Zimmer herumging. Was tat er? Sie konnte ein Rascheln hören, und war das das Klirren von Porzellan? Das hörte sich an, als würde jemand die Kissen aufschütteln.

Verwirrt runzelte sie die Stirn und wünschte, sie könnte aufspringen und sehen, was vorging.

Und dann geschah das Seltsamste: Er kam auf ihr Versteck zu und schob ein paar getrocknete Blumen beiseite.

Voller Schreck beobachtete sie, wie zwei männliche Finger ein Stück Papier in die Vase warfen und dann eilig die Blumen wieder ordnete.

Der Zettel landete in ihrem Schoß und sie umklammerte ihn voller Angst.

Die Schritte wurden schwächer und sie hörte, wie die Tür geschlossen wurde. Sie stieß einen Seufzer der Erleichterung aus und sprang auf.

In diesem Augenblick wurde die Tür aufgerissen und Claybrook kam herein.

Ihr Mund klappte auf und sie keuchte erschrocken.

Er blickte sie nicht minder erschrocken und verwirrt an.

Ihre Augenlider begannen, nervös zu zucken, als ihr die Realität der Lage, in der sie sich befand, klar wurde. Sie stand in einer Vase und umklammerte eine Handvoll getrockneter Blumen. Sie schloss die Augen und hoffte, dass das alles nur ein böser Traum war.

„Was in aller Welt machen Sie da?“

Sie schluckte heftig. „Ich weiß nicht genau, wie ich das erklären...“

„Spionieren Sie?“

Sie schüttelte den Kopf. „Nein, ich wollte ... diese Blumen austauschen. Sie sind staubig geworden.“

„Ich verstehe, und da verspürten Sie den Drang, in die Vase zu klettern, anstatt die Blumen herauszuziehen, wie es die meisten Menschen getan hätten, weil...?“

„Ich wollte gründlich sein. Wenn nun ein paar Blumen auf den Boden der Vase gefallen wären?“

„Sie wissen, dass Sie blanken Unsinn reden, *Miss Verney*?“

Sie zog den Kopf ein. „Ich weiß.“

„Das Ding muss voller Spinnen sein. Ich dachte, Frauen verabscheuten solche...“

Mit einem Kreischen warf Elizabeth die Blumen in die Luft und versuchte, herauszuklettern. Die Vase drohte, zu kippen... In Windeseile war er bei ihr und hielt mit einer Hand die Vase, während er sie mit der anderen heraushob.

Sie kniff die Augen zu und klammerte sich an sein Hemd, als sie voller Angst an Spinnen dachte, die durch ihre Kleidung krochen.

Schließlich beruhigte sich ihr rasendes Herz und sie bemerkte, dass sie noch immer in seinen Armen war. Mit einem Quieken riss sie sich von ihm los und trat ein paar Schritte zurück. „Es tut mir leid.“

Sein Gesichtsausdruck war wutverzerrt. Sie wurde an einen wütenden, eingesperrten Löwen erinnert, der darauf wartete, dass das Tor geöffnet wurde, damit er mit einem Satz herausspringen und seine Beute vertilgen konnte.

Sie trat noch einen Schritt zurück und wäre fast über den Schürhaken gefallen. Seine Hand schoss hervor, doch sie fing sich wieder, bevor er sie berühren konnte.

Sie sah, wie er die Faust ballte und seine Hand an seiner Seite fallenließ.

„Verflixte Frau“ , murmelte er gereizt, drehte sich auf dem

Absatz um und schritt hinaus.

Sie sah ihm nach. Erst, nachdem sie wieder in ihrem Zimmer war, sich den Staub abgeklopft und ihr Mieder auf Spinnen untersucht hatte, fiel ihr der Brief wieder ein.

Sie zog ihn heraus und las.

Liber Mr. Undyhil

Ich habe eine Freundn gebetn, das zu schreibn. Meine Ma sagt, das wenn mr. undyhil unter meinen Rock will, dann muss eer mich heiratn. Ich glaube, wir passn zusammn, also, ja, ich wiel sie heiratn.

ihre

Lamby, die Milchmagd

Sie zog die Augenbrauen hoch. Dann war der Mann, der den Brief versteckt hatte, also der Butler gewesen. Sie faltete den Brief zusammen und steckte ihn in ihren Pompadour.

Die beiden waren also verliebt, wie süß. Es war schön, in solchen Zeiten ein bisschen Glück zu sehen. Sie würde ihm den Brief zurückgeben, sobald sie ihn sah. Bis dahin würde sie ihn aufbewahren.

∞∞∞

Lucy

Lucys Hand zitterte, als sie die Vase vorsichtig wieder auf den Sockel stellte. Ihr Magen krampfte sich zusammen, und Schweißperlen standen auf ihrer Stirn. Sie konnte nicht glauben, dass sie beschlossen hatte, Mr. Underhill, dem Butler, zu folgen. Dem Mann, der versucht hatte, das Leben aus ihr herauszuquetschen und sie so sehr verängstigt hatte, dass sie die ganze Nacht wie eine hungrige Eule wach gewesen war.

In der Dunkelheit, mit nichts als einer flackernden Kerze als Gesellschaft, war jedes Geräusch verstärkt worden, jedes Rascheln hatte sie aufschrecken lassen und jeder Schatten war ihr bedrohlich erschienen. Der Geist von Tante Sedley hatte ihr nicht so viel Angst eingejagt wie dieser verfluchte Mann. Und doch hatte sie beschlossen, ihm heute zu folgen, um so viel wie möglich über ihn herauszufinden.

Sie war völlig verrückt.

Sie blinzelte schnell, um ihre Furcht zu verscheuchen. Es war Tag, sie war in Sicherheit. Sie holte tief Luft, öffnete die Hintertür und eilte hinter dem Butler her.

Bis jetzt hatte er nichts Außergewöhnliches getan, außer draußen im nebligen Morgenlicht herumzulungern wie ein verschlagener Fuchs.

Beim Anblick des Küchenmädchens, die die letzten Tage weg gewesen war, um sich um ihre kranke Mutter zu kümmern, war er kurz munter geworden. Ziemlich eifrig hatte er ihr von dem Mord erzählt.

Mit weit aufgerissenen Augen und offenem Mund hatte das junge Mädchen zugehört. Sie war schrecklich fasziniert gewesen und dankte ihren Sternen, all das nicht miterlebt zu haben, denn hätte sie den toten Mann gesehen, erklärte sie dramatisch, wäre sie vor Schreck gestorben.

Der Butler wechselte vom Küchenmädchen zum Kutscher und prahlte auch vor ihm mit den Neuigkeiten. Dabei genoss er jegliches Aufflackern von Entsetzen im Gesicht des Mannes.

„Ich habe ein paar Stücke von abgeschnittenen Zehennägeln des toten Mannes“, murmelte der Butler leise. „Ich bin bereit, sie zu verkaufen. Vielleicht habe ich sogar sein Hemd. Das, das er an dem Tag getragen hatte, an dem er ermordet wurde. Es sind Blutflecken darauf.“

Lucy, die ihn hinter einem großen, stachligen Busch beobachtet, blickte angewidert drein. Sie wusste, dass es in Mode war, dass Menschen die Habseligkeiten eines Mordopfers kauften, und wenn das Opfer zufällig ein Aristokrat war, dann war der Preis sogar noch höher. Doch dass der Butler des Hauses solche unseriösen Geschäfte machte … Sie quittierte das mit einem leisen „Tss“.

Mr. Underhill war ein furchtbarer Butler. Er tratschte und

war ein Geck, der mehr am Zustand seiner Jacke als an seinen Pflichten interessiert war. Anstatt die Geheimnisse seines Herrn zu bewahren, verstreute er sie wie Vogelfutter.

Ungeduldig klopfte sie mit dem Fuß.

Außer, dass er seine *zweifelhaften* Methoden gezeigt hatte, hatte er nichts weiter Interessantes getan. Er hatte nicht einmal versucht, sich in Richtung von Lady Willoughbys Zimmer zu wagen, wo Lucy gehofft hatte, er würde vielleicht im Rausch der Leidenschaft ein paar Informationen preisgeben.

Als er wieder hineinging, wollte sie die Sache schon fast aufgeben, denn ihn im Haus zu verfolgen, war keine leichte Aufgabe. Jeden Augenblick könnte jetzt jemand ihren Namen rufen und sie würde erwischt werden.

Sie umklammerte den billigen Ohrring in ihrer Hand, eine Ausrede, falls sie jemand fand, wie sie unter Tischen lauerte oder sich hinter Säulen versteckte. Dann könnte sie sagen, sie würde ihn suchen. Doch sie bezweifelte, dass der Butler auf ihre List hereinfallen würde.

Sie sah, wie er die Küche betrat, hielt inne und fragte sich, was sie jetzt tun sollte. Die Jagd aufgeben? Seit dem Mord war sie in der Küche nicht mehr willkommen gewesen, deshalb hatte sie sich von dem Ort ferngehalten, war nur kurz hereingekommen, um sich ein Tablett mit Essen aufs Zimmer mitzunehmen.

Dann erinnerte sie sich an die Schlinge, die über ihrem Kopf baumelte und straffte die Schultern. Die war viel furchterregender, als sich mit einem Haufen mürrischer Diener herumzuschlagen. Sie würde sich selbst eine Kanne Tee machen, genau so, wie sie ihn mochte, und die Köchin konnte ihretwegen in der Ecke kochen und pfeifen.

In der Küche war es mollig warm, denn die Flammen, die im großen Kamin flackerten, hatten den Holzboden erwärmt.

Die Köchin saß an dem abgenutzten Holztisch und schälte eine riesige Schüssel Kartoffeln, Rosie und Mary, die Dienstmädchen, saßen am anderen Ende des Tisches und steckten ihre Köpfe zusammen. Das Küchenmädchen, das müde und abgemagert aussah, stand so nah am Feuer, wie sie sich traute.

„Eine Tasse Tee?“, verlangte der Butler, der an der Tür saß. Er hatte es sich in einem alten Schaukelstuhl bequem gemacht. Seine Beine waren ausgestreckt, die Augen geschlossen und seine Finger an seinem Bauch zu einer Raute geformt.

Die Köchin schenkte ihm eine Tasse ein. Lucy zog die Augenbrauen hoch, als sie sah, dass die Köchin einen Löffel Zucker hineingab. Sie hatte das so schnell getan, dass es niemandem aufgefallen war.

Zucker wurde in diesem Haus sorgfältig rationiert, so, wie alles andere. Lord Aston war der Meinung, Bediensteten sollte ein solcher Luxus nicht gestattet sein. Auch war er nicht der Ansicht, dass die Köchin eine Magd brauchte oder Lady Willoughby eine Haushälterin.

Niemand wagte es, sich den Wünschen des alten Mannes zu widersetzen, da er die Finanzen von Rudhall vollständig kontrollierte.

Sie beäugte die Gläser mit eingelegten Ananas, exotischen Gewürzen und Pralinen, die hoch oben im Regal des Küchenschrankes standen, ebenso die großen Fleischstücke, die in der Speisekammer an Seilen hingen.

Fast jedem war Luxus untersagt, korrigierte sie sich. Lord Willoughby konnte essen, was er wollte. Schließlich war er der Erbe von Gopshall Manor und liebte gutes Essen.

Sie beobachtete, wie die Köchin dem Butler die Teetasse reichte, und dieser einen Schluck nahm und die Augen schloss. Wenn die Köchin irgendeine Anerkennung für das Risiko erwartet hatte, das sie eingegangen war, dann wurde sie enttäuscht.

War die Köchin in den Butler verliebt? Sicher, er war ein gutaussehender Mann, doch die Köchin war alt genug, um seine Mutter zu sein. Die stämmige Frau mit ihrem runden, roten Gesicht und einem Kopf voller grauer Locken schien nicht der Typ Frau zu sein, der hübschen Jungen hinterherjagte.

Sie sah, wie die alte Frau einen Augenblick lang dastand und auf den Butler hinunterstarrte. Die Frau hatte einen

Ausdruck der Abscheu im Gesicht, der Lucy erschreckte: Keine Liebe, sondern Hass. Die Köchin hasste den Butler.

In diesem Augenblick drehte sich die Köchin um und entdeckte Lucy, die am Eingang herumlungerte.

„Ihr Tablett steht am Herd“, sagte die Köchin, und jeglicher Hinweis auf ihre vorherige Emotion war verschwunden. Sie setzte sich wieder an den Tisch und schälte Kartoffeln, als wäre nichts passiert.

Lucy nahm das Tablett, doch anstatt zu gehen, stellte sie es auf den Küchentisch, gegenüber von der Köchin. Sie zog einen Stuhl heraus. Er glitt laut über den Holzboden und bei dem Geräusch richteten sich alle Augen auf sie.

Lucy ignorierte sie, setzte sich und begann, ruhig zu essen.

Die Köchin öffnete und schloss ihren Mund ein paar Mal, als würde sie nach Worten suchen. Da sie keine finden konnte, wandte sie sich den Dienstmädchen zu und begann, über ihre Nachbarn zu sprechen. Ihr Lieblingsthema und ein sicheres dazu.

„Letzten Abend bin ich nach Hause gegangen“, erzählte die Köchin den Mädchen. „Habe Mrs. Lays älteste Tochter getroffen. Sie hat leicht nach Gin gerochen.“

„Nein, wirklich?“, fragte Rosie fasziniert.

„Und wer, glaubt ihr, war direkt hinter ihr?“

„Doch nicht Mr. Timber?“, kreischte Rosie.

„Oh doch, genau Mr. Timber. Ich sah ihn mit meinen eigenen Augen, keine zehn Schritte von dem Mädchen entfernt.“

Lucy hatte es geliebt, den Eskapaden der unmoralischen Nachbarn der Köchin zu lauschen. Sie hatte das vermisst.

Sie schob sich einen Löffel voll Erbsen in den Mund und beugte sich vor, um mehr zu hören. Gleichzeitig schweifte ihr Blick zufällig zum Butler und sie erstarrte. Er sah sie wütend an. Die Drohung und Warnung in seinen Augen funkelten wie glühende Asche im Feuer.

Das Essen wurde in ihrem Mund zu Staub und sie verlor das Interesse an dem albernen Klatsch der Köchin. Sie nahm das

Tablett und verließ den Raum.

Kapitel Siebzehn

Elizabeth

„Wer ist da?"

„Ich bin's."

Elizabeth legte ihren Löffel hin und öffnete die Tür.

Lucy stand zögernd mit einem Tablett draußen, das mit ihrem Abendessen beladen war. „Können wir zusammen essen? Ich hasse es, alleine zu essen, und da die Bediensteten uns beide wie Nachttöpfe behandeln, dachte ich, wir könnten uns gegenseitig Gesellschaft leisten."

Elizabeth lächelte. Sie war es leid geworden, ihre Mahlzeiten in dem dunklen, fensterlosen Raum einzunehmen. Das war deprimierend geworden. Sie war froh, dass Lucy beschlossen hatte, sich zu ihr zu gesellen. „Komm rein."

Lucy erwiderte das Lächeln und betrat das Zimmer.

Das Abendessen war schlicht. Etwas Fleisch in einem wässrigen Eintopf, hartes Brot, Käse und pürierte Erbsen. Als Nachtisch hatten sie eine Schüssel mit kaltem, gedünstetem Apfel bekommen.

Elizabeth zwang sich, etwas von dem Brot zu kauen. Sie warf ihrer Gefährtin einen Blick zu und bemerkte, dass Lucy ihr Abendessen verspeiste, als wäre es ein Feinschmeckermenü. Sie vermutete, dass das Leben in einem Waisenhaus sie gelehrt hatte, jeden Bissen wertzuschätzen.

Sie aßen schweigend und fühlten sich in Gegenwart des

jeweils anderen wohl. Diese beruhigende Gemeinschaft war neu.

Sie waren Bekannte gewesen, die im selben Haus lebten, und ihre speziellen Aufgaben hatten sie zu sehr beschäftigt, als dass sie Zeit gefunden hätten, zu tratschen und Freundschaften zu schließen. Außerdem waren die Naturelle der beiden so unterschiedlich, dass Elizabeth nicht gedacht hätte, die beiden könnten jemals Freundinnen werden. Doch als sie Lucy zusah, die neben ihr eifrig aß, konnte sie nicht anders, als ein wenig Zuneigung ihr gegenüber zu empfinden.

Lucy Anne Trotter. Sie dachte über den Namen und das Mädchen nach. So ein einfacher Name, und doch war das Mädchen einzigartig.

Der gesamte Haushalt behandelte sie wie eine unwillkommene Fruchtfliege. Selbst die Bediensteten spotteten über sie, denn sie wussten wenigstens, woher sie kamen.

Und doch trug Lucy ihr fröhliches Gesicht wie einen Schild. Die kalten Blicke und das spöttische Grinsen schienen an ihr abzuprallen. Sie war verrückt, das stimmte, doch sie war ebenfalls wunderbar tapfer. Immerhin hatte sie ein Pferd gestohlen und war in den Ausläufern eines Schneesturms bis zu Lord Adairs Haus geritten.

Jemand anderes hätte an ihrer Stelle aufgegeben und sich denjenigen unterworfen, die mächtiger waren als sie.

Sie war wie ein wunderschönes Geißblatt, das über die hässlichen Stellen des Lebens kletterte und sie mit dichten, duftenden Blumen bedeckte. Sie war auch stur, ein bisschen wirr im Kopf und impulsiv, doch diese Macken trugen zu ihrem Charme bei.

Elizabeth lächelte Lucy an und dachte daran, was für ein herrlich liebenswertes Geschöpf sie doch war, genau wie eine kleine Schwester.

„*Ein Vogel ist noch nie mit nur einem Flügel geflogen.* Wir müssen gemeinsam ermitteln", sagte Lucy und löffelte das letzte Apfelstück auf.

Elizabeth schob Lucy ihren eigenen Eintopf hin, den sie nicht angerührt hatte, und nickte. „Ich würde dir gerne helfen, aber ich weiß nicht, wie man ermittelt."

„ Zwei Köpfe sind besser als einer. Und ich brauche Hilfe. Ich kann das nicht alleine", sagte Lucy. „Doch zuerst müssen wir einander vertrauen. Ich muss alles erfahren, was du weißt, und ich werde dir alles sagen, was ich herausgefunden habe. Keine Geheimnisse."

Elizabeth erstarrte. Keine Geheimnisse. Wusste Lucy, dass sie nicht Jane war? Nein, das war unmöglich. Das Gespräch zwischen ihr und Claybrook war vertraulich gewesen. Und da der Rest der Familie noch keinen Kommentar dazu abgegeben hatte, wusste sie, dass Claybrook die Neuigkeit erst noch allen mitteilen musste.

„Vertraust du mir?", fragte Lucy.

Elizabeth nickte langsam. Sie vertraute Lucy, doch nicht genug. Das Mädchen war eine Überlebenskünstlerin. Wenn sie verzweifelt werden sollte, könnte sie ihre List nutzen, um die Schuld abzuschieben und sich selbst zu retten.

Lucy wartete noch ein wenig länger und fuhr dann mit einem Seufzer, der beinahe enttäuscht klang, fort: „Nun, ich vertraue dir. Ich weiß, dass du Beazley nicht getötet hast und ich weiß, dass ich ihn nicht getötet habe. Das ist alles, dessen ich mir sicher bin. Ich will unbedingt den Mörder finden und von diesem Ort verschwinden."

„Wie kann ich helfen?" Elizabeth streckte den Rücken durch und beugte sich vor. Sie war ebenso begierig darauf, das Herrenhaus zu verlassen wie Lucy. Sie konnte Claybrooks Anblick nicht mehr ertragen, konnte den Abscheu und das Misstrauen in seinen Augen nicht mehr ertragen, jedes Mal, wenn er sie anschaute. Sie musste von all dem weg. Jeder seiner Blicke schien einen Teil von ihr abzuschlagen, und schon bald würde von ihr nur noch ein Haufen Sägespäne übrig sein.

Die einzige Möglichkeit, ihre Qual zu beenden, war, den Schuldigen zu finden, und so schnell wie möglich zu gehen.

Heute Morgen hatte sie einen Brief mit der Post erhalten, der vielversprechend klang. Ein Angebot, eine ältere Frau in ihrem Haus zu pflegen, ihre Gesellschafterin und

Krankenschwester zu sein.

Sie hatte eine Gouvernante sein wollen, doch diese Stelle war die Einzige, die ihr seit Monaten angeboten worden war. Sie konnte es sich nicht mehr leisten, wählerisch zu sein, und sie hatte vor, so bald wie möglich zu antworten und die Stelle anzunehmen.

Die Bezahlung war niedrig, doch da Essen und Unterkunft bezahlt waren, würde sie hoffentlich ausreichen. Die Zeit würde es zeigen.

„Wenn du mir nichts zu sagen hast", Lucy hielt inne und fuhr dann fort, als Elizabeth den Kopf schüttelte, „habe ich eine Menge mitzuteilen."

Mit offenem Mund hörte sich Elizabeth alles an, was Lucy zu sagen hatte. Die Begegnung mit dem Butler schockierte sie und sie schnappte entsetzt nach Luft.

Lady Willoughby und der Butler hatten eine Affäre? Und die arme Lucy wäre beinahe getötet worden, als sie das entdeckt hatte. Verwundert schüttelte sie den Kopf.

„Warum sollte der Butler Beazley töten?", fragte sie. „Es stimmt, er hat versucht, dich zu erwürgen, doch das bedeutet nicht unbedingt, dass er Beazley getötet hat. Warum sollte er?"

Mit hellen, funkelnden Augen beugte sich Lucy vor. „Vergiss nicht, dass die Kugel für Lord Willoughby bestimmt war. Wenn der Butler eine Affäre mit Lady Willoughby hat, dann ist er der wahrscheinlichste Verdächtige. Er hätte Lord Willoughby unbedingt loswerden wollen. Selbst Lady Willoughby ist unglücklich, weil sie mit ihm verheiratet ist. Sie betrachtet ihn so voller Abscheu, dass mich fröstelt. Er hätte den Schuss abgeben können, oder Lady Willoughby hat es getan. So oder so, die beiden stecken da gemeinsam drin."

„Grundgütiger! Daran habe ich noch gar nicht gedacht."

"Der Butler hat also ein Motiv", fuhr Lucy fort. „Jetzt müssen wir wissen, wo er zur Mordzeit war, und der Einzige, der diese Information hat, ist Lord Claybrook."

Bei dem Blick, den Lucy ihr zuwarf, riss Elizabeth die Augen auf. „Ich werde Lord Claybrook nicht fragen." Zurzeit konnte sie nicht einmal den Raum betreten, in dem er sich befand, ganz zu schweigen davon, ihn aufzusuchen und zu befragen.

Seltsamerweise debattierte Lucy nicht über diesen Punkt. Sie sagte vielmehr: „Du brauchst nicht mit ihm zu sprechen. Als er mich befragte, fiel mir auf, dass er sich Notizen machte. Er muss das bei allen getan haben, die er befragte. Ich glaube, wenn wir das Arbeitszimmer durchsuchen, müssen wir auf sie stoßen. Sie werden die Alibis von allen enthalten und sich für unsere Ermittlung von unschätzbarem Wert erweisen."

Elizabeth entspannte sich ein wenig. „Dann brauchen wir uns also nur ins Arbeitszimmer zu schleichen und seine Papiere zu durchsuchen."

„Genau. Und da wir nun zu zweit jagen, wird die Aufgabe schneller erledigt sein."

„Oh, das hätte ich beinahe vergessen." Sie stand auf, holte den Liebesbrief, den der Butler in die Vase geworfen hatte, und zeigte ihn Lucy.

Diese überflog ihn mit finsterer Miene. „Das arme Ding. Wir müssen sie vor dem Schurken retten."

„Ich stimme zu." Elizabeth streckte ihre Hand aus und schüttelte Lucys fest. „Komplizinnen?", fragte sie mit einem nervösen Lachen.

„Komplizinnen", grinste Lucy. „Auf unser erstes großes Abenteuer."

Die beiden schluckten ihren blassen, kalten Tee, und in diesem Augenblick schmeckte er so gut wie Champagner.

Kapitel Achtzehn

Lucy

„Lady Willoughby gibt heute eine Abendgesellschaft“, flüsterte Lucy.

„Warum müssen wir auf einen Baum klettern, um das zu besprechen?“, brummte Elizabeth.

„Ich habe Höhenangst und versuche, mich davon zu befreien.“

„Indem du auf einem Baum sitzt?“

„Ich zittere wie ein nasses Kätzchen. Ich könnte beim Herunterklettern erfrieren oder stürzen und mir das Genick brechen, doch ich muss lernen, mich meinen Ängsten zu stellen und sie zu überwinden.“

„Du bist verrückt.“

„Danke. Ich habe auch noch einen anderen Grund, warum ich diesen Ort gewählt habe. Damit wir nicht belauscht werden können. Die Wände haben Ohren.“

„Haben sie nicht.“

„Na schön. Menschen haben Ohren und derzeit scheinen alle herumzuschleichen und zu lauschen.“

„Das stimmt, ich sah, wie Lord Aston den Hausdiener drängte, auf allen Vieren zum Gesellschaftszimmer zu kriechen.“

„Wahrscheinlich wollte er, dass der Hausdiener Lord Willoughby anspringt und wieder erschreckt. Das letzte Mal, als er das getan hat, hüpfte Lord Willoughby vor Angst aus seiner Unterwäsche.“

Lucy lehnte sich an dem Ast zurück und blickte in den strahlend blauen Himmel. Der breite Ast war bequem und sie vergaß vorübergehend, dass sie sich hoch über dem Boden befand und eine einzige falsche Bewegung sie in den Tod stürzen konnte.

Sie betrachtete die leuchtenden Wolken, die sanft und lethargisch am Himmel entlangzogen. Sie schienen von innen beleuchtet zu sein, als würde ein winziges Wesen mit einer Lampe in der Mitte jeder nebligen Schwade sitzen.

Sie lächelte und wünschte, dieser Augenblick würde ewig andauern. „Ich habe heute ein paar Osterglocken gesehen.“

Elizabeth zupfte ein Blatt vom Ast über ihrem Kopf und roch daran. „Ich habe ein gelbes Gänseblümchen gesehen.“

Eine angenehmer Windstoß wehte über das sonnenbeschienene Feld und zerzauste das Haar der Mädchen.

„Ich bin überrascht, dass Lady Willoughby eine Abendgesellschaft gibt. Sollte die Familie nicht trauern?“, sinnierte Elizabeth.

„Er gehörte nicht zur Familie.“

„Aber er ist hier gestorben. Es erscheint ein wenig morbid, so bald zu feiern.“

Lucy zog einen matschigen Obstkuchen aus ihrer Tasche und fing an, die Rosinen herauszupicken und wegzuschnipsen. Sie hasste Rosinen. „Lady Willoughby hat keine Wahl. Die Menschen sind neugierig wegen des Mordes. Die Zeitungen waren voll davon und ohne eine deutliche Erklärung steht der Ruf der Familie auf dem Spiel.“

„Aber wie soll es der Familie helfen, wenn Lady Willoughby Abendgesellschaften hält, anstatt zu trauern, bis der Schuldige gefunden ist? Das wird alles nur noch schlimmer machen.“

Lucy beobachtete ein Eichhörnchen, das über den Rasen hüpfte. „Ich hörte, wie Rosie der Köchin erzählte, dass die Familie beschlossen habe, einige einflussreiche Leute einzuladen, die die Zeitungen dazu drängen können, die Familie in einem etwas freundlicheren Licht erscheinen zu lassen. Sie werden die Umstände erklären, so gut sie können. Sie können die Tatsachen nicht ewig verbergen. Das lässt sie verdächtig erscheinen."

Elizabeth nickte verstehend. „Die Menschen fangen an, wütend zu werden. Ich hörte, wie Lady Willoughby zu Rosie sagte, dass Lord Beazleys Mutter will, dass die gesamte Familie auf die Guillotine bringen will."

„Du liebe Güte, kein Wunder, dass Lord Aston sich so schnell mit dem Abendessen einverstanden erklärt hat."

„Also", fuhr Elizabeth fort. „Sie haben einige mächtige Leute eingeladen, um die Situation abzumildern, bis der Schuldige gefunden ist. Sie haben ebenso viel Angst vor dem Galgen wie wir."

„Das fasst es in etwa zusammen. Ich denke, das ist eine hervorragende Zeit für uns, um das Arbeitszimmer zu durchsuchen. Es wäre einfacher und schneller, das in einem hell erleuchteten Zimmer zu tun, anstatt im Dunkeln mit einer Kerze herumzustolpern. Ich spreche aus Erfahrung."

„Was ist, wenn jemand beschließt, während des Essens hinauszugehen?"

„Das würde niemand wagen."

„Diese Leute scheinen viel wichtiger zu sein als die Willoughbys", protestierte Elizabeth. „Und mächtige Leute sind oft seltsam. Lady Willoughby erzählte mir von einem ihrer Gäste, der mit einem bengalischen Tiger zu reisen pflegte. Er – also der Tiger – saß immer mit den anderen Gästen am Tisch, trug ein Lätzchen und fraß ein Stück rohes Fleisch. Solche Menschen scheren sich nicht um Schicklichkeit."

„Vielleicht wird dieser seltsame Gast heute kommen und uns eine Ablenkung verschaffen", sagte Lucy hoffnungsvoll.

„Unwahrscheinlich. Der Mann ist nach Indien gezogen und man hat seither nicht mehr von ihm gehört. Es wird spekuliert, dass der Tiger ihn während der langen Reise gefressen hat."

„Oh.“

„Wir müssen wirklich dafür sorgen, dass niemand uns erwischt, Lucy, ansonsten stecken wir in Schwierigkeiten. Sie werden überzeugt sein, dass wir Beazley gemeinsam getötet haben, wenn sie uns beim Schnüffeln im Arbeitszimmer erwischen.“

Lucy schloss die Augen und hielt ihr Gesicht in die Sonne. Es war schon so lange her, dass die Sonne so hell und warm geschienen hatte. Sie wollte ihre Probleme vergessen und eine Weile die Hitze genießen.

Ein leises Hüsteln ertönte hinter ihr und sie setzte sich keuchend auf.

„Master Willoughby?“, fragte Elizabeth entsetzt.

Hinter dem dicken Baumstamm, an den Lucy sich gerade so erfreut gelehnt hatte, erschien ein goldener Haarschopf. Kleine blaue Augen betrachteten sie, und die von der Sonne gewärmten Wangen bildeten zwei runde Kugeln, als er lächelte.

„Ich wollte nicht lauschen“, sagte er schnell. „Aber ich habe alles gehört.“

Die Mädchen wechselten einen ängstlichen Blick.

„Ich mag Sie“, sagte er und starrte Lucy an. „Meine Schwester und ich haben Sie immer gemocht. Sie sind anders. Sie bringen uns zum Lachen.“

„Sie beide haben mich gequält.“

Sein Lächeln wurde noch breiter. „Wir konnten nichts dagegen tun. Sie lösen das in uns aus.“

„Nun, was werden Sie mit dem tun, was Sie gehört haben?“, fiel Elizabeth ein.

„Na, Ihnen helfen.“ Er klimperte mit seinen Wimpern. „Natürlich.“

„Ich vertraue Ihnen nicht“, sagte Lucy mit finsterem Blick.

„Bei meiner Ehre“, sagte er und legte die Hand auf sein Herz. „Es ist schrecklich langweilig, wenn man niemanden zum Reden hat, und Ihnen zu helfen gibt mir etwas zu tun.“

„Glaub ihm nicht“, flüsterte Lucy Elizabeth zu. „Er wird

gleich zu seiner Mutter rennen."

„Ich glaube ihm", flüsterte Elizabeth zurück. „Außerdem, was haben wir schon zu verlieren? Er kann es ihnen erzählen, und wir werden verloren sein, aber wenn er ehrlich ist, dann haben wir alles zu gewinnen."

Nachdenklich betrachtete Lucy den Jungen. Vermutlich hatte Elizabeth recht. Und was das Vertrauen in Master Willoughby betraf … er war gar nicht so abscheulich. Immerhin ging er sehr sanft mit seiner kleinen Schwester um und tat sein Bestes, damit sie glücklich war. Seine Streiche waren harmlos und eher dazu gedacht, andere zu ärgern als zu verletzen. Vielleicht hatte er unter seinen Schmutzschichten doch ein gutes Herz.

Schließlich taute sie auf und fragte: „Was wollen Sie tun?"

Er jubelte begeistert. „Danke, Miss Trotter, dass Sie Ihr Vertrauen in mich setzen. Ich werde Sie nicht enttäuschen. Es geht um den Namen meiner Familie. Ich werde meine Aufgabe erfolgreich ausführen und beten, dass Sie die Antworten finden, die Sie suchen."

„Sie haben gelesen", sagte Lucy erstaunt.

„Gibt sonst nichts zu tun", erwiderte er achselzuckend.

Lucy verspürte einen Hauch Mitleid mit dem Jungen. Sie tätschelte ihm den Kopf.

Er entzog sich ihrem Griff. „Ich bin kein Kind."

„Haben Sie einen Plan?", fragte Elizabeth.

„Ich werde einen machen. Sollte einfach genug sein."

„Wie wollen Sie sie ablenken?"

„Ich könnte darauf bestehen, das längste Gedicht vorzutragen, das ich kenne?", schlug er vor.

„Na schön, um Punkt acht Uhr werden wir uns vor dem Esszimmer treffen. Hoffentlich sitzen bis dahin alle", sagte Lucy.

„Das klingt alles sehr vage. Da kann eine Menge schiefgehen", murmelte Elizabeth. „Was ist, wenn das Gedicht nicht lang genug ist?"

„Nur Mut", Lucy klatschte in die Hände. „Master Willoughby wird uns nicht im Stich lassen."

Bei dem Kompliment errötete er leicht und blähte die Brust auf. „Ich werde Sie nicht im Stich lassen“, echote er zuversichtlich.

Kapitel Neunzehn

Lucy

Die Abendgesellschaft war in vollem Gange. Lucy, Elizabeth und Master Willoughby sahen vom Kinderzimmerfenster aus zu, wie die Gäste eintrafen. Kutschen fuhren vor Gopshall Manor vor und schön gekleidete Menschen stiegen aus, begierig, Einzelheiten über den Mord zu erfahren.

Einige eilten mit gesenktem Kopf und auf den Boden gerichteten Augen hinein. Andere stiegen aus der Kutsche und sahen sich abschätzend um, bevor sie hineinschritten, während der Rest auf Zehenspitzen hineinschlich, die Hüte tief ins Gesicht gezogen, und ihre Augen herumwandern ließen wie schlecht verkleidete Detektive.

„Diese junge Dame hat ihre Hose vergessen", bemerkte Master Willoughby.

Lucy schlug ihm auf den Kopf. „Sie trägt ein Kleid, dessen Rock einen wenig durchsichtig ist."

„Ein wenig?", murmelte Elizabeth leise. „Von da, wo ich stehe, hat der Junge recht."

„Noch eine Kutsche!", rief Lucy aus. „Oh, seht nur, diese arme junge Dame ist in den Regen geraten. Ich hoffe, jemand gibt ihr schnell ein anderes Gewand."

„Es hat heute nicht geregnet", bemerkte Master Willoughby.

Elizabeth grinste. „Das ist der letzte Schrei."

„Was?“ Erschrocken zog Lucy die Augenbrauen hoch. „Es ist modisch, zu einer Abendgesellschaft tropfnass wie eine Flussratte zu erscheinen?“

„Sie wird die Polster ruinieren“, sinnierte Elizabeth.

„Sie wird sich erkälten und sterben“, erklärte Master Willoughby nachdenklich.

In diesem Augenblick drehte sich der Wind von Nord zu Ost, und ein Gefühl der Gefahr umgab die Mädchen.

Die Tür flog auf und Lady Willoughby trat ein. Sie trug ein hinreißendes grün-rosa Seidenkleid. Ihre goldenen Löckchen glänzten im Licht der untergehenden Sonne und ihre Augen funkelten wie ein eisiger, grüner Teich.

Wütend blickte Lady Willoughby auf Elizabeths Hand, die auf Master Willoughbys Schulter lag.

„Johnny. “ Lady Willoughby umarmte ihren Stiefsohn. „Ich habe dir doch gesagt, du sollst dich von ihnen fernhalten.“ Sie senkte die Stimme. „Sie sind getarnte Hexen.“

Master Willoughby verdrehte die Augen und zwinkerte Lucy zu.

Lucy grinste und streckte Lady Willoughby, die ihr den Rücken zudrehte, die Zunge heraus.

„Gehen Sie raus, Miss Trotter“, sagte Lady Willoughby leise. „Und nehmen Sie Ihre Freundin mit.“

Ihr seltsamer Tonfall jagte Lucy einen eiskalten Schauer über den Rücken. Sie griff nach Elizabeths Hand und verließ schnell das Zimmer.

„Sie hasst uns“, murmelte Elizabeth, während sie den Korridor in Richtung der versteckten Dienstbotentreppe entlanggingen.

Lucy schluckte nervös. „Sie kann dich neuerdings nicht einmal mehr ansehen oder deinen Namen sagen. Ich dachte, sie würde mich viel weniger leiden können.“

Elizabeth schloss kurz die Augen und straffte ihre Schultern. „Vergiss sie. Konzentrieren wir uns auf unsere nächste Aufgabe.“

Lucy nickte entschlossen. „Ich bin bereit.“

Die Standuhr im Flur begann zu läuten und die Mädchen sprinteten die Treppe hinunter, schlichen auf Zehenspitzen durch den Flur und blieben vor der Tür des Arbeitszimmers stehen, bevor der achte Glockenschlag ertönt war.

Die fröhliche Musik, die durch das Haus drang, dämpfte die Geräusche ihrer Handlungen.

Lucy hielt ihr Ohr an die Tür, während Elizabeth versuchte, unter der Tür nach irgendeinem Zeichen von menschlichem Leben zu spähen.

Jemand hämmerte auf dem Klavier herum und das machte es ihnen schwer, ordentlich zu hören. Mit hochgezogener Augenbraue sah Lucy Elizabeth an.

Diese holte tief Luft und nickte entschlossen.

Lucy lächelte, drehte den Knauf und schlich hinein. Elizabeth eilte hinter ihr her.

Niemand war im Raum. Die Mädchen stießen einstimmig einen Seufzer der Erleichterung aus.

Lucys Herz klopfte schnell und sie war überrascht, dass auch Elizabeth vor Aufregung erhitzt war. Sie hätte nie gedacht, dass das biedere Mädchen irgendetwas Gefährliches auch nur im Entferntesten unterhaltsam finden könnte.

Die Flammen im Kamin waren weich, niedrig und spuckten und zischten, als hätten sie Hunger auf mehr Holz. Sie warfen ein warmes Licht und flackernde Schatten in den Raum.

Das Bücherregal, der große Mahagoni-Schreibtisch in der Mitte des Zimmers, das Sofa und die verzierten Brokatstühle waren teilweise beleuchtet und erschienen wie scharfe Winkel im schwachen Licht.

„Ich habe das Gefühl, dass jemand in den Schatten lauert", sagte Elizabeth. „Jeden Augenblick wird eine Kreatur hinter dem Vorhang hervorspringen und…"

„Und?"

„Uns fressen." Sie erschauderte.

Lucy schritt zu den Vorhängen hinüber, zog sie zurück und gab den Blick auf die beschlagenen Fensterscheiben frei. Sie ging in die Hocke, um hinter dem Schreibtisch nachzusehen, und kam kurz darauf mit einem Lächeln wieder hoch. „Wir sind alleine."

„Du bist mutig", sagte Elizabeth bewundernd.

Lucy zuckte die Schultern. „Wenn man eine unangenehme Aufgabe aufschiebt, dann holt einen die Angst ein und schluckt den Mut. Man muss einfach schneller sein als die Angst."

„Schneller sein als die Angst. Du sagst die seltsamsten Dinge", sagte Elizabeth belustigt. „Dann sollten wir lieber anfangen. Du nimmst dieses Ende des Schreibtisches und ich werde hier anfangen zu suchen."

Lucy warf einen Blick auf die brennende Kerze in der Mitte des Tisches und runzelte die Stirn. Sie wollte Elizabeth nicht beunruhigen, aber niemand im Haus würde einen Bienenwachskerze verschwenden, da alle wussten, wie Lord Aston zu Geld stand.

Es war möglich, dass jemand nur für einen Augenblick hinausgegangen war und vorhatte, gleich wieder zurückzukommen. Doch alle aßen gerade zu Abend ... Sicher würde es kein Familienmitglied wagen, sich zu weigern, an so einer wichtigen Gesellschaft teilzunehmen.

Eine Bienenwachskerze schloss auch die Bediensteten aus.

„Beeil dich", zischte Elizabeth.

Lucy verfluchte sich im Stillen. Sie hatte Elizabeth gerade einen Rat erteilt, die Dinge nicht zu überdenken, und nun tat sie genau dasselbe. Sie trag an den Schreibtisch und begann, die Papiere zu begutachten. Ihre Augen und Finger flogen darüber – vielleicht weniger gründlich, als sie es gerne gehabt hätte.

Elizabeth schien ebenso panisch zu sein. Es hatte den Anschein, dass ihre Augen sogar noch schneller über die Worte flogen, als Lucys.

„Psst", flüsterte Lucy. „Ich glaube ... du meine Güte, Schritte!"

Die Mädchen duckten sich unter dem Schreibtisch, ihre Ohren schlotterten vor Angst.

Die Schritte gingen vorbei und sie seufzten erleichtert auf.

„Muss ein Diener gewesen sein“, flüsterte Elizabeth.

Lucy antwortete nicht. Ihre Augen waren auf den Papierkorb voller weggeworfener Zettel und Zigarrenenden gerichtet. Sie nahm ihn auf und stellte ihn auf den Schreibtisch.

Elizabeth suchte weiter auf dem Schreibtisch, während Lucy den Müll durchwühlte.

Nach gefühlten Stunden stieß Lucy endlich einen leisen Siegesschrei aus. Sie gab Elizabeth ein Zeichen und die beiden Mädchen spähten auf die Handschrift auf einem zerrissenen Stück Papier. Es besagte, dass Lord Willoughby zur Mordzeit in der Badewanne und alleine war. Ansonsten fanden sie nichts von Bedeutung.

„Ich glaube, Lord Claybrook hat das Tagebuch mit den Einzelheiten der Verhöre in seinem Schlafgemach aufbewahrt“, schlussfolgerte Lucy. „Der Mann ist intelligent. Er muss bemerkt haben, dass alle im Haus, einschließlich der Bediensteten, unbedingt sein Tagebuch in die Finger bekommen wollen. Schließlich stehen da vielleicht nicht nur Alibis drin, sondern auch viele Familiengeheimnisse.“

Elizabeth nickte. Ihr Gesicht wirkte seltsam fiebrig.

Lucy schob Elizabeths Aufregung auf ihren gescheiterten Versuch sowie auf die gesteigerten Emotionen der letzten Stunde. Sie steuerte auf die Tür zu und hielt inne, als sie bemerkte, dass Elizabeth ihr nicht folgte. Fragend wandte sie sich um.

„Ich stelle diesen Korb zurück.“ Elizabeth bedeutete ihr mit eine Handbewegung, weiterzugehen. „Ich brauche nicht lange.“

Lucy nickte und eilte aus dem Zimmer. Sie lief zum Esszimmer, um Master Willoughby zu signalisieren, dass sie fertig waren.

Kapitel Zwanzig

Lucy

Lucy kauerte neben dem Eingang zum Esszimmer und versuchte, Master Willoughbys Aufmerksamkeit zu bekommen.

Mehrere schillernde Gäste saßen am langen, hölzernen Esstisch und Master Willoughby stand neben seinem Vater am Kopfende.

Sein Gedichtvortrag war anscheinend zu Ende, und nun tanzte er gerade mit einem Kandelaber. Leider spielten die Musiker im Gesellschaftsraum eine schnelle Gigue, während Master Willoughby sich an einem langsamen Walzer versuchte.

Die meisten Gäste ignorierten den Jungen. Ein paar betrachteten ihn amüsiert, während andere unbehaglich dreinschauten.

Lady Willoughby versuchte, seinen Blick zu erhaschen, doch er ignorierte sie geflissentlich.

Lord Willoughby schien die Ereignisse um ihn herum dagegen nicht zu bemerken. Er saß mit glasigem, ängstlichem Blick da und umklammerte sein Weinglas.

Überraschenderweise schlief am anderen Ende des Tisches ein vollständig bekleideter Lord Aston auf seinem zerkleinerten Lammkotelett, wobei die Tatsache, dass er vollständig bekleidet war, eine Überraschung darstellte, nicht, dass er auf seinem Teller schlief.

Neidisch beäugte sie den Tisch und ihr Magen knurrte protestierend. Der Tisch war beladen mit Fleisch, Suppen und teuren Früchten. Zartes Porzellan, poliertes Silber und Kristallgläser glänzten im funkelnden Kerzenschein, während Frühlingsblumen, die durch die Servierschalen geflochten worden waren, die gesamten Speisen noch verführerischer machten.

In der Mitte des Tisches befand sich das Glanzstück: ein prächtiger, wabbeliger Pudding, der mit pastellfarbenen kandierten Blumen bedeckt war. Es war eine wunderschöne, cremefarbene Kreation, die wie eine große, dicke Krone in der Mitte des Tisches stand. Dunkle, süße Soße tröpfelte an den Seiten herunter und floss auf einen Ring aus üppigen Beeren. Es war das Meisterstück des Chefkochs, und sie hätte es ewig betrachten können.

Lucys Magen knurrte mittlerweile so laut, dass sie sich schon fragte, ob es jemand hörte. Doch die Gäste aßen weiter und niemand blickte in ihre Richtung. Selbst wenn sie jemand entdecken sollte, würden sie annehmen, sie wäre eine Bedienstete und sie ignorieren.

Plötzlich erwachte Lord Aston. Er nieste, wischte sich braune Soße und Sabber von der Stirn und winkte den Hausdiener mit seinem Finger heran.

Master Willoughby geriet in Panik, als ihm klar wurde, was gerade geschah: Lord Aston war im Begriff, den Raum zu verlassen.

Lucy wurde warm ums Herz. Er wollte nicht, dass jemand ging, bevor er das Signal bekommen hatte. Er nahm seine Aufgabe sehr ernst.

In der Zwischenzeit richtete Lord Aston seine betrunkenen Augen langsam auf den Ausgang. Er schob seinen Stuhl zurück und hob die Arme – ein Zeichen für den Hausdiener, ihn aufzuheben.

Lucy wollte gerade fliehen, als Master Willoughby plötzlich einen einen verzweifelten Schrei ausstieß, auf den Tisch sprang, seine Hose herunterzog und seinen Hintern in den wunderschönen, wackligen Vanillepudding sinken ließ.

Der Hausdiener erstarrte und Lord Aston baumelte in seinem Griff in der Luft. Die Gäste öffneten entsetzt ihre Münder und Lady Willoughby stieß einen gellenden Schrei aus.

Erschrockenes Schweigen legte sich auf den Raum. Lucy unterdrückte einen Schluckauf.

Langsam kam wieder Bewegung in den Raum. Die junge Dame, die nass geregnet worden war, obwohl es die letzten zwei Tage in England nicht geregnet hatte, fiel in Ohnmacht und landete mit einem dumpfen Aufprall auf dem Teppich.

Ihre Mutter sprang mit einem Schrei auf. Ihr altmodischer, voluminöser Satinrock warf dabei einen Kerzenhalter um, der einen Teil des Tisches in Brand steckte.

Ein Diener schlug schweigend und effizient die Flammen mit einem Kissen aus, während der Rest der Gäste mit offenen Mund den hosenlosen Master Willougby anstarrte, der noch immer mitten auf dem Tisch im Pudding saß.

„Darf ich eine Beere haben?“, fragte der Junge und klimperte unschuldig mit den Wimpern.

Lady Willoughby stieß einen Schrei aus, um den sie eine Todesfee beneidet hätte. Wenn Master Willoughbys Kriegsschrei nicht Warnung genug gewesen wäre, dann hätten die Mädchen bei diesem irren Lärm fluchtartig das Arbeitszimmer verlassen.

In diesem Augenblick drehte sich Master Willoughby um und entdeckte sie neben dem Eingang.

Er schenkte ihr ein schwaches Lächeln, das Lucy unter Tränen erwiderte. Sie war furchtbar stolz auf ihren kleinen Schützling.

Er war heute einfach großartig gewesen.

Kapitel Einundzwanzig

Elizabeth

Elizabeth stand da und las einen Brief, den sie unter den Papieren auf dem Schreibtisch gefunden hatte.

Lucy war gerade vor einem Augenblick gegangen, und sie fühlte sich schuldig, weil sie sie angelogen hatte. Doch sie wusste nicht, ob sie schon bereit war, ihre Geheimnisse zu gestehen.

Ihre Augen flogen über die elegante Handschrift und ihr Herz raste wie ein wild gewordenes Pferd.

Kurz darauf wurde sie schwungvoll herumgedreht.

Lord Claybrook stand vor ihr. Sein Mund war verzerrt vor Wut.

Sie unterdrückte einen Schrei und versteckte den Brief hinter ihrem Rücken. „Mylord?"

Mit funkelnden Augen starrte er sie wütend an. Langsam griff er hinter sie und packte ihr Handgelenk. „Was verstecken Sie da?"

Sie umklammerte den Brief fester und ihre Finger wurden durch den Druck weiß. „N… Nichts."

Das Feuer im Kamin zischte und erstarb, nur noch die Kerze auf dem Schreibtisch blieb übrig, um den Raum zu erleuchten. Gleichzeitig hörten die Musiker auf zu spielen und die plötzliche Stille gab ihr das Gefühl, als wären sie die beiden einzigen Menschen auf der Welt.

Sie standen im Halbdunkel so dicht zusammen, dass sie sah, wie sich ihr nebliger Atem vermischte.

Sein Duft war berauschend, eine schwere Mischung aus Brandy und Zigarrenrauch.

Plötzlich drehte er ihr Handgelenk um.

Voller Schmerz bewegte sie sich auf ihn zu. „Sie tun mir weh."

Sofort wurde sein Griff sanfter. „Was tun Sie hier?"

„Ich wollte ein Buch holen."

„Das hier ist nicht die Bibliothek."

„Sie haben hier auch welche... Ich habe vorhin eines gesehen, das mein Interesse geweckt hat. Das wollte ich holen."

„Wie heißt das Buch?"

Ihr Blick flog zu den Regalen, doch er legte den Kopf schief, um ihr die Sicht zu versperren.

Sie erstarrte, als sie bemerkte, dass seine Lippen nun einen Atemhauch von den ihren entfernt waren.

Noch nie zuvor waren sie sich so nah gewesen.

Sie spürte seine Finger heiß an ihrem Handgelenk und wurde sich der Wärme bewusst, die von seiner Brust ausging. Noch ein kleiner Schritt, und sie wäre an ihn gepresst.

Ein seltsam träges Gefühl überkam sie, als ob ihr Körper weich geworden wäre und zu schmelzen begann. Sie wollte sich an ihn schmiegen und spüren, wie seine Arme sie umschlossen.

Sie fühlte sich, als hätte sie eine Flasche Gin getrunken und sich in eine schamlose Dirne verwandelt. Sie wollte nicht mehr fliehen.

„Sie haben geschnüffelt!", blaffte er.

Sie blinzelte verwirrt. Er schien immun gegen die Gefühle zu sein, die in ihr tobten. Sein Gesicht war starr und seine Augen waren kalt. Sie zwang sich, sich auf seine Worte zu konzentrieren. Was hatte er sie gefragt?

Er schnalzte ungeduldig mit der Zunge. „Was ist los mit Ihnen? Verflixte Frau, antworten Sie mir! Was machen Sie hier?"

„Ich wollte sehen, ob ich irgendeinen Beweis gegen den Mörder finden könnte", stammelte sie.

„In meinem Arbeitszimmer? Denken Sie, ich hätte ihn getötet?"

„Das ist Lord Willoughbys Arbeitszimmer", erinnerte sie ihn.

„Ich vertraue Ihnen nicht."

Sie senkte den Blick. „Ich sage die Wahrheit."

„Was haben Sie gelesen, als ich hereingekommen bin?"

„Was spielt das für eine Rolle?", fragte sie und sah ihn trotzig an.

Seine Worte hatten ihr wehgetan. Die Art und Weise, wie er sie jetzt ansah, als wäre sie eine ungewollte Seuche, tat ihr weh.

Wut stieg in ihr auf und blendete sie mit irrationalem Zorn. Sie wollte ihn schlagen. Sie wand sich in seinem Griff und versuchte, zu entkommen, bevor sie die Kontrolle verlor.

Er ließ nicht los.

Sie nutzte ihre freie Hand, um auf ihn einzutrommeln, während sich ihr Brustkorb vor Aufregung hob und senkte. „Lassen Sie mich los."

„Erst, wenn Sie meine Frage beantwortet haben."

Er hielt sie problemlos fest und ihre Bemühungen wurden unbeständiger, verzweifelter.

Er zog sie an sich und umarmte sie. Sie erstarrte.

„Werden Sie wohl aufhören, sich gegen mich zu wehren?", fragte er. Seine Stimme klang dunkel und heiser.

Sie wand sich abermals und er fluchte kräftig.

„Bitte", sagte er schneidend.

Sie runzelte die Stirn und fragte sich, warum er so klang, als hätte er Schmerzen.

Seine Hände griffen stärker um ihre schlanke Taille, und als sie ruhig blieb, trat er einen Schritt von ihr zurück. „Ich möchte den Brief sehen, den Sie gelesen haben."

Sie schüttelte den Kopf, obwohl ihr Herz nicht mehr am Streit beteiligt war.

Seine Augen wurden schmal, dann umspielte ein leichtes, sinnliches Lächeln seine Mundwinkel.

Etwas in der Luft hatte sich verändert.

Langsam musterte er ihre zarte Figur, ihr nach oben gewandtes Gesicht und erstarrte, als sein Blick auf ihre Lippen fiel.

Seine Augen waren warm und verstörend, wie Nadelstiche in ihre Seele.

Sein Gesichtsausdruck erhitzte sich vor Verlangen und seine Hand erhob sich, um eine Haarsträhne hinter ihr Ohr zu streichen.

Seine Finger streiften ihren empfindsamen Nacken. Sie schloss die Augen und fing an zu zittern.

Als er wieder nah an sie herantrat, hörte sie auf zu atmen.

Eine seltsame Erregung durchströmte sie und sie fühlte sich schwindelig und schwach.

Als ob er verstünde, legten sich seine Arme um sie und sie lehnte sich an ihn.

Im Handumdrehen entriss er ihr den Brief und trat zurück.

Sie blinzelte benommen und ihr rosa Mund öffnete sich verwirrt.

„Ich wollte Ihnen nicht wehtun", sagte er. „Oder den Brief gewaltsam nehmen, deshalb…" Den Rest ließ er unausgesprochen.

Sie errötete vor Wut. Sie schämte sich für sich selbst! Es demütigte sie, wie leicht sie zu einem dummen, schmachtenden Frauenzimmer geworden war.

„Sie verbergen ein loderndes Feuer hinter diesem trügerischen, beherrschten Antlitz", sagte er. Er las den Inhalt des Briefes und verwarf ihn.

Als sie nicht antwortete, sagte er: „Sie hätten mich danach fragen können."

Sie blinzelte ihn dumm an.

„Der Brief von Janes Mutter, den Sie gelesen haben", verdeutlichte er und seine Stimme klang plötzlich sanft. „Sie können ihn mitnehmen."

„Sind … Sind Sie sicher?"

Er zuckte die Schultern. „Ich habe keine Verwendung für ihn."

Er war so sachlich und gleichgültig. Die Intensität, die sie noch vor einem Augenblick verspürt hatte, war verschwunden, und sie fragte sich, ob sie sich das alles nur eingebildet hatte.

Sie griff nach dem Brief und ihre Finger berührten sich.

Seine Augen richteten sich auf sie, und sie sah eine erschrockene Erkenntnis in ihnen.

Schnell schnappte sie sich den Brief und floh.

Sie konnte diese gewaltige Flut der Emotionen nicht verstehen. Die seltsame Macht, die er über sie hatte. Zuvor hatte sie ihm gefallen wollen, aber jetzt wollte sie ihn küssen.

Oh, wenn seine Lippen sie doch nur einmal berührten, dachte sie, während sie den Flur entlang zu ihrem Zimmer rannte.

Wie war es möglich, einen Mann gleichzeitig schlagen und küssen zu wollen?

Dieser Gedanke quälte sie von diesem Tag an oft.

Kapitel Zweiundzwanzig

Lucy

Der Pavillon war herrlich warm. Sonnenlicht drang durch seine großen Fenster herein. Es war so hell, dass Lucy, die auf einer cremefarbenen Bank lag, sich die Haube über ihre Augen gezogen hatte. Der Rock ihres hellgelben Hauskleides umspielte ihre Beine und fiel über die Seite der Bank, wodurch ihre Knöchel frei lagen.

Elizabeth saß am anderen Ende des Pavillons. Sie war tief in Gedanken, hatte die Augen auf nichts Bestimmtes gerichtet und das Kinn hochgereckt. Ihre Füße waren sittsam übereinander geschlagen und etwas von ihrem Spitzenunterrock war unter ihrem weichen, weißen Musselinrock zu sehen. Ein Sonnenschirm lag an ihrer Seite und auf der Bank neben ihr befanden sich ein Buch und eine Schale mit grünen Äpfeln.

„Woran denkst du?“, fragte Lucy.

„An nichts.“

„Du starrst schon den ganzen Vormittag auf die Amor-Statue. Sie ist süß, aber einer solch intensiven Betrachtung nicht würdig.“

„Nicht den ganzen Vormittag. Wir sind doch gerade erst gekommen.“

„Es ist Mittag. Die Glocken haben gerade geläutet.“

„Du scherzt!“, rief Elizabeth aus.

„Was spielt das für eine Rolle?", fragte Lucy und schloss ihre Augen wieder.

„Morgen, Nacht oder Mittag. Wir haben nichts zu tun."

„Wir müssen einen Mörder fassen."

Seufzend setzte sich Lucy auf. Sie hatte gehofft, wenn sie vom Haus weg wären, würde Elizabeth gestehen, dass sie nicht Jane war, doch das vermaledeite Mädchen war nur ihren Tagträumen nachgehangen.

Sie fragte sich, ob sie Elizabeth zu Boden werfen und zwingen sollte, zu gestehen. Es wurde schwer, dieses Spiel zu spielen und eines Tages würde sie sich versprechen und sie Elizabeth nennen.

Lucy starrte das Mädchen an und beschwor sie im Stillen, ihr die Wahrheit zu sagen. Sie öffnete ihre Augen weiter, blinzelte schnell und versuchte, vertrauenswürdig auszusehen.

Elizabeth lehnte sich von ihr weg. „Wirst du deinen Mageninhalt entleeren?"

„Wie?"

„Du hast einen seltsamen Farbton angenommen."

Lucy gab auf und konzentrierte sich stattdessen auf den Mord. „Der einzige Hinweis, den wir im Arbeitszimmer gefunden haben, war Lord Willoughbys Alibi."

„Er sagte, er war in der Badewanne." Elizabeth zog einen Fetzen Papier aus ihrem Pompadour. „Kein besonderes Alibi."

Lucy stand auf und begann, auf und ab zu gehen. „Was wissen wir über Lord Willoughby?"

„Du verdächtigst ihn doch nicht etwa?"

Lucy runzelte die Stirn. „Ich verdächtige jeden."

„Aber er war das Ziel!", protestierte Elizabeth.

„War er das?"

„Du meinst…"

„Vielleicht gab Lord Willoughby Lord Beazley absichtlich seine Kleidung. Dann schickte er ihn mit einem wilden Auftrag hinaus, folgte ihm und erschoss ihn. Und er wusste, dass die Familie annehmen würde, die Kugel sei für ihn bestimmt gewesen."

„Aber der Grund, warum die Familie denkt, die Kugel sei für Lord Willoughby bestimmt gewesen, ist, dass niemand ein Motiv hatte, Beazley zu töten. Niemand kannte ihn gut genug."

„Lord Willoughby schon."

Elizabeth riss die Augen auf. „Ja, er kannte ihn."

„Woher weißt du, dass sie keine Feinde waren?"

Elizabeth sprang auf und gesellte sich zu Lucy für einen gemächlichen Spaziergang. „Lord Willoughby hätte den Mann insgeheim hassen können."

Lucy nickte. „Er hätte Lady Willoughby und Beazley in einer kompromittierenden Lage erwischen können. Das ist durchaus möglich, wenn man bedenkt, dass die Frau unglücklich in ihrer Ehe ist und schamlos mit jedem Mann flirtet, der nach Gopshall kommt. Sie hat nicht einmal den armen Butler verschont."

Elizabeth blieb einen Augenblick bei einem alten, trockenen Springbrunnen stehen. Sie beäugte die beiden steinernen Fische, die sich über einem Marmorbecken beinahe küssten, und runzelte die Stirn. „Mir fällt gerade etwas ein. Lady Willoughby war in Lord Claybrook verliebt gewesen, bevor sie Lord Willoughby geheiratet hat."

„Wirklich?" Lucy packte Elizabeths Arm und drehte sie herum, um ihr Gesicht zu mustern. „Wusste Lord Willoughby davon?"

Elizabeth nickte. „Ich hörte es von Lord Claybrooks Haushälterin. Lord Claybrook hatte zugestimmt, Lady Willoughby zu heiraten. Sie waren verlobt. Doch Claybrook hatte damals noch nicht den Reichtum und Titel seiner Tante geerbt, deshalb beschloss Lady Willouhgby, stattdessen seinen älteren Bruder zu heiraten. Lord Claybrook heiratete dann eine enge Freundin, die ein paar Jahre später bei der Entbindung gestorben ist."

„Warum sollte sich Lord Willoughby bereiterklären, die Verlobte seines Bruders zu heiraten?"

„Vielleicht liebte er sie ebenfalls. Immerhin ist sie schön."

Skeptisch zog Lucy ihre Augenbraue hoch. „Aber seinem

eigenen Bruder so wehzutun?“

„Gehässigkeit. Lord Willoughby ist schon immer eifersüchtig auf Lord Claybrook gewesen. Obwohl Claybrook der jüngere Sohn ist, wurde ihm immer mehr Respekt entgegengebracht, nicht nur von der Gesellschaft, sondern auch von seiner Familie. Seine Mutter vergötterte ihn.“

„Wir sind hier vielleicht etwas auf der Spur“, sinnierte Lucy. „Lord Claybrook sieht gut aus, ist charmant und intelligent. Lord Willoughby ist ... nun ja, irgendwie ein Klumpen. Ein Klumpen, der weiß, dass seine Frau ihn verachtet. Sie hat ihn wegen seines Titels geheiratet, während sie in seinen Bruder verliebt war. Das muss wehtun. Und dass Lord Aston ihn wie eine Witzfigur behandelt, muss ihm noch mehr wehtun.“

„Vielleicht versteckt er ein verbittertes, böses Herz hinter dieser erbärmlichen hilflosen Maske?“, überlegte Elizabeth.

„Stimmt. Niemand mag ihn ... weshalb die Familie auch problemlos glaubte, dass er das Ziel war. Er spielt, trinkt und jagt Röcken hinterher. Auch die Dienstboten sprechen nicht freundlich über ihn.“

Elizabeth stocherte mit ihrem Sonnenschirm im Schlamm herum. „Ich erinnere mich an noch etwas. Das war ein paar Monate, bevor du nach Gopshall gekommen bist. Es ist Klatsch und ich kann nicht sicher sein, doch ich erinnere mich, dass die Dienstboten darüber sprachen, dass es seltsam sei, dass drei Männer, mit denen Lord Willoughby in der Vergangenheit gespielt und an die er eine hübsche Summe verloren hatte, ...“

„Ja?“

„Sie sind auf mysteriöse Weise gestorben. Doch Lord Willoughby hatte jedes Mal ein ausgezeichnetes Alibi.“

Lucy stieß einen Pfiff aus. „Ich glaube, dass Lord Willoughby plötzlich zu unserem Hauptverdächtigen geworden ist.“

„Aber ... das könnte ein Gerücht sein.“

„Ein seltsames Gerücht, das Monate später wahr wird. Ein vierter Mann, der mit Lord Willoughby gespielt hatte, stirbt plötzlich ebenfalls.“

Elizabeth umfasste sich, als wäre ihr auf einmal kalt. „Es ist furchtbar, so über Menschen zu sprechen, nicht wahr? Ich werde Lord Willoughby nie mehr so ansehen können wie früher.“

Lucy rieb sich die Arme und nickte. „Menschen sind seltsam, Miss Peyton.“

„Heißt das, du wirst die Vorstellung aufgeben, den Butler zu verfolgen?“

„Wir wissen noch immer nicht, wer ihn getötet hat. Das ist reine Spekulation. Eine hübsche Theorie, aber wir brauchen Beweise. Der Butler könnte es auch getan haben. Wir dürfen noch niemanden ausschließen.“

„Ich denke, das ist zu gefährlich“, sagte Elizabeth stur. „Du könntest verletzt werden.“

„Ich werde warten, bis er das Haus verlässt und dann sein Zimmer durchsuchen.“

„Ich werde dir helfen.“

„Das kann ich nicht zulassen. Er hätte mich fast getötet.“

„Wir stecken da gemeinsam drin und ich will dir helfen. Außerdem wird es für ihn schwerer sein, zwei Gouvernanten zu töten, anstatt einer.

Spontan umarmte Lucy Elizabeth. „Danke. Jetzt brauchen wir nur noch zu warten, bis der Mann geht.“

∞∞∞

Elizabeth

Früh am nächsten Morgen legte Elizabeth ihr bequemstes Kleid an, steckte ein paar Kekse, ein Schälmesser, ein kleines Seil und einen Brief von ihrer geliebten Schwester als Mutmacher ein.

Sie war bereit, zu spionieren.

Der Tag versprach, furchtbar zu werden. Schwere, dunkle Wolken hingen am Himmel und die weiche, sanfte

Brise von gestern hatte sich in einen brüllenden Sturm verwandelt. Gopshall Manor ächzte und stöhnte in den kräftigen Windstößen, als hätte es das ganze Theater satt, das innerhalb und außerhalb des Herrenhauses stattfand.

Sie entdeckte ihre Zielperson in dem Augenblick, in dem sie aus ihrer Schlafkammer trat. Der Butler ging ein paar Schritte vor ihr. Er bog rechts ab und sie eilte hinter ihm her und fühlte sich nervös. Sie hatte so etwas noch nie zuvor getan.

Sie bemerkte, dass der Butler in Richtung Küche unterwegs war und zwang sich, langsamer und in einem angemessenen Tempo zu gehen.

In diesem Moment blickte sich der Butler um. Sie nickte ihm höflich zu. Er lächelte zurück und ging weiter.

Sie hatte jedes Recht, in dieselbe Richtung zu gehen wie er, und doch blieb ein Hauch der Angst an ihr haften. Wenn er nun erriet, dass ihr Motiv nicht war, eine Tasse Tee zu trinken, sondern ihn im Auge zu behalten?

In einem kleinen Spiegel, der am Treppenabsatz hing, erhaschte sie einen Blick auf sich und hielt inne. Ihr Haar war zu einem adretten Dutt hochgebunden. Ihr cremefarbenes, gesprenkeltes Musselinkleid war sauber, wenn auch durch das Alter ein wenig verblasst. Es schmiegte sich an ihre Kurven und fühlte sich weich und bequem auf ihrer Haut an. Ihr Gesicht, das mit hellen Sommersprossen gesprenkelt war, wirkte ruhig und zuversichtlich.

Es hatte den Anschein, dass sie das letzte Jahr, in dem sie vorgegeben hatte, jemand anderes zu sein, gelehrt hatte, ihre Gefühle zu verschleiern und den Anschein zu vermitteln, sie hätte alles unter Kontrolle, auch wenn sie innerlich zitterte.

Sie wandte sich von ihrem Spiegelbild ab und holte tief Luft, bereit, sich abermals an die Fersen des Butlers zu heften. Doch Lord Claybrooks tiefe, wütende Stimme, die aus dem Musikzimmer drang, ließ sie innehalten. Sie legte den Kopf schief.

Stirnrunzelnd sah sie zu, wie der Butler den Flur entlangging und verschwand. Sie wollte ihm folgen und doch machte sie Lord Claybrooks Stimme und die Tatsache, dass er im verlassenen Musikzimmer war, unglaublich neugierig. Mit wem in aller Welt sprach er da?

Sie rang einen Augenblick lang mit sich und erkannte dann, dass es wohl das Beste wäre, sich anzuhören, was Claybrook zu sagen hatte. Er schlug nicht oft einen solchen Ton an und es wäre töricht, eine Gelegenheit auszulassen, wichtige Informationen zu erhalten, um dem Butler zu folgen, der sich vielleicht einfach nur eine Mahlzeit holte.

Sie schlich sich an die Tür und legte ihr Ohr an das Holz. Die Stimmen waren gedämpft, aber wenn sie sich fest genug konzentrierte, konnte sie ein paar Worte verstehen.

„Wirst du wohl mit dieser Torheit aufhören?", forderte Lord Claybrook.

„Ich bin sein Vater. Ich kann tun, was mir gefällt."

„Aber er ist zerbrechlich."

Lord Aston schnaubte. „Dann muss er härter werden. Ich habe es zu lange zugelassen, dass er sich wie eine verängstigte Stute benimmt. Er ist mein Erbe, er muss sich auch so benehmen. Ich bin den wehleidigen Idioten leid."

„Jemand wollte ihn töten. Zeig doch etwas Mitgefühl."

„Würdest du dich in deinem Zimmer verkriechen, umgeben von Gebäck und Süßigkeiten, wenn du das Ziel gewesen wärst?"

„Ich bin nicht William."

„Ich wünschte, du wärst es", seufzte Lord Aston. „Meine Tage sind gezählt und ich *muss* etwas unternehmen, damit er sich ändert und seine Pflichten ernst nimmt. Unsere Familie wird allmählich zu einer Quelle der Belustigung für die *feine Gesellschaft*. Das darf ich nicht zulassen."

„Aber deine Methode ist lächerlich. Er wird nichts dabei lernen, wenn er wiederholt erschreckt wird. Du benimmst dich wie ein Kind."

„Ich weiß nicht, was ich sonst tun soll." Die Niedergeschlagenheit in Lord Astons Stimme brach Elizabeth das Herz.

„Du kannst versuchen, ein wenig länger zu leben, indem du aufhörst, diese abscheulichen Zigarren zu rauchen."

„Was?"

„Wir wissen alle, dass sie dir der Hausdiener kauft und du hierher kommst, um dich zu verstecken und sie zu rauchen. Vater, wir sind nicht so dumm, wie du denkst."

„Du bist nicht dumm, aber dein Bruder und seine schamlose Frau haben nichts in ihren Köpfen."

Elizabeth hörte, wie der Stuhl zurückgeschoben wurde, trat schnell von der Tür weg und machte sich wieder auf den Weg zur Küche. Das Rätsel, was Lord Aston das letzte Mal im Musikzimmer gemacht hatte, als er Lucy mit dem Butler und Lady Willoughby erwischt hatte, war gelöst. Doch das größere Puzzle lag noch immer verstreut herum und es fehlten noch jede Menge Teile.

Die Köchin rührte gerade im Topf, als sie die Küche betrat. Die Frau blickte nur kurz auf und Elizabeth unterdrückte ein Keuchen.

Die Köchin sah elend aus. Ihre Augen waren rotgerändert, ihr Haar war zerzaust und ihre Miene düster.

Eine seltsame Spannung lag in der Luft. Sie sah sich um und bemerkte, dass nur noch der Butler im Raum war, und seinem starren Gesicht nach zu urteilen, wurde deutlich, dass sie in einen Streit geplatzt war.

Anstatt die Situation zu entschärfen, wollte sie, dass die Spannung weiter anstieg. Deshalb nahm sie sich einen trockenen, verschrumpelten Apfel aus der Schale auf dem Tisch und schritt so schnell sie konnte aus dem Raum. Die Küchentür ließ sie einen Spalt offen.

Sie ging den Flur entlang und wartete ein wenig. Dann ging sie leise wieder zurück und versteckte sich hinter der Küchentür. Schon bald wurde sie belohnt, als die Köchin mit zitternder Stimme zu sprechen begann.

„Ich habe ihn nicht getötet. Und Lady Willoughby muss sich schon bald daran erinnern. Ich werde ihr alles sagen. Einschließlich deiner Geheimnisse, und davon kenne ich eine

Menge."

„Du hast mich diese Woche nicht bezahlt, Köchin", erwiderte der Butler unbeeindruckt.

„Und ich weigere mich, dich zu bezahlen. Ich muss meine Mädchen ernähren und einkleiden."

„Wenn ich Lady Willoughby daran erinnere, dass die Person, die dich vor vier Jahren empfohlen hat, Lord Beazley war, dann wirst du innerhalb einer Woche am Galgen baumeln."

„Ich habe für seine Mutter gearbeitet, nicht für ihn."

„Das ist keine Verteidigung."

„Ich habe das Geld nicht." Die Stimme der Köchin brach. „Bitte, du kennst mich seit Jahren. Ich würde nie jemanden töten."

„Ich weiß davon nichts", sagte der Butler mit derselben ruhigen, kalten Stimme. „Halte das Geld bereit, wenn ich zum Abendessen wiederkomme. Ich gehe zum Markt ... um ein paar Bänder für einen Schatz zu kaufen."

„Woher soll ich das Geld nehmen?", rief die Köchin.

„Stehle es."

Elizabeth wartete nicht mehr darauf, noch mehr zu hören, sondern eilte die Treppe hinauf, um Lucy zu suchen. Sie fand das Mädchen in ihrem Zimmer, wo sie Briefe schrieb. Innerhalb weniger Augenblicke hatte sie ihr alles erzählt, was sie erfahren hatte.

„Du bist ein Naturtalent", sagte Lucy und riss verblüfft die Augen auf. „Ich kann nicht glauben, dass du so schnell so viel entdeckt hast."

„Der Butler geht jetzt. Wir können zu seinem Zimmer gehen und es durchsuchen." Elizabeth zerrte an ihrer Hand.

„Warte noch ein bisschen. Der Mann wird ein wenig Zeit brauchen, um sich anzuziehen, bevor er geht. Außerdem dauert es noch geraume Zeit bis zum Abendessen."

Elizabeth hüpfte von einem Fuß auf den anderen. Sie hatte das Gefühl, das Verbrechen jetzt in diesem Augenblick lösen zu können. Sie mussten sich nur beeilen. Aber Lucy hatte recht. Sie mussten vorsichtig sein. Man wusste nie, wann einen das Glück verlassen würde.

Kapitel Dreiundzwanzig

Lucy

Es war an der Zeit, das Zimmer des Butlers zu durchsuchen und Lucy konnte es nicht länger aufschieben.

Es war schon die ganze Zeit ihr Vorhaben gewesen und doch grummelte ihr Magen voller Unbehagen. Sie spürte, wie eine Welle der Angst und Übelkeit über sie hereinbrach, während sie langsam hinter Elizabeth zum Zimmer des Butlers ging.

Das Bild der Hand des Butlers, die ihre Kehle umklammerte, drängte sich immer wieder in ihr Gehirn, und egal, wie sehr sie versuchte, sich abzulenken, die Angst hielt weiter mit ihr Schritt.

Sie warf einen Blick auf Elizabeth, die ein wenig wild dreinschaute. Ihr Erfolg von heute Morgen hatte ihr das Aussehen einer betrunkenen Frau verliehen. Sogar ihr glattes, ordentliches Haar schien sich vor Aufregung gekräuselt zu haben.

Sie erreichten den Keller im Ostflügel und hielten inne. Zwei Holztüren befanden sich nebeneinander. Die eine war die des Butlers und die andere die des Hausdieners.

„Weißt du, welches sein Zimmer ist?“, flüsterte Lucy nervös.

Elizabeth nickte. „Das rechte gehört dem Butler.“

„Woher weißt du das?“

Elizabeth errötete. „Als wir gerade in Gopshall angekommen waren, hatte er mich gebeten, zu ihm zu kommen."

„In sein Zimmer?"

Sie nickte und wurde noch röter. „Ich habe seine Avancen abgelehnt."

Lucy zog vielsagend die Augenbrauen hoch. „Du steckst doch wirklich voller Geheimnisse und Überraschungen."

Elizabeth blickte erschrocken drein und Lucy biss sich konsterniert auf die Lippen. Schnell packte sie den Türknauf zu ihrer Rechten und öffnete die Tür.

Die Uniform des Butlers hing über einem Stuhl in der Ecke.

Sie stieß einen Seufzer der Erleichterung aus, der sich schon bald in ein Husten verwandelte, als ein furchtbarer Gestank in ihre Kehle drang.

„Was riecht hier so?", stammelte sie.

Elizabeth rümpfte die Nase. „Das ist das bittere Aroma einer Junggesellenbehausung."

Mit tränenden Augen sah sich Lucy im Zimmer um und zog entsetzt die Augenbrauen hoch. Sie war selbst nicht sehr ordentlich, aber das hier … war schockierend.

Das Zimmer war verhältnismäßig groß. Es hatte ein Bett, kein Schrankbett, das man herunterklappen konnte, wie in ihrem Zimmer, sondern ein richtiges Bett, einen Schreibtisch und ein Fenster, das man öffnen konnte.

Das Bett war ungemacht, voller Flecken und stank, als wäre es noch nie frisch bezogen worden. Dort, wo eigentlich das Kopfkissen sein sollte, befand sich ein Tablett mit etwas altem Brot, Käse und Fleisch.

Der Holzboden war übersät mit schmutzigen Socken, Handschuhen mit Schnupftabakflecken, Taschentüchern, Tabakblättern und verschimmelten Apfelgehäusen.

Auf dem Schreibtisch befanden sich Öl, Wachs, Tinte, kaputte Stifte, Pergament, ein Kamm, ein paar Hemden und ein Berg Bänder. Unter dem Schreibtisch lag ein Reisekoffer und in der Ecke neben einer schmalen Garderobe befand sich ein Waschgestell.

Lucy machte eine Kopfbewegung zum Waschgestell. „Dieser Krug wird seinen Zweck ausgezeichnet erfüllen."

Elizabeth runzelte die Stirn. „Der Krug?"

„Um dem Butler damit auf den Kopf zu schlagen, falls er uns ertappt."

„Oh. Soll ich ihn festhalten?"

„Als hinge dein Leben davon ab", erwiderte Lucy nüchtern.

„Danach könnten wir ihn in diese mit Tabakflecken übersäten Vorhänge wickeln und seine Leiche im Wald ablegen."

„Wir werden ihn nicht töten!"

„Warum denn nicht? Wir werden sowieso des Mordes an Mr. Beazley beschuldigt werden, da könnten wir ebenso gut etwas Gutes tun und einen Mann töten, der es verdient. Ob ein Mord oder zwanzig Morde, wir können nur einmal gehängt werden. Außerdem würden wir die Frauen Englands vor einem furchtbaren Geschöpf beschützen."

„Jane?"

„Ja?"

„Du bist verrückt geworden."

„Vielleicht, du hast recht."

„Beruhige deine Blutlust. Es ist helllichter Tag, keine Vollmondnacht."

„Wie du meinst."

„Können wir uns jetzt darauf konzentrieren, das Zimmer zu durchsuchen?"

Elizabeth presste den Krug an ihre Brust und positionierte sich neben der Tür. „Ich werde Wache halten."

Lucy begann, den Schreibtisch zu durchsuchen. Außer einer ganzen Menge Bienenwachskerzen fand sie nichts. Natürlich steckte sie ein paar in ihre Tasche. Wie schaffte es der Mann, an so viele teure Kerzen zu kommen?

„Lady Willoughby muss sie ihm gegeben haben oder er behält jedes Mal einige, wenn er für Gopshall welche kauft", sagte Elizabeth.

Lucy ging zur Garderobe. Sie fand eine Schachtel mit schrecklichen Liebesbriefen. Sie las Elizabeth Teile daraus vor, die sich alles mit entsetzter Faszination anhörte.

„Hier ist noch einer", kicherte Lucy. „Oh, wenn doch nur deine Fingerspitzen meine Oberlippe kitzeln würden. Ich sehne mich nach dir, mein geliebter Butler. Ich bin deine ganz persönliche Fischfresserin."

„Fresserin?", gluckste Elizabeth.

Lucy zog noch einen Brief aus der Schachtel. „Mein Geliebter, du hast gewonnen und ich bin umgarnt. Ich habe eine Locke meines Haars beigelegt, wie du dir gewünscht hast. Sie riecht vielleicht ein bisschen nach Kühen, da ich den ganzen Vormittag mit ihnen zusammen war."

Elizabeth schnaubte als Antwort.

Lucy hob ein zerknülltes Papier vom Boden auf und glättete es. „Das hier ist vom Butler", sagte sie und schielte auf die Handschrift. „Da steht nur: ‚An meinen Schatz. Ich kann meine Erregung kaum zügeln, da ich bemerke, dass du mich liebst. In dem Augenblick, in dem ich dich sehe, werde ich dich küssen, bis ich dich töte.'"

Elizabeth erschauderte. „Beängstigend."

Lucy schob die Schachtel beiseite und spähte weiter in die Garderobe hinein. „Er hat noch ein paar Liebesbriefe, Porträts von verschiedenen Frauen, Haarlocken, Ginflaschen, oh, und eine Babymaus."

„Ich höre Schritte", warnte Elizabeth.

Lucy steckte ein paar Briefe in ihre Taschen, die sich bereits wölbten. Sie hatte das Gefühl, dass der Butler mit ihnen mehrere Mädchen erpresste.

„Beeil dich", drängte Elizabeth. Ihre Stimme klang ein wenig schrill vor Nervosität.

Lucy sprang über ein Paar Stiefel und griff nach dem Türknauf. Die Tür flog auf, bevor sie ihn berührte.

Es war der Butler.

Noch bevor sie begriff, was passierte, packte er sie am

Nacken.

„Wir schnüffeln, was?“, knurrte er. Seine andere Hand schoss heraus und traf Elizabeth an der Schulter, bevor diese ihn mit dem Krug schlagen konnte. Mit einem Schmerzensschrei fiel sie zu Boden.

Lucys Augen traten hervor, während sie nach Atem rang.

Elizabeth rappelte sich auf und hielt sich den Arm. Sie holte tief Luft, sprang auf den Rücken des Butlers und schlug ihre Zähne in seine Schulter, sodass er gezwungen wurde, Lucy loszulassen.

Röchelnd stolperte Lucy zur Tür. Der Butler griff nach ihrem Kleid und sie spürte, wie der Stoff riss.

Gleichzeitig warf er Elizabeth von seinem Rücken und drehte sich zu ihr um.

„Aufhören.“

Der Befehl ließ alle erstarren. Lucys Herz machte einen hoffnungsvollen Satz. Langsam hob sie den Blick und schaute zur Tür.

Eine plötzliche steife Brise wehte ihr die Haushaube vom Kopf. Ihr Haar fiel in lockeren Wellen um ihr Gesicht und ihre Augen wurden riesengroß.

Vor ihr stand Lord William Hartell Adair, der attraktivste Mann Englands.

Die Brise wurde sanfter und strich durch sein Haar, sein langer, blauer Mantel wirbelte um seine Beine. Seine Augen, so scharf und von dichten dunklen Wimpern umrahmt, wanderten über sie und verengten sich, als sie die Fingerabdrücke auf ihrem Hals und den Zustand ihres Kleides sahen.

Er warf dem Butler einen Blick zu, und sie zitterte, als sie den Ausdruck in seinen Augen sah.

Lord Adair sprach leise: „Ich hatte Sie gewarnt, Underhill.“

„Sie waren in meinem Zimmer“, stammelte er. „Sie haben mich angegriffen.“

„Es fällt mir schwer, das zu glauben“, sagte er gedehnt.

In diesem Augenblick keuchte Lucy, deren Hals vor Schmerz brannte. Ihre Sicht verschwamm.

Adair blickte sie besorgt an. „Raus", schnauzte er den Butler an.

Der Butler stolperte hinaus, so schnell er konnte.

„Sie lassen ihn gehen?", fragte Elizabeth. „Er hätte uns fast umgebracht."

„Er bekommt, was er verdient", erwiderte Adair, seine Augen auf Lucy gerichtet. Er ging auf sie zu und hielt ihr die Hand hin.

Die Welt drehte sich langsamer und Lucy brach in Tränen aus.

Sie wusste nicht, warum sie anfing zu heulen wie ein verlassener Welpe, doch sie tat es. Im Nu warf sie sich in seine Arme und er drückte sie an sich.

„Ich dachte nicht, dass Sie zurückkommen würden", klagte sie. „Aber Sie sind gekommen. Oh, dem Himmel sei Dank, Sie sind gekommen."

Die ganze Zeit hatte sie tapfer gekämpft, ihre Emotionen beherrscht und eine feindselige Umgebung mit einem Lächeln im Gesicht ertragen. Es war schwer, verbitterte, böse Blicke abzubekommen. Selbst Elizabeth vertraute ihr nicht genug, um Lucy ihre Geheimnisse anzuvertrauen.

Sie hatte das Gefühl gehabt, durch Schlamm und Schleim zu waten und dabei zu versuchen, ihren Kopf über Wasser zu halten. Sie musste ihre Unschuld beweisen und sich vor Menschen wie Lady Willoughby und dem Butler in Sicherheit bringen. Und Adair, ihr Anker, war verschwunden und hatte sie in einem Meer von Fragen treiben lassen.

Er hielt sie während ihres Weinanfalls im Arm. Er sprach kein Wort, sondern ließ sie ihre Fassung wiedergewinnen.

Schließlich hörte sie auf zu schluchzen und trat von ihm zurück.

Er reichte ihr ein blütenweißes Taschentuch und hielt seinen Blick sorgsam abgewandt.

Sie sah hinunter und bemerkte, dass sich ihre Schnürung

gelockert und ihr Hauskleid über eine Schulter gerutscht war, und dabei die sanfte Wölbung ihrer Brust freilegte. Sie errötete und drehte sich von ihm weg.

Sie zog ihren Ärmel hoch, wischte sich über das Gesicht und sah sich nach Elizabeth um, doch die war verschwunden. Das überraschte sie nicht, denn ihr Ausbruch hätte jedes vernünftige Mädchen erschreckt. Sie senkte den Blick, unfähig, Lord Adair anzusehen oder sich zu erklären. Sie fühlte sich wie eine Närrin, wie ein Kind, das noch lernen musste, seine wilden Emotionen zu zähmen.

„Sind Sie mit Ihrem Geheule fertig?", fragte Adair schließlich gelangweilt.

„Es tut mir leid."

„Das ist nicht das erste Mal, dass sich mir eine Frau an den Hals geworfen hat, meine Liebe."

„Ich habe mich Ihnen nicht an den Hals geworfen."

„Sie stürmten in meine Arme wie ein begieriges Kaninchen."

„Ich war erleichtert, Sie zu sehen."

Er zuckte die Schultern. „Aus welchem Grund auch immer, Sie sprangen in meine Arme."

„Ich sprang wie ein verlassenes, verlorenes Vogelbaby, das seine Mutter gesehen hat... nicht wie eine Jungfrau, die ihren Ritter erspäht hat."

„Sie halten mich für eine Vogelmutter?"

„Für eine beruhigende Henne", nickte sie.

Plötzlich lächelte er und sie wurde vorübergehend von dem Lächeln geblendet. In diesem Augenblick sah er nicht aus wie eine Henne... sondern wie der prächtige, sinnliche Mann, der er auch war.

Kopfschüttelnd trat sie zurück. Jede Woche musste ein Dutzend Frauen an seiner Schulter schluchzen. Sie hatte gehört, dass einige bei seinem bloßen Anblick in Ohnmacht fielen... sie hatte keinen Grund, verlegen zu sein. Alle wussten, dass er eine starke Wirkung auf manche Männer und Frauen hatte.

„Erzählen Sie mir alles, was Sie entdeckt haben", sagte er,

nahm seinen Mantel ab und legte ihn ihr um die Schultern, um den Zustand ihres Kleides zu verbergen.

Dankbar klammerte sie sich an dem tiefblauen Stoff fest und spürte dessen Wärme in ihren Knochen.

Sein forscher, unbekümmerter Tonfall half ihr, die Fassung wiederzugewinnen, und sie erzählte ihm alles, was sie und Elizabeth in Erfahrung gebracht hatten.

Als er sie zu ihrem Zimmer begleitet hatte, fühlte sie sich schon wieder so fröhlich wie immer.

Kapitel Vierundzwanzig

Elizabeth

Elizabeth fühlte sich schuldig, Lucy verlassen zu haben, doch als sie sah, wie sie an Lord Adairs Schulter schluchzte, hatte sie gehen müssen. Der Augenblick war intim gewesen, und sie bezweifelte, dass Lucy in so einem verletzlichen Zustand gesehen werden wollte.

Sie griff nach ihrem Sonnenschirm, ging hinaus, um jetzt nach Lucy zu suchen und sich zu erklären. Es war ein sonniger Tag und sie fragte sich, ob sich der Himmel mit Lord Adairs Ankunft aufgehellt hatte.

Lord Adair... es war leicht, den Mann zu lieben. Sie runzelte die Stirn. Ihr Herz schlug in seiner Gegenwart nicht wild, doch sie wusste, wenn sie ein paar Tage mit ihm verbringen würde, dann würde sie ebenfalls vor ihm in Ohnmacht fallen, sie die meisten Frauen Englands.

Tief in Gedanken war sie unterwegs zur Küche. Lucy hatte ein geschütztes Leben im Waisenhaus geführt. Sie war umgeben von Frauen aufgewachsen und sogar noch naiver wie ein Mädchen vom Lande wie sie. Ihr armes, keusches Herz hätte niemals eine Chance gegen einen Mann wie Adair.

Schon bald würde Adair in ihre Seele dringen und sie verzaubern. Sie würde sich Hals über Kopf verlieben und dann den Rest ihres Lebens unglücklich sein, da sie nie einen anderen Mann finden würde, der im Vergleich gut genug war.

Adair war wie eine Flasche gesüßtes Arsen. Je mehr Zeit Lucy mit ihm verbrachte, desto stärker würde sie sich verlieben und dann würde sie sich vielleicht nie mehr von dem darauf folgenden Herzschmerz erholen.

Sicher, Lucy war auf eine wilde Art und Weise liebenswert und jeder Mann könnte sich glücklich schätzen, sie zu haben, aber sie war eine Waise und er… der Marquis von Lockwood.

Sie vermutete, dass Adair vernünftig genug war, um zu verstehen, dass seine Freundlichkeit von Lucy falsch ausgelegt werden könnte, und es wäre wohl besser, wenn er sich von ihr fernhielte. Vielleicht war er deshalb so lange fortgeblieben und hatte die Ermittlung in Claybrooks Hände gelegt.

„Es regnet. Du brauchst den Sonnenschirm nicht."

Elizabeth blinzelte überrascht. „Ich habe gerade an dich gedacht."

Lucy grinste. „Ah, dann habe ich dich also endlich bezaubert. Gestehe, meine Liebe, du betest mich jetzt an. In meiner Gegenwart flattert dein Herz und wenn ich gehe, dann verzehrst du dich nach mir wie eine verlassene Fischerfrau, deren Ehemann auf See verschollen ist."

„Du bist wie eine Maus", sagte sie kopfschüttelnd und gluckste. „Eine Babymaus, die eines Tages die Pest über mich bringen wird, doch für den Moment kann ich nicht anders, als von diesem kleinen Wesen verzückt zu sein."

„Da wir gerade von Liebe sprechen," Lucy zog vielsagend die Augenbrauen hoch. „Ich sehe, wie du Claybrook anschaust."

„Sei still!", knurrte sie. „Jemand wird dich hören."

„Ah, dann gibst du also zu, dass du ihn liebst."

„Es tut mir leid, dass ich dich im Zimmer des Butlers alleine gelassen habe…"

„Ich verzeihe dir. Also, kommen wir wieder auf das Thema zurück, dem du ausweichst: Claybrook."

„Ich muss Master Willoughby seine Fleischpastete geben, als Dank, weil er uns geholfen hat…"

„Janey liebt Claybrook, Janey liebt Claybrook…"

Hinter ihnen räusperte sich jemand und Elizabeth

schnappte nach Luft. „C … Claybrook?“

Lucy wurde tiefrot. „Ich habe nur gescherzt.“

Claybrook legte den Kopf schief. „Worüber gescherzt?“

Elizabeth seufzte erleichtert. Er hatte es nicht gehört.

„Ich wollte mit Ihnen sprechen, Miss Trotter.“

Lucy schlurfte rückwärts. „Später. Ich meine, ich muss anderswo sein.“

„Es wird nur einen Moment dauern.“

„Ich muss gehen“, beharrte sie.

Elizabeth runzelte die Stirn und fragte sich, warum sie sich plötzlich so seltsam verhielt. „Lucy?“

Lucy fing an, sehr schnell zu gehen.

Elizabeth wechselte einen besorgten Blick mit Claybrook. War das Mädchen krank?

Sie eilten hinter ihr her.

Lucy begann zu rennen.

„Wir können helfen“, erwiderte Elizabeth. „Warte einen Augenblick. Was ist denn los?“

„Nichts, geht weg!“

Vor dem Kinderzimmer packte Claybrook Lucys Arm und stoppte sie. „Warum rennen Sie, Miss Trotter?“

Die Kinderzimmertür öffnete sich und Master Willoughby steckte den Kopf heraus. „Was ist los?“

„Lucy? Vertrau uns“, drängte Elizabeth.

Ein leises Geräusch erfüllte die Luft.

Claybrook runzelte die Stirn. „Was war das?“

„I … Ich habe geniest“, erwiderte Lucy mit rotem Gesicht.

Claybrook runzelte die Stirn. Dann riss er verstehend die Augen auf. „Das, Miss Trotter, riecht nicht wie ein Niesen.“

„Mein Niesen stinkt“, murmelte Lucy leise.

„Gütiger Himmel“, röchelte Claybrook. „Das ist so schlimm, dass Sie Johnny zum Weinen gebracht haben.“

Master Willoughby wischte sich die Tränen weg und verbeugte sich vor Lucy. „Madam, das war großartig. Darf ich fragen, was Sie zu Abend gegessen haben?“

Lucy schloss die Augen und flüsterte gedemütigt: Bohnen

und Kohl. Schauderhafte Bohnen und schrecklichen Kohl."

∞∞∞

Taktvoll ließen Elizabeth und Claybrook Lucy entkommen und gingen zurück zum Gesellschaftsraum.

„Was wollten Sie Lucy fragen?" Elizabeth sprach schließlich, um das Schweigen zu brechen.

„Ich wollte wissen, ob sie weiß, wann Lord Adair zurück sein wird."

„Wir sind ihm heute Nachmittag begegnet."

„Er ist kurz danach gegangen. Ich hoffte, Lucy würde wissen, wann er zurückkehren wird. Sie war die Letzte, die mit ihm gesprochen hat."

„Er ist unglaublich beschäftigt, nicht wahr?", fragte sie und betrat den Gesellschaftsraum.

„Niemand ist da", bemerkte Claybrook vage und seine Augen wanderten herum.

Sie kannte seinen Gesichtsausdruck gut. Etwas beschäftigte ihn.

„Haben Sie das so gemeint?", platzte er plötzlich heraus.

Sie runzelte die Stirn. „Was wie gemeint?"

„Dass Sie in mich verliebt sind."

Sie riss die Augen auf. „Sie haben uns gehört!"

Er wartete darauf, dass sie fortfuhr.

„Ich habe es nicht so gemeint", versicherte sie schnell dem Teppich.

„Schauen Sie mich an und sagen Sie es."

Ihr Blick wanderte zu der Schnupftabakdose auf dem Tisch. Ihre Augenlider fühlte sich schwer an und weigerten sich, sich weiter zu heben. „Was interessiert Sie das?"

Er griff nach ihrem Kinn und hob es hoch. „Sehen Sie mich an, Miss Verney."

Sie riss ihr Kinn aus seinem Griff. „Nein! Ich weigere mich, Ihren Befehl zu befolgen. Ich arbeite nicht mehr für Sie, deshalb können Sie mich nicht mehr herumkommandieren. Ich bin keine Marionette und Sie sind nicht mein Puppenspieler. Ich möchte einfach nur den Mörder finden und von Ihnen wegkommen."

„*Sie* wollen den Mörder finden?", fragte er und in seiner Stimme schwang Belustigung mit.

„Ich kann das. Ich habe in den letzten Tagen viel herausgefunden", gab sie schroff zurück.

„Ich finde, Sie sollten aufhören, sich einzumischen", sagte er und kniff die Augen zusammen.

„Warum?"

„Das ist gefährlich."

„Ich habe es satt", sie wandte sich von ihm ab. „Ich habe es satt, eine verängstigte Maus zu sein. Man gibt mir ohnehin die Schuld, also sterbe ich lieber beim Versuch, meine Unschuld zu beweisen, als dass ich wie ein altes, gehorsames Pferd zu meinem Ende geführt werde."

Er packte sie an der Schulter und drehte sie schwungvoll herum. „Ich sagte, lassen Sie es. Wenn Sie unschuldig sind, werde ich mein Bestes tun, um es zu beweisen."

„Haben Sie mir denn nicht zugehört? Ich führe Ihre Befehle nicht mehr aus. Ich bin nicht mehr die Gouvernante Ihrer Kinder. Und wenn Sie die Wahrheit erfahren wollen, dann helfen Sie mir, und halten Sie mich nicht zurück."

„Das ist keine Frauenangelegenheit."

„Eine Frau kann morden, darf aber nicht nach Hinweisen suchen, um ihre Unschuld zu beweisen?", rief sie.

Er schloss die Augen und sah gequält aus. „Schön, was wollen Sie wissen?"

„Bitte sagen Sie mir, wo der Butler am Morgen des Mordes war."

Er starrte auf sie herab. Sein Gesichtsausdruck war hin- und hergerissen. „Er hat kein Alibi", gab er schließlich zu.

Gedankenlos legte sie ihre Hand auf seine Brust und lächelte zu ihm hinauf. Sie war erfreut, dass er diese Information mit ihr geteilt hatte. Vielleicht glaubte er *doch*, dass sie Beazley nicht getötet hatte.

Er schien verblüfft über ihre plötzliche Kühnheit und riss erschrocken die Augen auf.

Elizabeths freudige Miene wurde zu einer entsetzten, als sie bemerkte, dass sie sein Hemd umklammerte und ihre Knöchel seinen Hals streiften.

Bevor sie fliehen konnte, griff er schnell nach ihrer Taille.

„Sie haben mich noch nie angelächelt“, sagte er heiser.

Sie wand sich in seinem Griff. „Es tut mir leid. Ich ... Ich muss gehen.“

„Nein, noch nicht“, sagte er. Seine Augen wurden dunkel und wild.

Sie spürte, wie seine Wärme in ihren Körper drang und erstarrte.

Er senkte den Kopf und musterte ihr Gesicht. „Ich bin es leid, dieses Spiel mit Ihnen zu spielen.“

Ihr Mund zitterte und sie biss sich auf die Lippen, um sich zu festigen. „W... Welches Spiel?“

„Fühlen Sie sich zu mir hingezogen, Elizabeth?“

Sie riss die Augen auf und blickte in die seinen. „I... Ich weiß nicht, was Sie meinen.“

„Sie wissen genau, was sich meine“, knurrte er.

Seine Augen blitzten vor Wut und sein Gesicht war unergründlich, als wäre es aus Stein gemeißelt, und doch schoben seine Finger zärtlich eine Haarsträhne hinter ihr Ohr.

Sie schloss die Augen und legte ihre Wange an seine Handfläche. Ihr Atem wurde schwer und ihr Brustkorb hob und senkte sich vor Aufregung.

„Willst du nicht gestehen, Lizzy?“

Sie hob den Blick und starrte ihn an. Ihre Augen waren voller Emotionen.

Der Gong läutete zum Abendessen und zerstörte den zerbrechlichen Augenblick. Sie sprangen auseinander.

Ihr Verstand stellte keine dummen Fragen, wie etwa was mit ihr passierte. Er stellte die Gefühle nicht in Frage, die in ihr wirbelten wie ein Sturm. Sie kannte sie, so, wie sie ihren eigenen

Namen kannte.

Sie war in ihn verliebt.

In seiner Nähe wurde sie lebendig, das Feuer brannte heißer, der Wind wehte kälter und die Stoffe fühlten sich auf ihrer Haut weicher an.

Der sinnliche Duft von Damaszener-Rosen, die auf dem Kaminsims lagen, betörten ihre Sinne und einen Augenblick lang verspürte sie den Drang, zu gestehen.

Doch was sollte es bringen, wenn sie ihm sagte, was sie empfand? Er würde sie niemals heiraten und sie konnte sich nicht mit weniger zufriedengeben.

Wenn sie es ihm sagte, würde er sie bemitleiden, und das wäre schlimmer, als eines Mordes bezichtigt zu werden.

Er räusperte sich und sie bemerkte, dass er sie beobachtete. Zusah, wie die Gesichtsausdrücke über ihr Gesicht huschten.

Konnte er sie deuten?

Sie ballte ihre Finger zu Fäusten, ansonsten würden sie noch anfangen, die Falten auf seiner Stirn zu glätten, über sein Haar zu streichen oder ihn sanft in den Sessel schieben.

Sie wollte ihm einen Teller mit Essen bringen, einen warmen Whisky und seine Pantoffel. Sie wollte alles hören, was er tagsüber gemacht hatte, was ihn zum Lachen gebracht und ihn besorgt hatte. Sie wollte alles über ihn wissen, seine Gedanken, sein Herz, seine Gefühle.

Sie versuchte, an diesem Augenblick festzuhalten. Jedes Detail ihrer Erinnerung zu übergeben, denn wenn sie von hier fortging, war das alles, was sie von ihm haben würde.

Seine Stimme war leise und belegt, als er sprach. „Ich muss gehen."

Sie nickte, noch immer nicht in der Lage, zu sprechen. Die Liebe, so schien es, hatte sich auf Zehenspitzen in ihr Herz geschlichen und ihre Zunge geraubt.

Kapitel Fünfundzwanzig

Lucy

„Lord Adair will mit uns sprechen", sagte Lucy, griff nach Elizabeths Hand und zog sie in die Bibliothek.

Die Bibliothek war einer der größten Räume im Haus. Hier gab es ein paar Regale voller staubiger Bücher mit verzierten Buchrücken, die eher zum Betrachten erworben worden waren, als zum Lesen.

Neben dem Fenster stand ein großer Schrank aus Sandelholz, der alle möglichen Sorten von Schnupftabak, Schnupftabakdosen und Spirituosen enthielt.

Der hölzerne Schreibtisch, die Türen und die verschnörkelten Sockelleisten waren aus poliertem Mahagoni, während die Stühle und Vorhänge aus blauem Samt waren. Eine ganze Wand zum Fenster hin war mit Spiegeln bedeckt, die die Natur wie Gemälde auf Leinwänden einfingen.

Lord Adair saß am Feuer und las ein Buch, das in dunkelrotem Leder gebunden war. Er trug einen luxuriösen gold-grünen Leibrock, das seine Gesichtszüge noch königlicher als sonst erscheinen ließ. Seine Augen funkelten, als er sie näherkommen sah.

„Erzählen Sie mir alles, was Sie in Erfahrung gebracht haben", sagte er und legte sein Buch beiseite.

Lucy knickste. „Wir glauben, der Butler hat es getan."

„Warum?"

„Er hat versucht, mich umzubringen", erwiderte sie.

„Ich gebe zu, auch ich wollte Sie schon ein paar Mal erdrosseln", sinnierte Lord Adair. „Aber, Miss Trotter, viele Menschen *versuchen* zu töten. Es sind diejenigen, die es durchziehen, die am Ende zu Verbrechern werden."

Elizabeth trat vor. „Er hat eine Affäre mit Lady Willoughby."

Lord Adair zuckte unbeeindruckt die Achseln.

Lucy runzelte die Stirn. „Vielleicht hat Beazley den Butler und Lady Willoughby beim Schmusen erwischt?"

„Oder sie wollten Lord Willoughby loswerden", warf Elizabeth ein.

Er lehnte sich in seinem Sessel zurück und betrachtete die Mädchen. „Setzen Sie sich", sagte er und wies auf die Sessel ihm gegenüber.

Sie setzten sich. Ihre Hintern waren am äußersten Rand des der Sessel.

Er bildete eine Raute mit seinen Fingern und sprach mit Bedacht. „Wenn sie Willoughby loswerden würden, dann würden der Titel und das Haus an Claybrook übergehen. Lady Willoughby würde viel von ihrem Reichtum und ihre Position verlieren. Claybrook könnte Master Willoughby als seinen Erben großziehen, doch das hinge von der Freundlichkeit seiner zukünftigen Ehefrau ab. Was das betrifft, dass Beazley sie zusammen gesehen hatte, was würde das bringen? Ich glaube, Lord Willoughby weiß viel mehr, als er zeigt. Er weiß schon seit geraumer Zeit von den Indiskretionen seiner Frau. Sie versucht nicht, das zu verbergen."

„Aber der Butler hat kein Alibi", riefen die Mädchen.

„Doch, das hat er", verbesserte sie Lord Adair. „Er war mit der Magd zusammen. Mary ist ihr Name, glaube ich. Er wollte nicht, dass Lady Willoughby davon erfuhr, deshalb verschwieg er diese Tatsache. Mary hat mir alles gestanden."

Lucy klappte die Kinnlade herunter.

„Aber Lord Claybrook sagte, er habe kein Alibi", wandte Elizabeth ein.

Lord Adair lächelte. „Ich mache das schon lange, meine Liebe. Lord Claybrook ist ein ehrlicher Mann. Es kommt ihm nie in den Sinn, zu zweifeln oder zu verdächtigen. Wenn Sie ihm sagen, Ihr Name ist Jane, dann wird er Ihnen glauben."

Lucy spürte die Veränderung in der Atmosphäre. Die Luft wurde dicht und Elizabeths Hände begannen zu zittern, deshalb faltete sie und wechselte elegant das Thema. „Wann haben Sie mit Mary gesprochen? Ich dachte, Sie hätten Lord Claybrook die Befragungen überlassen."

„Ich habe mit allen geplaudert, bevor ich gefahren bin. Ich ließ sie denken, dass Claybrook ihnen die harten Fragen stellen würde, während ich mich nur um ihr Wohlergehen sorgte. Natürlich haben sie aufgehört, mich als Bedrohung zu sehen und ein paar Dinge ausgeplaudert. Claybrook erhielt eine eher wachsame Antwort."

„Sie haben ihn hereingelegt", explodierte Elizabeth. Lucy drückte sanft und warnend ihre Hand.

Er schüttelte den Kopf und sagte sanft: „Im Gegenteil, er war sich von Anfang an der Situation bewusst. Er hat es bemerkenswert gut gemacht."

Lucy spürte, wie Elizabeth sich neben ihr entspannte und atmete erleichtert aus. Sie wollte ihm so viele Fragen stellen, doch das wäre ihrem Zweck nicht dienlich. Sie musste der Wahrheit alleine auf die Spur kommen, um Adair zu beeindrucken.

Sie stand auf und riss Elizabeth hoch. Das Mädchen war totenblass und zitterte wie ein frierendes Kätzchen.

„Wir wissen Ihre Hilfe zu schätzen", sagte Lucy zu ihm. „Wenn wir mehr herausfinden, werden wir direkt zu Ihnen kommen."

Die Aussicht, sie wiederzusehen, schien ihn nicht sehr zu erfreuen. Im Gegenteil, seine Miene wirkte resigniert.

„Ich werde Ihnen bald den Mörder präsentieren", fuhr Lucy fort.

Er lachte.

„Das werde ich", beharrte sie.

Elizabeth packte sie am Arm und zerrte sie aus dem Zimmer. Lord Adair blieb mit einem Ausbruch von Heiterkeit zurück.

∞∞∞

Lucy ließ sich auf ihr Bett fallen und starrte an die Decke. „Ich war mir sicher, dass es der Butler Mr. Underhill war. Er ist furchtbar bei seiner Arbeit, aber ein Charmeur. Flirtet schamlos und ist ein bisschen jung, um Butler zu sein. Er ist Lady Willoughbys Liebhaber und erpresst die Köchin und zahllose andere Mädchen. Er ist ein Gauner und Schurke. Er ist die Art Mann, die im Affekt töten und es nie bereuen würde."

Elizabeth legte sich neben sie und imitierte ihre Haltung. „Lord Willoughby, der Butler und sogar die Köchin sind Verdächtige. Jeder könnte es getan haben."

„Vergiss nicht den Hausdiener, Lady Willoughby, die auf eigene Faust gehandelt haben könnte, oder… Claybrook."

Stirnrunzelnd setzte sich Elizabeth auf. „Claybrook? Aber Lord Adair vertraut ihm.

Lucy schüttelte den Kopf und sagte vorsichtig: „Ihm wurde eine Aufgabe gegeben. Das beweist nicht seine Unschuld oder die Tatsache, dass Lord Adair ihm vertraut."

„Warum sollte er seinen eigenen Bruder umbringen?", fragte Elizabeth und ihre Stimme klang ein wenig schrill.

„Du hast mir gesagt, dass er einmal mit Lady Willoughby verlobt war. Vielleicht war er wütend, dass sie stattdessen seinen Bruder geheiratet hat. Er hat einfach auf die richtige Zeit gewartet, um seinen Schachzug…"

Elizabeth schoss in die Höhe. „Er ist ein ehrenhafter Mann. Er würde niemals etwas so Furchtbares tun."

„Er hat sich am Abend vor dem Mord mit Beazley gestritten. Deine Gefühle trüben dein Urteilsvermögen…"

„Und du hast dich in ein kaltherziges Wesen verwandelt, die jeden mit Misstrauen betrachtet und in niemandem das Gute sehen will“

„Jane…“

„Guten Abend, Miss Trotter“, sagte Elizabeth schroff und schritt aus dem Zimmer.

Lucy schlug sich frustriert an den Kopf und stöhnte. Sah ihr das nicht ähnlich, die einzige Freundin zu entfremden, die sie hatte?Oh, warum hatte sie ihre große Klappe aufmachen müssen?

Kapitel Sechsundzwanzig

Elizabeth

Elizabeth saß zusammen mit dem Rest des Haushalts im Gesellschaftsraum.

Die Vorhänge waren zurückgezogen worden, um viel Licht hereinzulassen, und der Tisch war mit Speisen beladen, als wäre die Familie zusammengekommen, um einen wunderbaren Anlass zu feiern, anstatt sich einen düsteren Vortrag von Lord Adair anzuhören.

Lord Adair stand vor ihnen in einem langen, schwarzen Mantel, der ihn umgab wie einen mächtigen Zauberer. Seine Hand umschloss den Gehstock mit dem silbernen Gepardenkopf und sein bleiches Gesicht leuchtete unheimlich.

Elizabeth wusste nicht, ob es irgendein Lichteffekt war, doch sein sonst so sanftes Auftreten war durch ein kaltes, furchteinflößendes Gebaren ersetzt worden.

Sie sahen eine Seite von ihm, die Menschen selten erlebten. Der freundliche, charmante und etwas unnahbare Mann war verschwunden. An seiner Stelle stand ein intelligentes, allwissendes Geschöpf vor ihnen.

Er war nicht mehr der Mann, dessentwegen Frauen in Ohnmacht vielen, sondern einer, der Männer einschüchterte.

Sein durchdringender Blick musterte die Gesichter vor ihm, bemerkte jeden Hauch einer Gefühlsregung oder Bewegung. Sie hatte das Gefühl, als würde er tief in ihre Seelen tauchen und ihnen jedes Geheimnis entreißen.

Sie schrumpfte in ihrem Sessel, als sein Blick auf sie fiel. Seine Augen wurden weicher und mitfühlender, während ihr Gesicht vor Scham heiß wurde.

Sie senkte ihren Blick, unfähig, ihn anzusehen. Er wusste, wer sie war. Sie hatte keine Ahnung, wie, aber er wusste es. Und sein Mitleid bestürzte sie.

Sie verspürte, wie sie eine plötzliche Welle der Abscheu überkam. Sie hatte es satt, mit einer Lüge zu leben, Menschen zu hintergehen und sich selbst zu verachten. Sie wollte, dass diese Schuldgefühle, dieses Elend und dieser Selbsthass ein Ende hatten.

Lord Adair Stimme ertönte und schnitt klar und deutlich durch ihre dunklen Gedanken.

„Es steht in allen Zeitungen. Die Klatschspalten sind voll davon. Der Prinz hat davon erfahren, und er ist fasziniert von dem Mord, ebenso wie der Rest Englands. Man will wissen, was passiert ist."

„Das ist ein Desaster", rief Lord Aston aus.

„Manches von dem, was gesagt wird, ist skandalös", beklagte sich Lady Willoughby. „Sie denken, ich sei mit dem Kutscher davongelaufen, nachdem ich meinen Liebhaber umgebracht habe."

Lord Adair klopfte mit seinem Gehstock, um für Ruhe zu sorgen. „Sie sagen auch, Sie seien eine blühende Rose, die weitaus hübscher ist, als viele Debütantinnen heutzutage."

Lady Willoughby entspannte sich in ihrem Sessel. „Oh, ich weiß ja nicht", sagte sie und versuchte, zu erröten.

Niemand wurde durch ihr empörendes, unschuldiges Verhalten getäuscht.

„Diebe", fuhr Lord Adair fort, „wollen ein Stück von Beazleys Leiche, um es der Öffentlichkeit zu verkaufen. Ich hörte, er hatte keinen Zehennagel mehr, als er begraben wurde."

„Wir haben ein paar Männer abgestellt, um das Grab zu bewachen", bemerkte Lord Claybrook. „Wir haben auch ein paar Dorfjungen erwischt, die sich ins Haus schleichen und

Andenken stehlen wollten, da der Mord hier geschehen ist.“

Lord Adair wartete, bis das angewiderte und verärgerte Gemurmel im Raum sich gelegt hatte. „Lord Beazleys Mutter ist aufgebracht. Sie fordert die Köpfe von Lord Willoughby und Lord Aston. Sie will, dass sie in einem Gefäß eingelegt werden, damit sie sie in ihrem Kuriositätenschrank aufbewahren kann.“

„Das ist Wahnsinn“, rief Lord Aston. „Zu meiner Zeit hätte niemand daran gedacht, die Schlinge um den Hals eines Aristokraten zu legen.“

„Die Zeiten ändern sich“, erwiderte Lord Adair. „Das Verhalten des Regenten wird verspottet und die Menschen verlieren schnell den Respekt vor dem Adel. Die Opfer, die sie für den Krieg gebracht haben, haben sie zudem arm und verbittert werden lassen, und sie hegen keine Zuneigung für diejenigen mit blauem Blut.“

„Sie sind wie Hunde“, flüsterte Lord Willoughby aus der Ecke. „Sie wollen uns erschnüffeln und zu Tode malträtieren.“

Schweigen legte sich über den Raum. Der Familie war aufgefallen, dass sie von Bediensteten umgeben und in der Unterzahl war.

Lord Adair ließ sich in seinen Sessel sinken. Sein Ton wurde sanfter. „Wir müssen den Mörder finden. Die Dinge geraten außer Kontrolle. Der Regent hat versprochen, sich nicht in die Ermittlungen einzumischen, aber ich kann nicht für Lord Pennyworth oder Lord Grey garantieren. Beide sind alte Rivalen Ihrer Familie und sie haben Blut gerochen. Sie versuchen ihr Möglichstes, um Lord Willoughby aus dem Parlament zu vertreiben und den Ruf der Willoughbys zu verleumden.“

„Lügner!“, platzte Lord Aston heraus. „Beide Männer sind Lügner. Lord Pennyworth ist ein nutzloser Emporkömmling, während Lord Grey sein Leben lang auf Kosten anderer Leute gelebt hat.“

Lord Adair nahm einen Schluck Wein. „Sie sagen, Willoughby hätte Gopshall während einer Spielerunde an Lord Greys Sohn verloren.“

„Was für eine Torheit!“, empörte sich Lord Aston. „Sie

haben keine Zeugen, keine Beweise."

„Sie sagen, dass jemand die Beweise gestohlen hat, kurz, nachdem Willoughby verloren hat", erwiderte Lord Adair.

Lord Willoughby sank tiefer in seinen Sessel, als sich alle Augen auf ihn richteten.

„Ich verabscheue Lügner", sagte Lady Willoughby und zog einen Schmollmund. „Widerwärtige, unehrenhafte Kreaturen."

Elizabeth spürte, dass die Worte ins Schwarze trafen. Es spielte keine Rolle, wer sie sagte, sie waren wie ein Schlag ins Gesicht.

„Miss Peyton", sagte Claybrook. „Die Tasse wird gleich hinunterfallen."

Elizabeth starrte auf die Porzellantasse, die sich gefährlich in ihrer Hand neigte. Sein Tonfall hatte spöttisch geklungen, als er ihren angenommen Namen verwendet hatte.

Kurz darauf rutschte ihr die Tasse aus den Fingern, fiel mit einem dumpfen Aufprall auf den Rosenteppich und spritzte den Tee überallhin.

„Sie *Schwachkopf*!", rief Lady Willoughby, während Mary schnell einen Lappen holte und begann, die Schweinerei aufzuwischen.

„Ich muss etwas gestehen." Elizabeth sprang auf, ihre Stimme war gepresst vor Emotion.

„Miss Peyton." Claybrooks Stimme klang warnend.

Daraufhin sah sie ihn an und ihre Augen baten flehentlich, sie gestehen zu lassen. Die Lüge fraß sie auf.

Er schüttelte leicht den Kopf. Seine Augen waren dunkel und besorgt.

„Haben Sie Beazley getötet? Wollen Sie das gestehen?" Lord Willoughby setzte sich eifrig auf.

„Ich wusste es!", krähte Lady Willoughby.

Elizabeth holte tief Luft und sprach eilig. „Ich habe ihn nicht getötet. Aber ich habe wegen meiner Identität gelogen. Ich heiße nicht Jane Peyton, sondern Elizabeth Verney. Ich war eine Freundin von Jane und war bei ihr, als sie ihren letzten

Atemzug tat. Sie bat mich, die Position als Gouvernante für Lord Claybrook anzunehmen, da sie wusste, dass ich sie brauchte. Ich stimmte zu und nun bin ich hier."

„Ich kann das nicht glauben", keuchte die Köchin und vergaß für einen Augenblick ihren Platz.

„Ich bin eine Lügnerin und Betrügerin." Elizabeths Stimme zitterte.

„Miss Verney." Lord Adairs sanfte Stimme gab ihr den Rest.

Sie verließ den Raum, bevor die anderen ihre Tränen sehen konnten. Sie ging blindlings, die Augen auf den Boden gerichtet.

Eine Hand packte ihren Ellbogen und zerrte sie in ein Zimmer.

Die Tür schlug hinter ihr zu und es war ihr egal. Es war ihr egal, wo sie war und mit wem.

Das Ausmaß dessen, was sie getan hatte, wurde ihr allmählich klar.

„Sie kleine Idiotin." Claybrook funkelte sie wütend an. „Was haben Sie nur für eine Dummheit begangen? Sie haben sich gerade zur Hauptverdächtigen in dem Fall gemacht."

„Ich weiß", flüsterte sie unglücklich. „Aber ich konnte nicht mehr weiterlügen. Da hätte ich lieber den Strick um meinen Hals..."

Er legte einen Finger an ihre Lippen. „Nein, Sie würden lieber leben."

„Ach, was kümmert Sie das? Es ist meine Entscheidung."

„Psst, jemand wird Sie hören. Und wir sind zufällig in meinem Zimmer, unbeaufsichtigt."

Sie riss ihren Arm los. „Verdammte Schicklichkeit. Mir ist alles egal."

Seine Hand legte sich um ihre Taille. „Ich sagte, seien Sie leise. Wenn Ihnen Ihr Ruf egal ist, denken Sie an meinen."

„Ich habe Sie nicht darum gebeten, mir hinterherzujagen."

„Elizabeth", schimpfte er wütend. „Sie machen einen

Fehler nach dem anderen. Sie müssen sich beruhigen und vernünftig sein."

„Ich habe keine Vernunft", sagte sie und versuchte, aus seinem Griff zu entkommen. „Ich bin voller dummer Vorstellungen und Gefühle. Behalten Sie Ihre Vernunft und lassen Sie mich mit meiner Unvernunft leben."

Er verstärkte seinen Griff um ihre Taille und riss sie nach vorne, bis sie dicht an ihn gepresst war. „Wenn Sie nicht an sich selbst denken, dann werde ich das für Sie tun müssen."

Sie riss die Augen auf, als sich sein Kopf neigte und seine Lippen die ihren in einem besitzergreifenden Kuss eroberten.

Als der Kuss endete, waren ihre Augen glasig und sie brauchte einen Augenblick, um ihre Füße zu finden. Sie hob den Blick und entdeckte, dass ihm der Schreck über das, was er getan hatte, ins Gesicht geschrieben stand.

Das Entsetzen in seinem Blick brach ihr das Herz und sie ging schnell weg. Keiner sprach ein Wort, als sie das Zimmer verließ.

Kapitel Siebenundzwanzig

Lucy

Lucy verharrte vor der Tür zur Bibliothek. „Ähm, Jane, ich meine, Elizabeth, was machst du da?"

Elizabeth räusperte sich. „Ich hatte gehofft, lauschen zu können und Informationen über den Mord zu bekommen."

„Ah, und um das zu bewerkstelligen, musst du dich an die Rückseite der Tür hängen?"

„Ich dachte, das sei eine gute Idee."

„Die Tür besteht aus solidem Mahagoni und ist, im Gegensatz zur Tür des Arbeitszimmers, extrem dick. Du hättest kein Wort hören können."

„Vielleicht ist sie oben dünner."

„Für jemanden, der so lange mit einer Lüge gelebt hat, bist du sehr schlecht darin." Lucy verschränkte die Arme und zog eine Augenbraue hoch. „Jetzt sag mir die Wahrheit."

Lord Claybrooks erschien aus dem Inneren der Bibliothek. Er blickte zuerst Elizabeth an, die an der Tür hing, dann Lucy. Er öffnete seinen Mund und schloss ihn dann schnell wieder.

„Schönen Tag", murmelte er und eilte davon, bevor die Mädchen antworten konnten.

Elizabeth sprang herunter und warf Lucy einen wütenden Blick zu.

„Du wolltest ihm aus dem Weg gehen." Lucy hob entschuldigend die Hände. „Und anstatt zu helfen, habe ich es irgendwie durcheinander gebracht."

„Genau. Ich sah ihn in Richtung der Bibliothek gehen und handelte, ohne nachzudenken. Ich konnte es nicht ertragen, ihm gegenüberzutreten, deshalb sprang ich, griff nach dem oberen Ende der Tür und zog meine Beine an, in der Hoffnung, nicht gesehen zu werden. Es hat funktioniert. Er hat nicht aufgeblickt und die Bibliothek betreten. Ich wollte gerade herunterrutschen, als du auftauchtest und mit deiner lauten Stimme Antworten verlangtest."

„Man sagt, ich spreche leise", sagte Lucy entrüstet.

„Nun, das tust du nicht", erklärte Elizabeth mürrisch.

„Er geht dir ebenso aus dem Weg", sagte Lucy und hakte sich bei Elizabeth unter. „Heute Morgen sah ich, wie er ein gekochtes Ei geschluckt hat, als du das Esszimmer betreten hast. Er hat es ganz geschluckt, und bevor du noch einen weiteren Schritt tun konntest, hat er seinen Stuhl zurückgeschoben und ist davongeeilt, wie ein verschrecktes Walross."

„Er sieht nicht aus wie ein Walross."

„Er sah ein bisschen so aus. Ich finde diesen Walross-Blick unschuldig, alt und ein bisschen schuldbewusst. Er schien das heute Morgen ziemlich gut zu verkörpern."

„Er ist nicht alt", widersprach Elizabeth.

Lucy lenkte sie in Richtung des Pavillons. Seufzend betraten sie die schattige Kuppel. Er war zu ihrem Zufluchtsort geworden. Sie wussten, dass sie hier alleine sein konnten und niemand jeder ihrer Bewegungen beurteilte.

Der Geruch des Regens, zusammen mit der Hitze des Pavillons, gaben ihnen das Gefühl, ein anderes Land betreten zu haben. Die üppige Vegetation, die an den Wänden emporkroch und sich um die Marmorstatuen wand, sah grüner denn je aus, und die cremefarbenen und gelben Jasminblumen erfüllten die Luft mit einem weichen, berauschenden Duft.

Lucys Haar sprang protestierend auf und auf ihrer Stirn erschienen Schweißperlen. Sie legte Sonnenschirm und Mantel ab und stieß einen Seufzer der Erleichterung aus.

„Es tut mir leid", sagte sie, sobald sich Elizabeth auf die

weiße Holzbank gesetzt hatte.

Elizabeth wandte den Blick ab.

Lucy hockte sich auf den Boden und spähte in Elizabeths Gesicht. „Es tut mir leid, dass ich Lord Claybrook verdächtigt habe. Ich kann nichts dagegen tun. Ich empfinde nicht so für ihn wie du, aber ich gebe zu, dass es unsensibel von mir war, das zu sagen."

Elizabeth biss sich auf die Lippe und senkte den Kopf. „Ich empfinde nichts für ihn."

Lucy ignorierte das. „Hier, mein Friedensangebot. Meine letzte Tüte kandierte Pflaumen und ein Stück Obstkuchen."

Elizabeth starrte auf den zerdrückten Kuchen und die Süßigkeiten und lachte. „Du bist manchmal wie ein Kind."

Lucy grinste. „Sind wir wieder Freunde?"

„Ich muss mich auch entschuldigen. Ich war nicht ehrlich zu dir, was meine Identität betrifft. Es tut mir leid."

„Ach, ich wusste darüber Bescheid. Ich saß vor dem Fenster des Arbeitszimmers, als du Lord Claybrook alles gestanden hast."

„Und du hast mir das nicht gesagt!"

„Ich habe darauf gewartet, dass du mir genug vertraust, um es mir selbst zu sagen."

Nach einer kurzen Stille seufzte Elizabeth. „Es ist eine schwierige Situation. So viele Lügen und Geheimnisse. Ich habe keine mehr. Jetzt weißt du alles."

„Vielleicht können wir noch einmal neu anfangen?", fragte Luccy. Sie sprang auf und knickste so tief, dass es einer Königin gebühren würde. „Mein Name ist Lucy Ann Trotter. Ich bin Gouvernante der Willoughby-Kinder. Und ich werde des Mordes beschuldigt."

Grinsend ahmte Elizabeth Lucy nach. „Mein Name ist Miss Elizabeth Verney und ich bin Gouvernante der Claybrook-Kinder. Und auch ich werde des Mordes beschuldigt."

„So viele Gemeinsamkeiten", kicherte Lucy. „Wir sollten Freundinnen sein."

„Das fände ich sehr schön", erwiderte Elizabeth und

schaute erfreut drein.

„Und ich möchte, dass wir eine lange, lange Zeit Freundinnen sind. Deshalb müssen wir dieses Verbrechen schnell aufklären."

„Ich habe an den Hausdiener gedacht", sagte Elizabeth und wurde wieder ernst.

„Und ich an die Köchin und die Dienstmädchen. Ich finde, wir sollten uns als Nächstes auf die Bediensteten konzentrieren." Lucy schob sich eine Ananas in den Mund und kaute mit Nachdruck. „Und du hast recht. Der Hausdiener sollte unser nächstes Ziel sein."

Elizabeth nickte. „Graben wir seine Geheimnisse aus."

∞∞∞

Elizabeth

Elizabeth zog das weiße Band ihrer Haube fest unter ihrem Kinn zu und zog sich die Strümpfe hoch. Sie hatte beschlossen, dem Hausdiener zu folgen, während Lucy sich bereiterklärt hatte, sein Zimmer zu durchsuchen.

Der Hausdiener, George Perris, war ein Rätsel, da er selten tratschte und verschlossen war. Er war wie ein schönes Rennpferd, der anderen das Gefühl gab, im Vergleich mit ihm eine schwerfällige Kuh zu sein. Er war vielleicht so alt wie ihr Vater, sah aber von Weitem nicht jünger aus als Claybrook.

Seine Kleidung war immer elegant, seine Bewegungen anmutig und sein Auftreten freundlich und einladend. Er schien immer zu lächeln, obwohl sein Mund fest und gerade blieb, und die Sanftheit in seinen Augen verlieh ihm eine verlässliche Ausstrahlung.

Sie hatte gesehen, wie die Dienstmädchen ihn heimlich anglotzten und musste zugeben, dass die Leichtigkeit, mit der er Lord Aston trug, jedes weibliche Herz höherschlagen ließe.

Und doch tat er kaum etwas, um Aufmerksamkeit auf sich zu ziehen und schwebte wie eine Rauchwolke durch das Haus, wie man es von einem guten Diener erwartete.

Sie blickte aus dem Fenster und ihr wurde klar, dass er mit Lord Astons Körperpflege beschäftigt sein würde. Vielleicht konnten ihr die Bediensteten ein wenig mehr über ihn erzählen?

Stirnrunzelnd griff sie nach der Tür, die zu der versteckten Treppe führte. Die Bediensteten würden in ihrer Gegenwart auf der Hut sein, aber sie würde einen Weg finden müssen, um einen von ihnen weicher zu stimmen.

Das würde eine schwierige, aber keine unmögliche Aufgabe sein. Sie straffte die Schultern und ging in die Küche.

„Tasse Tee?", fragte Elizabeth die Köchin. Sie räusperte sich ein paar Mal und fügte dann raffiniert hinzu: „Mein Hals fühlt sich heute komisch an."

Die Köchin, die selbst drei Töchter hatte, taute ein bisschen auf. Ihr Mutterinstinkt erwachte und sie machte sich am Kessel zu schaffen, wie ein besorgtes Eichhörnchen, das ihre Jungen beschützte. Sie legte noch ein bisschen mehr Holz ins Feuer, bevor sie sich an den Tisch setzte und Elizabeth eine Tasse Schokolade reichte.

„Besser als Tee", murmelte die Köchin, während sie Elizabeth die Tasse hinschob.

Elizabeth, die seit Wochen keine Schokolade mehr getrunken hatte, griff dankbar nach der warmen Tasse und nahm einen Schluck. Die Schokolade rann ihre Kehle hinab und wärmte ihre Zehen. Sie lehnte sich zurück und fühlte sich plötzlich lebhafter und selbstsicherer.

„Es ist ein kalter Tag", fing Elizabeth an und hustete ein wenig, um in ihrer Rolle zu bleiben.

Die Köchin rutschte tiefer in ihren Stuhl. Ihre Augen wurden weicher. „Das stimmt."

„Ich wünschte, Lord Aston würde ein wenig Wärme in unseren Zimmern erlauben. Es ist schwer, zu schlafen."

Die Köchin nickte eifrig. Die Aussicht auf Klatsch belebte sie ein wenig. „In einer kalten Nacht gebe ich meinen Mädchen immer Wärmepfannen."

„Sie sind freundlich", sagte Elizabeth. „Ich weiß nicht, wie die Bediensteten es so viele Jahre aushalten. Man sollte meinen, dass sie bei all den Leuten, die gute Diener abwerben, auch gut behandelt werden. Der Hausdiener, zum Beispiel, scheint so vornehm. Er kann leicht einen besseren Platz zum Arbeiten bekommen."

„Aye, der Hausdiener ist schon am längsten hier. Ich glaube, seine Loyalität hält ihn hier. Das, und Lord Aston behandelt ihn besser als alle anderen. Sogar als seine eigenen Söhne, vermute ich."

„Ist er verheiratet?"

Die Köchin nickte. „Eine Frau, zwei Söhne und ein kleines Mädchen, noch ein Baby. Sie wohnen in der Nähe und er geht jeden Abend zu ihnen nach Hause. Er betet sie an. Im Lauf der Jahre habe ich mit meinen eigenen Augen gesehen, wie er die Annäherungsversuche vieler hübscher Mädchen zurückgewiesen hat."

Elizabeth leerte ihre Schokolade und versuchte, sich noch weitere Fragen einfallen zu lassen.

Die Köchin stand auf und nahm ihr die Tasse ab. „Ich hoffe, Sie fühlen sich bald besser, Miss. Ich mag es nicht, junge Leute krank zu sehen."

Aus einem Impuls heraus küsste sie Elizabeth auf die Wange. „Ich wünschte, Sie würden mir vertrauen, wenn ich sage, dass ich niemanden getötet habe."

Die Köchin tätschelte mit gerötetem Gesicht ihre Hand. „Ich vertraue niemandem", erwiderte sie sanft.

Elizabeth verließ die Küche. Sie fühlte sich zufrieden und schläfrig. Die Schokolade lag ihr wie eine warme, weiche Decke im Magen und sie wünschte, sie hätte in der Küche am Feuer sitzen und ein bisschen dösen können. Doch sie musste den Hausdiener finden und dafür musste sie wach sein.

Sie betrat das Esszimmer, in dem die Bediensteten herumwuselten. Das Küchenmädchen stocherte in einem der drei Kamine, um die Flammen zu beschwören, höher zu brennen. Die Dienstmädchen deckten den Tisch für das Frühstück, während der Butler in der Tür lehnte und Befehle bellte.

Sie ging an den geschäftigen Bediensteten vorbei und trat ans Fenster. Die Vorhänge waren zur Seite geschoben worden und sie konnte die schöne Waldlandschaft sehen, die sich vor ihr ausbreitete. Sie überlegte, wie nahe die majestätischen Bäume wohl am Haus waren.

Sie öffnete das Fenster und lehnte sich so weit hinaus, wie sie konnte. Die frische, kalte Luft erfüllte ihre Lungen und sie erwachte aus dem Bann, in den sie die Schokolade gezogen hatte.

Ihr Leben hatte so eine seltsame Wendung genommen. Sie fühlte sich wie ein Topf Suppe, den man auf dem Herd vergessen hatte, und der jetzt verkocht war, sodass nur noch ein Bodensatz übriggeblieben war. Ein Bodensatz, der sehr intensiv schmeckte, zu stark, um ihn zu essen.

Auch in ihrem Leben waren die Ereignisse, Emotionen und Gefühle so intensiv geworden, dass sie es kaum noch aushalten konnte.

„Schließen Sie das Fenster", bat das Küchenmädchen.

Sie tat es widerwillig und begab sich auf die Suche nach dem Hausdiener.

Sie fand ihn relativ schnell. Er eilte zu Lord Astons Zimmer. Sein Gesicht wirkte gezeichnet und er hatte dunkle Ringe unter den Augen.

Sie zog die Augenbrauen hoch, als sie die Falte auf der Rückseite seines Hemds und die abgeschrammte Stelle auf seinem Schuh entdeckte.

Sie blieb stehen, sobald er in Lord Astons Zimmer geschlüpft war.

Nach kurzem Überlegen ging sie auf alle Viere, kroch den Rest des Weges zur Tür und spähte hinein.

Lord Aston stand vor seinem Schaukelstuhl, während der Hausdiener ihm beim Ausziehen half.Sie schloss ein Auge und sah entsetzt zu, wie die Kleidungsstücke auf den Boden fielen. Als der Hausdiener bei Lord Astons Unterwäsche angekommen war, unterdrückte sie ein Keuchen und kroch schnell zurück, nur, um gegen ein Paar prächtige Beine zu stoßen.

Claybrook starrte auf sie herab, und sie hatte das Gefühl, ihr ganzer Körper würde erröten.

Er hielt ihr die Hand hin.

Sie starrte auf die langen, maskulinen Finger und biss sich auf die Lippen. Ein Schwall Empfindungen blubberte an die Oberfläche ihrer Haut wie ein Topf, der kurz vor dem Überkochen war. Sie ballte eine Faust, ignorierte seine Hand und versuchte, alleine aufzustehen.

Es war unangenehm, ohne Hilfe in ihrem Hauskleid aufzustehen, aber sie schaffte es. Triumphierend trat sie einen Schritt von ihm zurück, doch im nächsten Augenblick verfing sich ihre Ferse in ihren Röcken und sie ruderte mit den Armen wie ein Fisch auf dem Trockenen.

Er verschränkte die Arme und beobachtete amüsiert, wie sie um sich schlug. Diesmal würde er ihr nicht helfen.

Sie wedelte mit ihren Armen wie eine verrückte Ente, bis sie sich gefangen hatte und einen Seufzer der Erleichterung ausstieß.

„Frauen sollten nicht auf allen Vieren herumkriechen“, sagte er mit einem Funkeln in seinen Augen. „Und gegen Männer krachen.“

„Männer sollten nicht so blind sein“, brummelte sie. „Und niemand ist gegen irgendetwas gekracht. Es war ein Stoß.“

„Frauen“, sagte er etwas lauter, „sollten auch nicht spionieren.“

„Männer“, sagte sie und erhob ihrerseits die Stimme, „sollten Frauen nicht beschuldigen, Menschen zu töten, wenn sie glauben, dass sie so zart sind.“

Er warf ihr einen wütenden Blick zu, den sie erwiderte.

Plötzlich dämmerte ihr, dass es so funktionierte. So könnte sie ihm gegenübertreten, ohne sich in Tränen aufzulösen. Sie musste nur jedes Mal mit ihm streiten, wenn sie ihn sah. Es war einfacher, böse auf ihn zu sein, anstatt sich mit dieser Peinlichkeit herumzuschlagen, die sich seit dem Kuss zwischen ihnen eingeschlichen hatte.

Sie warf den Kopf zurück und stürmte davon. Diese quälende, namenlose Emotion zwischen ihnen war nicht ihre Schuld. Sie hatte ihn nicht geküsst. *Er* hatte sie geküsst. Wenn hier jemand das Recht hatte, entrüstet zu sein, dann war sie das.

Zurück in ihrem Zimmer wurde sie schon von Lucy erwartet.

„Irgendwas?“, fragte Lucy.

Elizabeth nickte und brachte sie auf den neuesten Stand.

„Irgendetwas belastet den Mann also. Ich frage mich, was?“

„Irgendwelche Hinweise in seinem Zimmer?“

„Er bewahrt nichts auf.“ Lucy stieß einen frustrierten Seufzer aus. „Der Mann geht jeden Abend nach Hause zu seiner Familie, deshalb habe ich nur eine Ersatzuniform gefunden, etwas Schuhcreme, ein Nähkästchen, Seife, Kerzen, etwas Pergament und Tinte. Nichts Brauchbares. Keine Briefe, Andenken oder Mordgeständnisse.“

„Warum sollte er Beazley ermorden“, sinnierte Elizabeth laut.

„Er könnte eine Affäre mit Lady Willoughby haben“, erwiderte Lucy.

Elizabeth verdrehte die Augen. „Lady Willoughby kann doch nicht mit so vielen Männern eine Affäre haben.“

„Vielleicht kannte er Beazley von früher? Oder er könnte versucht haben, Willoughby zu töten. Lord Willoughby pflegte, Wutanfälle zu bekommen und die Bediensteten schlecht zu behandeln. Ich weiß, das ist jetzt schwer zu glauben, da er sich neuerdings vor seinem eigenen Schatten fürchtet.“

Elizabeth zupfte an einem losen Faden an ihrem Ärmel. „Ich kann mir vorstellen, dass der würdevolle Hausdiener etwas dagegen hat, wenn er mit einem Schuh beworfen wird.“

„Genau. Die Wut, die jahrelang unterdrückt worden ist, könnte sich eines schönen Tages entladen haben.“

„Hmm, wer ist als Nächstes dran? Die Dienstmädchen?“

„Du schnappst dir Mary, während ich mich um Rosie

kümmere", nickte Lucy.

Kapitel Achtundzwanzig

Lucy

„Miss Trotter", rief Lord Adair.

„Mylord, ich wollte Rosie suchen", sagte sie und knickste schnell.

„Vergessen Sie das Dienstmädchen und folgen Sie mir."

„Wohin gehen wir?", fragte sie und hüpfte hinter ihm her.

Er ging langsamer, damit sie Schritt halten konnte. „Werden Sie schon sehen."

Er führte sie in den Gesellschaftsraum.

Die Vorhänge waren zurückgezogen worden und das Sonnenlicht strömte warm und golden herein. Die blaugrünen Wandteppiche bewegten sich in der sanften Brise, die durch ein teilweise geöffnetes Fenster hereinwehte. Das rosa Ledersofa, das mit weichen goldenen und grünen Kissen überladen war, sah ausnahmsweise einmal einladend aus. Doch ihr Blick wurde von den braunen Paketen angezogen, die auf dem Sandelholztisch neben dem Kamin aufgetürmt waren.

„Die sind für Sie", sagte er, warf die Kissen beiseite, die auf einem Lehnstuhl lagen, und setzte sich.

„Hm?" Sie blinzelte verwirrt.

„Die Pakete sind für Sie."

„Für mich?", fragte sie stirnrunzelnd. „Wer hat sie geschickt?"

„Ich habe Ihnen ein paar Sachen gekauft, Miss Trotter."

Er schenkte sich eine Tasse Kaffee ein. Sie bemerkte, dass er sie dreimal herumdrehte, bevor er einen Schluck nahm. Er war so ein seltsamer Mann mit so vielen Geheimnissen und Marotten. Je mehr sie ihn beobachtete, desto stärker fiel ihr auf, wie kompliziert er war.

„Geschenke für mich?“ Misstrauisch beäugte sie die Pakete. „Sie *beschwindeln* mich.“

„Ich tue nichts dergleichen“, sagte er ungeduldig. „Öffnen Sie sie, Miss Trotter, oder ich sehe mich gezwungen, das für Sie zu tun. Und ich weiß, dass Frauen das Öffnen von Geschenken ebenso aufregend finden, wie das Geschenk selbst.“

Als sie unsicher neben dem Tisch verharrte, griff er nach dem nächstgelegenen Paket.

Sie riss es ihm aus den Händen. „Ich mache es“, sagte sie, gab sich geschlagen und öffnete behutsam die erste Tüte. „Gezuckerte Ananas, Minzkuchen und gezuckerte Veilchen!“

Ein breites Lächeln erschien auf ihrem Gesicht. Sie steckte sich eine Süßigkeit in den Mund und lutschte verzückt. Danach brauchte er sie nicht mehr zu ermuntern. Sie stürzte sich auf die Pakete wie ein hungriger Affe, der einen Haufen reife Bananen entdeckt hatte.

Fetzen von braunem Papier und bunte Schnüre flogen durch die Luft, als sie die Pakete aufriss. Aus einer Tüte kam ein herrlicher Obstkuchen zum Vorschein, aus einer anderen rollten ein Pfirsich, eine Orange und eine Nektarine heraus. Der Rest der Pakete enthielt eine Tüte Tee, einen Laib süßes Brot, Gebäck, Dosen mit Kaffee und Keksen.

„So viel Essen“, sagte sie ehrfürchtig.

„Sie sehen aus, als müssten Sie ein bisschen zunehmen. Zu dünn“, bemerkte Lord Adair.

Sie errötete. Ihm war ihre Figur und ihre Liebe zu allem Süßen aufgefallen.

„Ein Paket ist noch übrig“, sagte er und zeigte darauf.

Er zündete sich eine Zigarre an und trank seinen Kaffee aus.

Sie trottete zu der letzten Tüte und spähte hinein. „Das ist ein…“

„Cape“, vollendete er für sie.

„Ein Cape?“, quiekte sie, zog das weiche grüne Kleidungsstück heraus und hielt es an ihr Gesicht. „So weich und es riecht himmlisch. Aber, das kann ich nicht annehmen.“

„Ihre Kleider sind scheußlich. Ich kann es nicht ertragen, sie anzusehen. Bitte, nehmen Sie das Cape an und tragen Sie es jedes Mal, wenn ich sie anschaue. Ihre braune Strickjacke ist hässlich und in diesem löchrigen grauen Ausgehmantel“, sagte er erschaudernd, „sehen Sie aus wie eine altmodische Perücke.“

Sie strich über das Cape und Tränen traten in ihre Augen. Nicht, weil seine Worte sie gekränkt hatten, sondern weil er überhaupt an sie gedacht hatte. Sie konnte die Sachen unmöglich annehmen… Das war unschicklich.

„Ich will Sie nicht als meine Geliebte“, sagte er und erriet ihre Gedanken. „Ich helfe lediglich einer Waise in Not. Das ist ein Leiden. Ich kann nichts dagegen tun. Ich sehe eine schlecht gekleidete Frau und will sie anziehen. Ich sehe eine dünne Frau und will ihr zu essen geben.“

„Ich kann keine Almosen annehmen. Mein ganzes Leben lang bin ich bemitleidet worden und habe von der Freundlichkeit anderer Leute gelebt. Damals konnte ich nichts dagegen tun, aber jetzt schon.“

„Betrachten Sie es als eine Art Lohn. Sie versuchen, mir zu helfen, dieses Verbrechen aufzuklären. Sie sind meine Augen und Ohren an diesem Ort, und ich bezahle all meine Informanten großzügig.“

„Sie sind lieb.“

„Ich wünschte, andere Frauen würden das so sehen. Das letzte Mal, als ich einer jungen Dame einen Apfel kaufte, dachte sie, das sei ein Antrag. Ich wusste, dass Sie vernünftiger sein würden.“

Lucy schlug die Augen nieder. Es stimmte. Sie hatte kurz gedacht, er würde sie vielleicht wollen, doch im nächsten Augenblick hatte sie das als lächerliche Vorstellung verworfen. Sie dachte nicht, dass er jemals eine wie sie wählen würde.

Sie blickte auf und bemerkte, dass er sie scharf beobachtete.

Sie steckte sich eine Traube in den Mund und kaute nervös. „Sie haben mir all das gekauft, um mich für meine Arbeit als Informantin zu bezahlen."

Er nickte.

„Können Sie das alles wegnehmen?"

„Warum?"

„Ich will etwas anderes als Bezahlung."

Er kniff die Augen zusammen.

Sie räusperte sich. „Ich wollte fragen, ob Sie mir beibringen könnten, wie man einen Faustschlag ins Gesicht landet."

„Wie?"

„Ich will ein Boxer sein, ich will lernen, wie man mit einem Andrea Ferrara schlitzt und pariert. Ich will mich drehen, springen und einen Menschen in zwei Hälften schneiden."

„Bei Gott!"

„Ich will einen Revolver, einen Spieß und ein Schnappmesser schwingen. Ich will einen Luden treten und die Tugend einer Dame retten, ich will mit zwanzig Messern jonglieren, einen Tölpel aufspüren und Halali rufen."

„Sie singen."

„Soll ich weitermachen?"

Er kniff die Lippen zusammen. „Bitte unterdrücken Sie die Künstlerin in Ihnen. Mir wird mulmig."

Sie senkte den Kopf und sagte schüchtern: „Ich bin dankbar für all die Geschenke, doch was ich wirklich will, ist... Ich will lernen, wie man kämpft. Ich will nicht, dass ein Mann meine Haut rettet, *ich* will meine Haut retten. Ich will lernen, wie man ein Messer wirft, ein Hunga Munga benutzt und bei Faustkämpfen gewinnt."

Er lächelte. „Die meisten Frauen bitten mich um Schutz, Geld, Heirat oder..." Er schürzte die Lippen. „Sie wollen, dass ich mich den Rest ihres Lebens um sie kümmere oder einen Mann für sie finde, der das tut, doch Sie bitten mich, Ihnen beizubringen, wie man ein Messer wirft?“

„Der Mann, den ich heirate, stirbt vielleicht jung. Außerdem kann niemand ständig bei einem anderen Menschen sein. Ich muss wissen, wie ich auf mich aufpassen kann und nicht von anderen Leuten abhängig bin.“

„Sie sind erfrischend, Miss Trotter.“

„Ich möchte lernen, wie man einen Mann zur Strecke bringt, ihn erschießt, tötet und begräbt.“

„Sie haben Ihren Standpunkt sehr eindringlich und manchmal sogar poetisch dargelegt. Ich bin besorgt wegen Ihres blutrünstigen Naturells, Miss Trotter.“

„Ich bin kein zimperliches junges Mädchen, Mylord. Ich werde eine ausgezeichnete Spionin abgeben, verführerisch und skrupellos wie Mata Hari.“

Er lachte leise. „Sie sind faszinierend, natürlich und, vielleicht ein Blaustrumpf. Die Zeit wird es zeigen.“

„Also, werden Sie mir helfen?“

„Ich werde es in Erwägung ziehen, wenn Sie sich bereiterklären, die Geschenke anzunehmen.“

Sie zögerte. „Ich kann das Essen behalten, das Cape…“

„Alles oder nichts, Miss Trotter.“

Sie nickte, doch in ihrem Herzen gelobte sie, dass sie es ihm eines Tages zurückzahlen würde.

Sie biss in einen Minzkuchen und kaute nachdenklich. Er gewöhnte sich an ihre Anwesenheit. Er hatte sich die Zeit genommen, ihr Sachen zu kaufen und geduldig ihr Geplapper anzuhören.

Ja, er sah sie eher als ein hungriges, verwahrlostes Kätzchen, das er sich gerade zugelegt hatte und das er nun pflegen und mästen musste, aber das störte sie nicht. Solange er sie im Kämpfen ausbildete und ihr ein paar investigative Fähigkeiten beibrachte, war sie bereit, seine Anordnungen auszuführen.

Sie beobachtete ihn, wie er seinen Kopf an das Polster zurücklehnte und mit seiner Zigarre kleine Ringe in die Luft blies.

„Können Sie auch Herzen und solche Dinge machen?“, fragte sie neugierig.

Er lächelte. „Erzählen Sie mir vom Hausdiener“, bat er vielmehr und schloss die Augen.

Sie begann, all ihre Geschenke in die Tasche zu stecken, und während ihre Hände beschäftigt waren, erstattete ihr Mund ihm Bericht über alles, was sie herausgefunden hatten, seit sie zuletzt miteinander gesprochen hatten.

Als sie fertig war, bemerkte sie, dass er fest schlief, die Zigarre baumelte gefährlich zwischen seinen Fingern.

Bei diesem Anblick lächelte sie. Er sah so friedlich aus, wenn er schlief. Sanft nahm sie ihm die Zigarre aus der Hand und löschte sie. Dann griff sie nach ihrem neuen grünen Cape und bedeckte damit so viel von ihm, wie sie konnte.

Schließlich legte sie noch ein paar Scheite in den Kamin und verließ das Zimmer.

Kapitel Neunundzwanzig

Elizabeth

Die Mädchen waren wieder im Pavillon, doch diesmal tanzten Donner und Blitz am Himmel wie eifrige Debütanten bei einem Ball. Der Wind wirbelte herum wie ein Dirigent eines Orchesters und der Regen trommelte so fest gegen die Glaswände, dass man das Gefühl hatte, das ganze Gebäude würde um ihre zitternden Ohren einstürzen.

Verwirrt starrte Elizabeth auf das grüne Cape um Lucys Schultern und den blauen Schleier, der ihre untere Gesichtshälfte bedeckte. „Warum der Schleier und woher hast du ihn?"

Lucy lächelte, zumindest ihre Augen, da Elizabeth ihren Mund nicht sehen konnte. „Ich nähte den Schleier aus einem der Kissen im Salon. Niemand wird es vermissen. Und was den Grund betrifft, warum ich es trage.", Sie senkte die Stimme. „Gestern Abend machte ich mich nach dem Abendessen auf den Weg zurück in mein Zimmer und entdeckte, dass mir ein Schatten folgte. Ich versuchte, die Person zu erwischen, doch sie war zu gerissen. Deshalb beschloss ich, dass ich mich verkleiden müsste, damit ich nicht mehr verfolgt werde."

„Ich bin mir ziemlich sicher, dass uns eine Menge Leute verfolgen", erwiderte Elizabeth praktisch. „Tatsächlich denke ich, dass jeder jeden verfolgt. Und deine Verkleidung ist schrecklich."

„Na schön, ich wollte geheimnisvoll aussehen“, räumte Lucy ein. „Wollte mich so anziehen und auf Inspiration hoffen.“

„Du siehst lächerlich aus.“

„Das tue ich nicht.“

„Doch, das tust du.“

„Ich glaube, du bist eifersüchtig auf meinen Schleier.“

„Ich werde dich in Bedlam besuchen, wenn der Rest der Welt erst einmal deinen Wahnsinn entdeckt hat.“

„Du brauchst mich nicht zu besuchen, du wirst im Bett neben mir liegen.“ Lucy gluckste und prustete verächtlich. „Und bevor du fragst, das Cape ist ein Geschenk von Lord Adair…eine Art Bezahlung, weil ich ihm bei diesem Fall helfe.“

Elizabeth blickte auf den teuren Stoff und runzelte besorgt die Stirn. Sie half ihm nicht – er half *ihr*. Er war bis hierher gekommen, um das Verbrechen aufzuklären und ihren Hals zu retten. Das musste sie doch bemerken. Und was seine Freundlichkeit betraf, so würde sie Windmühlen in ihrem Kopf schaffen.

„Ich weiß, was du denkst“, sagte Lucy und nahm ihre Hand. „Ich weiß, dass ich ihm leid getan habe, und um meinen Stolz zu retten, sagte er, es wäre eine Bezahlung, kein Almosen. Und ich weiß, dass ich nicht einmal gut genug bin, um sein Dienstmädchen zu sein, geschweige denn seine Geliebte. Ich sehe ihn eher als einen Wohltäter, einen Engel, wenn du so willst.“

Elizabeth errötete. „Es tut mir leid, ich war nur besorgt.“

„Ich verstehe. Ich hätte dasselbe empfunden, wenn es andersherum gewesen wäre.“

Elizabeth wandte den Blick ab. Das stimmte nicht. Lucy hatte ihre Gefühle für Claybrook nie in Frage gestellt.

„Elizabeth? Geht es dir gut?“

Sie nickte und richtete sich auf. „Ich habe mit Mary gesprochen und sie sagte, sie sei zur Mordzeit mit der Köchin in der Küche gewesen. Die Köchin hat es nicht geleugnet.“

„Aber Mary war doch mit dem Butler zusammen.“

„Genau. Das bedeutet, die Köchin hat kein Alibi.“

Lucy runzelte die Stirn. „Die Köchin steht auf wackligem Boden."

„Irgendwie glaube ich nicht, dass sie es getan hat", erwiderte Elizabeth.

Lucy zuckte die Schultern. „Sie könnte Beazley verachtet haben, während sie für die Familie gearbeitet hat. Vielleicht hat er ihrer Tochter das Herz gebrochen ... oder ihr eigenes? Am Morgen des Mordes könnte die Köchin am Küchenfenster gestanden und ihn in Richtung Wald gehen gesehen haben.

Im Nu wäre ihre Vergangenheit in ihrem Kopf aufgestiegen wie ein verwundetes Tier und sie hätte nach dem Gin gegriffen und einen Schluck genommen. Dann, blind vor jahrelang unterdrücktem Ärger, könnte sie ihm hinterhergerast sein. Sobald sie tief im Wald waren, hätte sie eine Donnerbüchse hervorgeholt und

PENG!

Sie hätte die Waffe abgefeuert und den Mann erschossen."

Elizabeth schluckte. „Jetzt habe ich Angst vor der Köchin."

„Sie hat ihn wahrscheinlich nicht getötet."

„Wir können nicht sicher sein."

Lucy seufzte. „Ist irgendetwas im Leben sicher?"

Elizabeth beobachtete, wie das Wasser in Rinnsalen an den Fensterscheiben herunterlief und sich mit der Erde vermischte. Sie dachte an ihre Kindheitsträume und wie sorglos sie damals gelebt hatte. Sie erinnerte sich, wie sie und ihre Schwestern in die Felder gelaufen waren und Disteln und Gänseblümchen gepflückt hatten, um sie ihrer Mutter mitzubringen. Sie hatte das Lächeln ihrer Mutter gesehen, aber nicht die immer tiefer werdenden Falten auf ihrer Stirn.

Sie sah Lucy unglücklich an. „Wenn wir doch nur wieder kleine Mädchen sein könnten."

„Das würde ich nicht wollen", sagte Lucy achselzuckend. „Ich würde nicht wieder hungrig und eingesperrt sein und beobachten wollen, wie Jahr für Jahr meine Freunde sterben."

Elizabeths Mundwinkel zogen sich nach unten. Wieder einmal wurde sie daran erinnert, wie viel schwerer Lucys Leben gewesen war. Doch wenn man sie jetzt ansah, so voller Leben und Humor, konnte man das leicht vergessen.

Plötzlich klatschte Lucy in die Hände und drehte eine kleine Pirouette. „Ich habe eine großartige Idee."

„Welche?"

„Lass uns die Köchin betrunken machen."

„Große Flöhe haben kleine Flöhe auf ihrem Rücken, die sie beißen, und kleine Flöhe haben kleinere Flöhe, und so weiter und so fort."

„Hm?"

„Du hast gerade Unsinn geredet, also beschloss ich, dasselbe zu tun."

„Das ist kein Unsinn. Wenn wir sie austricksen, gesteht sie vielleicht alles, was sie über die Dienstmädchen weiß. Vielleicht gesteht sie sogar den Mord."

„Das wird nie funktionieren. Was für eine absurde Idee."

Lucy verschränkte die Arme vor der Brust und schaute sie wütend an. „Machen wir jetzt also die Köchin betrunken oder nicht?"

Elizabeth seufzte. „Da mir nichts besseres einfällt … schön."

Lucy grinste. „Wann?"

„Heute Nacht? Aber woher kriegen wir den Gin?"

„Ich werde Lord Adair fragen. Er hat sicher so etwas."

„Hast du keine Angst, ihn zu fragen?"

Lucy nickte enthusiastisch. „Furchtbare. Aber das hat mich noch nie aufgehalten."

Kapitel Dreißig

Lucy

„Ich habe Brandy, Liz", sagte Lucy, als sie in Elizabeths Zimmer platzte.

„Brandy? Zeig her", erwiderte Elizabeth skeptisch.

Lucy schob ihre Hand in den versteckten Schlitz ihres Rocks und zog eine kleine Flasche heraus, die mit etwas gefüllt war, das wie flüssiger Honig aussah. „Lord Adair geht nicht einmal in die Nähe von Gin."

„Das dachte ich mir." Sie entkorkte die Flasche und schnüffelte am Inhalt. „Mhmm, vielleicht sollten wir das für uns behalten."

„Elizabeth?"

„Ja?"

„Wenn die Dämpfe des Brandys schon deinen Kopf benebeln, dann frage ich mich, was nach einem Schluck passieren würde?"

„Soll ich's mal versuchen?"

„Ich gebe zu, ich bin neugierig auf die Wirkung, aber wir müssen uns auf den Plan konzentrieren."

„Ich will einen Schluck nehmen."

„Bete stattdessen lieber zu Dionysos, damit er diesen Nebel des Wahnsinns lichtet", erwiderte Lucy und riss die Flasche wieder an sich. „Komm jetzt, meine verwirrte Freundin, wir müssen die Köchin erwischen, bevor sie zu Bett geht."

„Na schön", stimmte Elizabeth widerwillig zu. „Aber ich finde noch immer, dass das eine schreckliche Idee ist. Dieser wunderbare Brandy wird verschwendet."

Jede nahm sich ein Schultertuch und sie verließen das Zimmer.

Der Flur war dunkel und kalt. Sie fassten sich an den Händen und blieben dicht beieinander. Plötzlich kam es ihnen beiden unglaublich lustig vor, so verstohlen zu sein und die Köchin betrunken machen zu wollen.

Sie fingen an zu kichern und zu schnauben wie kleine Schweinchen, was die ganze Sache noch lächerlicher machte. Schon bald bissen sie sich auf die Hände, um zu versuchen, ihr Lachen zu unterdrücken.

Sie bogen um eine Ecke und ihr Lachen erstarb, als hätte man ihnen mit einem Holzhammer den Schädel eingeschlagen.

Claybrook stand vor ihnen, er trug einen falschen Schnurrbart, einen schwarzen Bart und einen Zylinder.

Elizabeth starrte ihn an.

Claybrook starrte sie an.

Im Hintergrund tickte die Standuhr, während Lucy die beiden aus dem Augenwinkel betrachtete.

Elizabeth und Claybrook starrten sich weiter an, als ob in ihren Augen ein faszinierendes Spiel stattfinden würde.

Lucy räusperte sich laut, hustete, simulierte einen Hustenanfall, griff sich an den Hals und zappelte herum.

Es funktionierte nicht.

Elizabeth und Claybrook blieben reglos wie Steine. Ihre Augen klebten aneinander, als wären sie durch eine unsichtbare Schnur verbunden.

„Die Kaninchen rauchen Zigarren und die Elefanten legen Eier", raunte Lucy.

Elizabeth blinzelte als Erste und starrte Lucy an. „W… Was hast du gesagt?"

„Es ist ein schöner Abend."

„Es regnet", bemerkte Claybrook, der sich endlich aus dem

Bann löste, der ihn vorübergehend sprachlos gemacht hatte.

„Zufällig mag ich Regen“, erwiderte Lucy, ihre Augen waren groß, rund und bedeutungsvoll, als sie Elizabeth anstarrte.

„Wir wollten uns gerade ein Glas Milch holen“, sagte Elizabeth, die das Stichwort verstand.

„Die Köchin wird welche haben“, nickte Lucy schnell.

Claybrook trat beiseite. Sein breiter, muskulöser Körperbau ließ den Mädchen nicht viel Platz, um an ihm vorbeizugehen, ohne ihn zu streifen.

Elizabeth ging als Erste. Sie wurde puterrot, als sie die zwei Schritte tat, die nötig waren, um an ihm vorbeizugehen.

„Schöner Schnurrbart“, grinste Lucy, als sie an der Reihe war, vorbeizuflitzen. „Wohin gehen Sie?“

„Zum Metzger, um ein Pfund Hammelfleisch zu holen“, erwiderte er, ohne eine Miene zu verziehen. „Ebenso, wie Sie in die Küche gehen, um sich von der Köchin Milch zu holen.“

Lucy zwinkerte ihm zu, zog Elizabeth davon, während er erschrocken stotternd zurückblieb.

„Wie wollen wir denn die Köchin betrunken machen?“, murmelte Lucy vor der Küche.

„Überlass das mir“, erwiderte Elizabeth zuversichtlich. Sie schien sich von ihrer Begegnung mit Claybrook erholt zu haben.

Lucy hoffte, dass sie niemals zu einer verdammten liebestollen Närrin werden würde wie sie. Das war ekelhaft.

„Wie fühlen Sie sich?“, fragte die Köchin, sobald sie Elizabeth erblickte.

„Nicht gut“, seufzte sie. Da ihre Wangen noch immer rot waren, bekamen ihre Worte eine authentische Note.

Lucy faltete ihre Hände vor sich und fragte mit großen Augen: „Darf ich ihr etwas Milch warm machen?“

Die Köchin warf ihren Lappen hin und nickte: „Ich stelle welche aufs Feuer.“

„Lord Adair hat mir ein bisschen Brandy gegeben“, sagte Elizabeth schwach. „Er dachte, das könnte helfen.“

Genau aufs Stichwort holte Lucy die Flasche hervor. „Ich

könnte einen Tropfen in ihre Milch geben."

Durstig beäugte die Köchin den Brandy.

„Er sagte, ich könnte die ganze Flasche haben. So ein großzügiger Mann", fuhr Lucy fort.

„Ich bin keine Trinkerin", wandte Elizabeth ein. „Ein Tropfen ist viel. Obwohl ich mir ein wenig kühn vorkomme, wenn ich alleine trinke. Vielleicht könnten Sie sich mir anschließen? Ein Tropfen Brandy in Ihrem Tee wird nichts schaden."

Die Köchin musste nicht weiter überredet werden. Im Handumdrehen standen die Teetassen sowie eine Kanne mit dampfendem Tee auf dem Tisch.

Lucy schüttete eine großzügige Menge in den Tee der Köchin und in Elizabeths Milch. Sie selbst beschloss, der Versuchung zu widerstehen und einen klaren Kopf zu bewahren.

Die Köchin brauchte vier Tassen mit Brandy verfeinertem Tee, bis sie sich auf ihrem Stuhl zurücklehnte und entspannte.

Zunächst erkundigten sich Lucy und Elizabeth nach ihren Töchtern, woraufhin die Köchin noch weiter auftaute.

Schon bald hatte sie sich bequem zurückgelehnt. Ihr Arm lag über dem angrenzenden Stuhl und ihre Füße auf dem ihr gegenüber stehenden. Ihre Augen wurden allmählich glasig und ihr Mund entspannte sich zu einem wahnsinnigen Lächeln.

Die Uhr schlug Mitternacht und im Haus wurde es still und dunkel.

Lucy warf einen Blick auf die verglühende Asche und holte eine kleine Kerze herbei.

Das Klicken der Zunderbüchse erfüllte den Raum, und schon bald warf die kleine Flamme unheimliche Schatten an die Wände.

Das runde Gesicht der Köchin war erhitzt und rot, ihre dunklen Augen wirkten wie Lampen. Sie sah jetzt nicht mehr so freundlich und jovial aus, sondern etwas ernst, und Lucy wechselte einen nervösen Blick mit Elizabeth.

Diese holte tief Luft und sprach in leisem, gemessenen Tonfall. „Wussten Sie, dass Rosie mit Lady Willoughby zusammen war, als der Mord geschah?“

„Sie hätten es gemeinsam tun können“, sagte die Köchin und nahm einen großen Schluck Tee.

„Lady Willoughby scheint sehr angetan von Rosie“, warf Lucy ein.

Die Köchin nickte. „Das Mädchen hat vielleicht ein verkniffenes Gesicht, aber sie kennt ihre Aufgabe und, was noch besser ist, sie weiß, wie man Geheimnisse bewahrt.“

Lucy beugte sich vor. „Aber warum sollte Rosie Beazley töten?“

„Dafür gibt es keinen Grund“, erklärte die Köchin achselzuckend. „Aber wenn Lord Willoughby das Ziel hätte sein sollen, dann hatte sie viele Gründe. Loyalität ihrer Herrin gegenüber könnte sie veranlasst haben, das zu tun, oder vielleicht hat ihre Ladyschaft sie darum gebeten.“

Elizabeth runzelte die Stirn. „Und Mary? Welchen Grund könnte sie gehabt haben, Beazley oder Lord Willoughby zu töten?“

„Ich glaube nicht, dass sie es getan haben könnte. Wenn Lord Willoughby sterben würde, dann könnte nichts den Butler von Lady Willoughby fernhalten. Und Mary ist verrückt nach dem Butler. Ich habe oft genug miterlebt, wie sie nach ihm schmachtete.“

„Wo war sie während der Mordzeit?“, fragte sich Lucy und schüttete mehr Brandy in die Tasse der Köchin.

Diese nippte daran und sagte: „Sie war mit dem Butler zusammen. Ich habe sie in der Speisekammer gehört.“

Lucy und Elizabeth wechselten einen Blick.

„Was halten Sie von Lord Willoughby? Warum sollte ihn jemand töten wollen?“, fragte Lucy.

„Kein netter Mann“, lallte die Köchin. „Eifersüchtig auf seinen Bruder. Lord Aston hat seinen jüngeren Sohn immer bevorzugt, und das ist auch ganz verständlich. Lord Willoughby betatscht die Dienstmädchen, jammert und quengelt, hat mehr Allüren als eine Dame. Und er wird ziemlich wütend, wenn er spielt. Flucht wie ein Seemann, wirft mit Tassen und Tellern um sich. Nein, überhaupt kein netter Mann."

„Und Beazley . . . Ich frage mich, ob er Feinde hatte", sagte Elizabeth vorsichtig.

„Nein. Beazley war ein Lämmchen. Seine Frau allerdings, ist furchtbar… eine richtige Xanthippe, aber er… er könnte keiner Fliege etwas zuleide tun. Ein lieber Mann", sagte die Köchin herzlich. „Traurig, dass er auf eine solche Weise gestorben ist. Er hätte etwas Besseres verdient."

„Ich habe gehört, dass auch er Röcken nachgejagt hat", sagte Lucy.

Die Köchin zuckte die Schultern. „Welcher Mann tut das denn nicht?"

„Claybrook", meldete sich Elizabeth zu Wort. „Ich habe noch nie gesehen, dass er jemanden betatscht hat."

„Er ist ein seltenes Exemplar", stimmte die Köchin zu. „Aber man kann Beazley nicht vorwerfen, dass er tat, was die meisten Männer tun. Die Dienstmädchen verstehen das. So sind die Dinge nun mal."

Elizabeth und Lucy wechselten noch einen Blick.

Als sie sich wieder zur Köchin wandten, war diese eingeschlafen. Ihr Kopf hing zur Seite.

Lucy legte ihr Schultertuch zusammen, legte es auf den Tisch und platzierte dann sanft den Kopf der Köchin darauf. Elizabeth legte ihre braune Strickjacke um die Schultern der Köchin, und die beiden Mädchen schlichen auf Zehenspitzen aus dem Raum.

„Die Köchin hat ihn nicht getötet", bemerkte Lucy, sobald sie wieder in ihrem Zimmer waren.

„Sie hörte den Butler und Mary in der Speisekammer und das wäre nicht möglich gewesen, wenn sie durch den Wald gelatscht wäre", stimmte Elizabeth zu.

„Außerdem schien sie Beazley gemocht zu haben."

„Rosie scheint ebenfalls vom Verdacht befreit zu sein", sagte Elizabeth.

„Rosie hat ein Motiv… aber ist sie zu so viel Liebe zu Lady Willoughby fähig, dass sie sich bereiterklären würde, einen

Mann für sie zu töten?“

„Das bezweifle ich. Die Frau tut alles aus egoistischen Gründen. Ich glaube, sie würde nicht einmal für ihre eigenen Kinder den Galgen riskieren.“

„Endlich kommen wir weiter“, gähnte Lucy.

„Wir müssen noch tiefer bei der Familie graben“, sagte Elizabeth nachdenklich.

„Du kannst Erkundigungen über Claybrook einziehen.“ Lucy stieß Elizabeth grinsend an. „Wir brauchen mehr Informationen und er wird sicher etwas ausplaudern, wenn du ihn mit deinen schönen Augen anstarrst.“

„Ach, sei still.“ Elizabeth errötete.

„Du musst, Liz“, sagte Lucy und wurde wieder ernst. „Du musst die Waffen einsetzen, die du hast. Wir brauchen Antworten. Die Zeit läuft uns davon.“

Elizabeth schluckte und nickte. „Ich werde es versuchen.“

Kapitel Einunddreißig

Lucy

Das Ei gab den Ausschlag.

Lucy beobachtete, wie Lady Willoughby das Ei über den Frühstückstisch warf. Es schlug gegen die Wand und hinterließ graue und gelbe Schmiere.

Sie fühlte sich ein bisschen schuldig. Sie wusste, warum das Frühstück heute Morgen alles andere als angenehm war. Sie hatte die Köchin betrunken gemacht und die Folgen davon zeigten sich an dem Frühstück, das hastig zusammengestellt und auf den Tisch gestellt worden war.

Die Köchin wurde gerufen. Sie taumelte in den Raum und stieß gegen die Sofalehne. Ihre Augen waren aderig und blutunterlaufen. Ihr lockiges, weißes Haar stand auf der einen Seite ihres Kopfes ab, während es auf der anderen mit Mehl beschmiert war und in unansehnlichen Klumpen an ihrem Kopf klebte.

Sie blinzelte Lady Willoughby fragend an.

„Das Ei“, tobte Lady Willoughby, „war kalt wie Eis.“

Die Köchin runzelte die Stirn. „Es war warm, als ich es heraufgeschickt habe.“

„Ich mag meine Eier heiß“, erwiderte sie scharf. „Das hier war kalt. Nennen Sie mich eine Lügnerin?“

„Ich…“ Die Köchin schwankte verwirrt, als würden die Worte eine Weile brauchen, um den Brandynebel zu durchdringen, der ihren Kopf einhüllte.

Das Fehlen einer sofortigen Entschuldigung fachte Lady Willoughbys Wut noch mehr an. All die früheren Fehler der Köchin kamen ihr in den Sinn und sie feuerte sie heraus wie eine übereifrige *Donnerbüchse*.

„Sie inkompetente Närrin", wütete sie. „Sie haben das Frühstück heute Morgen zu spät heraufgeschickt, das Rindfleisch während der Abendgesellschaft war zäh wie eine Schuhsohle, Sie fühlen sich ständig unwohl, Sie machen immer wieder die gleichen langweiligen Sachen zu essen, fortwährend reden Sie über Ihre Töchter, als wären sie Adelige, sie tratschen wie ein Fischweib, und Sie haben sich nicht einmal die Mühe gemacht, vorzeigbar auszusehen, bevor Sie zu mir heraufgekommen sind!"

Die Köchin schnappte nach Luft und taumelte zurück. Sie schlug eine Hand vor den Mund, mit der anderen klammerte sie sich an der Schürze um ihren Bauch fest.

Lady Willoughby kniff die Augen zusammen und sagte das Unvermeidliche. „Ich frage mich, wer Sie empfohlen hat. Ich muss dem Betreffenden schreiben und mich beschweren."

Die Köchin fing an zu schwanken wie eine Kirchenglocke am Sonntag.

Lady Willoughby, die die wankende Köchin nicht bemerkte, durchforstete den Inhalt ihres Gehirns. Ihre Augen weiteten sich und sie sprang auf. „Beazley hat Sie empfohlen. Wie konnte ich das nur vergessen? Sie haben jahrelang für seine Familie gearbeitet, bevor Sie zu uns kamen!"

Die Köchin erbleichte, der Nebel lichtete sich, und Panik ergriff sie. Der Schreck stand ihr ins Gesicht geschrieben. „Ich habe ihn nicht getötet", krächzte sie. „Das schwöre ich. Ich habe nur aufgehört, für die Familie zu arbeiten, weil meine Jüngste den Laternenanzünder geheiratet hat, der in dieser Stadt wohnt, und ich in ihrer Nähe sein wollte. London war zu teuer für unseresgleichen und Lord Beazley war so gütig, das zu verstehen, und hat hier eine Stellung für mich gefunden…"

„Hören Sie auf mit Ihrem Geplapper!", fauchte Lady

Willoughby und griff nach der Glocke. Sie läutete sie wie wild, bis der Butler auftauchte. „Sagen Sie allen, sie sollen sich sofort im Morgenraum versammeln. Ich habe den Mörder gefunden."

Der Butler riss die Augen auf und sein Mund öffnete sich, um Fragen zu stellen. Doch da bemerkte er, dass Lord Willoughby und Claybrook sowie Lucy ebenfalls im Raum anwesend waren. Deshalb verbeugte er sich und eilte davon.

Sobald alle, einschließlich Lord Aston, Lord Adair und die Bediensteten, eingetroffen waren, klatschte Lady Willoughby in die Hände. „Ruhe! Ich habe eine wichtige Information mitzuteilen. Ich hatte es vollkommen vergessen, bis heute Morgen, als ich ein grässliches Ei zum Frühstück bekommen habe. Es war nicht nur kalt, sondern auch verkocht und grau."

„Der Zustand deiner Frühstückseier interessiert mich nicht", blaffte Lord Aston.

„Es geht nicht um die Eier", versetzte Lady Willoughby.

„Dann rede weiter und schweife nicht ab. Ich will nicht wissen, wie schal dein Kaffee oder wie weich dein Toast war", murmelte Lord Aston ungeduldig.

Lady Willoughby kniff die Lippen zusammen und ging nach vorne in den Raum. Dort angekommen, drehte sie sich dramatisch um, um allen ins Gesicht zu sehen.

Das war ihr Augenblick und sie würde sich Zeit lassen, um so hell zu strahlen wie möglich, und so lange sie konnte.

„Beeil dich, Frau", knurrte Lord Aston, warf einen Holzscheit ins Feuer und lockerte sein Hemd.

Lady Willoughby ignorierte ihn. „Vor ein paar Jahren lief unser Koch davon. Wie sich herausstellte, war er ein Pirat gewesen, und der Ruf der See war zu viel für ihn gewesen. Daher fing ich an, nach einem neuen Koch zu suchen."

Lord Aston warf noch einen Scheit ins Feuer und zog seine Hose aus.

Schnell fuhr Lady Willoughby fort: Wie ihr wisst, sind Dienstboten schwer zu bekommen, und nach einem ganzen Monat der Suche traf Lord Willoughby zufällig jemanden, dessen Köchin in seiner Londoner Unterkunft seinen Dienst verlassen und aufs Land ziehen wollte. Sie kam mit guten Referenzen und wir stellten sie sofort ein. Könnt ihr erraten, wer diese Person war und wer sie empfohlen hatte?“

„Ich habe ihn nicht getötet“, platzte die Köchin heraus.

„Irgendjemand? Könnt ihr es erraten?“ Lady Willouhgby lächelte wie eine selbstgefällige Katze.

Lord Adair warf seine Zigarre in den Aschenbecher und zuckte gelangweilt die Schultern. „Nur, weil Beazley die Köchin empfohlen hat, heißt das nicht, dass sie ihn getötet hat. Tatsächlich wäre es töricht von der Köchin, weiter in diesem Haus zu wohnen, wenn sie wusste, dass sie die Einzige ist, die eine frühere Verbindung zu ihm hatte. Vielleicht hatte sie das Gefühl, dass sie nicht weglaufen musste, weil sie unschuldig ist.“

„Aber sie hätte es getan haben können!“, blaffte Lady Willouhgby.

„Das hätte sie“, pflichtete Lord Adair ihr bei. „Aber ebenso gut hätten Sie es getan haben können.“

„Sie liebt ihre Töchter zu sehr“, meldete sich Lucy zu Wort. „Wäre sie weggelaufen, hätten ihre Töchter wegen ihrer Taten leiden müssen.“

Lord Claybrook beugte sich auf seinem Stuhl vor. „Da Beazley sie empfohlen hatte, würde man denken, dass er oder zumindest seine Frau sie gern hatten. Und sie hat deren Dienste nicht in Ungnade verlassen. Ich stimme Adair zu. Nur, weil die Köchin ihn von früher kannte, heißt das nicht, dass sie ihn getötet hat. Wir brauchen mehr Beweise.“

„Sie werden hier nicht mehr arbeiten, Köchin!“, rief Lady Willoughbys verletztes Ego. „Es ist mir egal, was alle denken. Ich weiß, dass Sie es waren.“

„Heute Morgen warst du davon überzeugt, dass es die Gouvernanten waren“, bemerkte Lord Claybrook.

„Sie waren es alle“, versetzte sie kindisch.

„Ich fürchte, die Köchin wird bleiben müssen, bis der Fall gelöst ist“, grinste Lord Aston. „Aber nun, da sie nicht mehr für dich arbeitet, meine Liebe, wer wird heute Abend das Essen machen? Ich hätte gerne Zwiebelsuppe, Käsepastetchen, geschmorte Kalbsohren und Stachelbeerspeise."

Lady Willoughby war wutentbrannt und eine Reihe faszinierender Ausdrücke huschten über ihr Gesicht, während Stolz und Faulheit sich in ihrem wogenden Busen bekriegten. Schließlich funkelte sie die Köchin wütend an. „Sie können Ihre Aufgaben weiter erfüllen, bis ich einen Ersatz für Sie gefunden habe."

„Sie wird uns alle vergiften", heulte Lord Willoughby aus einem dunklen Schatten in der Ecke.

„Dann koche du doch die vermaledeiten Mahlzeiten", schnauzte Lady Willoughby.

Lucy schlüpfte aus dem Raum. Sie war erleichtert, dass Lord Adair die Familie einmal mehr vor überstürzten Entscheidungen bewahrt hatte.

Irgendwie war sie dafür verantwortlich gewesen, dass die Vergangenheit der Köchin aufgedeckt worden war. Schließlich hatte sie sie betrunken gemacht, infolgedessen hatte die Köchin ein schreckliches Frühstück zubereitet und Lady Willoughby verärgert.

Sie erreichte ihr Zimmer und setzte sich an den Schreibtisch. Wenigstens konnte der Butler jetzt die Köchin nicht mehr erpressen. Sie nahm die Liebesbriefe, die sie in seinem Zimmer gefunden hatte, warf sie mit Nachdruck auf den Tisch und wünschte sich, sie wären der Kopf des Butlers.

Wie hatte sie diesen Mann nur attraktiv finden können? Nun sah sie nur noch eine aalglatte, verabscheuungswürdige Kreatur, der es Spaß machte, hilflose Frauen auszunutzen.

Dieser schmierige Halunke, dieser eklige Schönling verdiente es, für den Rest seines Lebens Stacheln zu tragen.

Sie zog eine Rolle billiges Pergament heraus und tauchte ihre Feder in die Tinte. Nachdem sie kurz nachgedacht hatte, begann sie, den Mädchen zu schreiben und ihnen alles über die Natur des Butlers und seine Erpressungstaktiken zu erklären. Sie fügte die Briefe bei, die sie ihm geschrieben hatten, damit er keine Möglichkeit mehr hatte, in Zukunft Geld von ihnen fordern zu können.

Sie wusste, dass einige der Mädchen ihr nicht glauben würden, aber einige vielleicht doch. Selbst wenn nur ein Mädchen von den fünfzehn, die ihm geschrieben hatten, sie ernst nahm, dann hätte sie das Gefühl, etwas erreicht zu haben.

So viele Briefe zu verschicken würde teuer werden. Sie wusste nicht, wie sie das schaffen sollte. Sie befühlte das grüne Seidencape und fragte sich, ob sie es verkaufen könnte.

Gerade, als sie den letzten Brief mit einem falschen Namen unterschrieb, kam Lord Adair herein.

Sofort schien der Raum um die Hälfte kleiner zu werden. Sie sprang auf, verlegen wegen ihrer unordentlichen Erscheinung und des Zustands ihres Zimmers.

Sie strich sich ihr Haar und ihren Rock glatt und trat einen taumelnden Schritt nach vorne.

Er rümpfte die Nase, weil ihr Unterkleid auf dem Boden lag und nasse Strümpfe auf der Stuhllehne hingen.

Sie schnappte sich die Strümpfe und stopfte sie in die Tasche ihres Unterkleides.

„Was haben Sie gerade gemacht?", fragte er stirnrunzelnd mit einem Blick auf den Berg Briefe auf ihrem Schreibtisch.

Sie erzählte es ihm und sein Blick wurde weich. „Braves Mädchen", sagte er, und sie hatte einen Augenblick lang das Gefühl, er würde ihren Kopf tätscheln, als wäre sie ein bezaubernder Pekinese.

Sie steckte ihre Zunge in die Lücke zwischen ihren Zähnen und wartete darauf, dass er mehr sagte.

„Brauchen Sie etwas?", fragte er und sah sich in ihrem Zimmer um.

Sie schüttelte den Kopf.

„Etwas Tinte?"

„Oh nein, danke sehr", log sie. Er hatte genug getan. Sie wollte nicht, dass er sie wieder bemitleidete und wie eine Waise behandelte.

Er runzelte die Stirn, nickte aber und respektierte ihre Wünsche.

„Ist das alles?", fragte sie.

„Ich werde die hier für Sie zur Post bringen“, sagte er und griff nach dem Stapel Briefe.

„Ich habe eine... Frage“, sagte sie vorsichtig.

„Sie wollen für mich arbeiten.“

Ihre Kinnlade klappte herunter.

„Und“, fügte er mit einem Funkeln in seinen Augen hinzu, „Sie wollen das deshalb tun, weil Sie mit den neuen Fähigkeiten, die Sie als Spionin erlernen werden, ihre Eltern finden wollen.“

Ihre Augen weiteten sich erschrocken. Kein Wunder, dass die Leute dachten, Lord Adair habe außergewöhnliche Kräfte.

„Ich kann Ihre Gedanken nicht lesen“, sagte er und beantwortete damit ihre unausgesprochene Frage. „Aber ich kenne Sie.“

Sie biss sich auf die Lippe. „Werden Sie es mir beibringen?“

Er schaute ihr einen Augenblick lang ins Gesicht, dann drehte er sich ohne ein Wort auf dem Absatz um und verließ das Zimmer.

Verwirrt blinzelte sie hinter ihm her. Hatte er nicht geantwortet, weil er ihre Gefühle nicht verletzen wollte oder zog er es in Erwägung? Und warum war er überhaupt in ihr Zimmer gekommen?

Kapitel Zweiunddreißig

Elizabeth

Elizabeth saß auf dem harten Bett in ihrem Zimmer und überlegte, wie sie Claybrook befragen sollte. Sie hatte das schon einmal versucht und war kläglich gescheitert.

„Zieh dein Mieder ein wenig herunter." Lucy stürmte ins Zimmer.

Elizabeth blinzelte sie verwirrt an. „Hm?"

Lucy schnaubte ungeduldig. „So", sagte sie und richtete Elizabeths grünes Kleid so, dass der Ansatz ihres Busens ein bisschen mehr zu sehen war.

Elizabeth verschränkte die Arme vor der Brust. „So gehe ich nicht hinaus."

Lucy stemmte die Hände in die Hüften. „Erinnerst du dich denn nicht an das Mädchen, das zur Gesellschaft gekommen ist und so getan hat, als wäre sie nass geregnet worden, obwohl es zwei Tage lang nicht geregnet hatte? Im Vergleich zu ihr zeigst du kaum etwas."

„Das ist unanständig."

„Ist es nicht", sagte Lucy und fummelte an Elizabeths Haar herum.

Diese starrte in den gesprungenen Spiegel an der Wand. „Ich sehe ungepflegt aus. Du hast die Hälfte meines Haars aus dem Dutt gezogen."

Lucy lächelte. „Du siehst schön aus. Diese losen Strähnen

umrahmen dein Gesicht wunderschön."

„So werde ich das Zimmer nicht verlassen."

Lucy zuckte die Schultern. „Mach, was du willst. Wenn wir zum Galgen gehen, dann kannst du dich stolz fühlen, weil du deinen Anstand gerettet hast, wenn schon nicht deinen Hals. Wenn du ein Skelett im Grab bist, kannst du damit angeben, dass du nie einem Mann deine geheimen Reize gezeigt hast. Wenn du ein Geist bist, kannst du anderen Geistern Vorträge über Schicklichkeit und gute Manieren halten. Dann kannst du die Grande Dame aller Geister sein und Bälle in Spukschlössern veranstalten."

„Oh, na gut, ich werde es versuchen. Aber das letzte Mal hat er kaum auf meine Fragen geantwortet. Ich bezweifle, dass mein zerzaustes Haar ihn so verzaubern wird, dass er seine Seele offenlegt."

„Frag ihn nichts. Sprich über dich selbst. Werde ein bisschen rührselig, ein bisschen hilflos, und er wird sich öffnen wie eine Rose an einem Sommertag."

„Wo hast du gelernt, so manipulativ zu sein?"

„Im Waisenhaus mussten wir alle Tricks lernen, um zu bekommen, was wir wollten. Ich lernte, unsichtbar zu bleiben, meine Ohren offenzuhalten und mit allen möglichen Leuten umzugehen."

Elizabeth zog die Augenbrauen hoch.

„Ich habe nicht gesagt, dass ich gut darin bin. Ich *weiß*, was ich tun muss, aber irgendwie scheitere ich am Ende. Aber du bist ein Naturtalent. Sieh dir nur an, wie du die Köchin um deinen Finger gewickelt hast. Selbst Lady Willoughby mochte dich einmal. Du machst das so mühelos und wunderbar."

Bei dem Kompliment wurde Elizabeth weich. „Ich werde es versuchen."

Ein paar Stunden später saß Elizabeth verärgert in der Bibliothek. Wie hatte Lucy sie nur dazu überreden können, mit Claybrook zu sprechen, und das auch noch, während sie aussah, als hätte sie vergessen, sich das Haar zu kämmen?

Sie zog ihr Mieder hoch und fuhr gereizt mit den Fingern

durch ihr Haar. Kurz, nachdem sie das Zimmer verlassen hatte, hatte sich der Dutt aufgelöst.

Danach hatte sie eine Weile damit verbracht, Claybrook zu suchen, um ihn zu befragen. Jedes Mal, wenn sie den verflixten Mann entdeckt und versucht hatte, ihm zu folgen, verschwand er wie ein Zauberer.

Sie legte ihren Kopf auf das Buch vor ihr. Es war ein wunderschönes grün-goldenes Buch mit Illustrationen der königlichen Familie. Die meisten Bilder zeigten den Regenten und seine Frau in witzigen Situationen, doch sie konnten ihr kein Lächeln ins Gesicht zaubern.

Der Geruch von Büchern und Tinte erinnerte sie vielmehr an ihren Vater und plötzlich sehnte sie sich danach, ihn noch einmal zu sehen. Sie hatte ihn sehr geliebt und wusste, dass er sie von all ihren Schwestern am liebsten gehabt hatte.

Sie wünschte, sie könnte seine wettergegerbte Wange küssen und ihren Kopf an seine Brust legen. Sie wünschte, sie könnte ihn noch einmal sprechen hören, damit er ihr sagte, dass alles gut werden würde.

„Ich wünschte, du wärst am Leben", seufzte sie leise.

„An wen denken Sie?"

Sie schaute ruckartig in die Richtung, aus der die Stimme kam und sah, dass Claybrook in der Tür lehnte. Wie lange beobachtete er sie schon?

„Aua", jammerte sie, als kurz darauf ein Schmerz durch ihren Nacken fuhr.

„Bei dieser plötzlichen Drehung haben Sie sich wohl einen Muskel gezerrt", sagte er, während er auf sie zukam. „Ist es schlimm?"

„Nichts, das ich nicht aushalten kann", sagte sie, griff sich an den Nacken und versuchte, nicht mehr aufzuschreien.

Sanft zog er ihre Finger weg und legte seine eigene warme Hand auf ihren Nacken.

Sie wand sich unter seiner Berührung.

„Halten Sie einen Augenblick still", drängte er und begann, den gespannten Muskel mit seinem Daumen zu massieren.

„Woran haben Sie gedacht?“, fragte er, während seine Hand von ihrem Nacken zu ihrer Schulter glitt.

„Hmm?“

„Elizabeth?“

Sie stand auf und ging einen Schritt von ihm weg. „Was haben Sie gesagt?“

Er sah zu, wie sie noch einen Schritt zurücktrat.

Sie runzelte die Stirn. „Warum l… lächeln Sie?“

„Woran haben Sie gedacht?“

„An Zuhause… an meinen Vater… an den Tod.“

„An den Tod?“

„Es dauert jetzt nicht mehr lange, bevor ich wegen des Mordes angeklagt werde“, flüsterte sie. „Der Tod ist unvermeidlich. Ich denke oft daran.“

„Haben Sie Ihren Vater sehr geliebt?“

„Über alles.“

„Und Ihre Schwestern?“

„Ich liebe sie auch. Das würden Sie nicht denken, wenn Sie uns zusammen sehen würden.“

Er lehnte seine Hüfte an den Tisch. „Ich halte nicht viel von meinem Bruder. Sein Verhalten ist dem Namen unserer Familie unwürdig. Er ist auf dem Weg in den Ruin, und wenn das so weitergeht, werden seine Kinder mittellos zurückbleiben.“

„Ihre Tante muss Sie sehr geliebt haben, da Sie Ihnen ihren Reichtum und Titel vermacht hat. War sie kinderlos?“

„Sie hatte eine Tochter, die nicht erben konnte. Ich kümmerte mich um sie, bis sie einen wohlhabenden Mann heiratete. Sie ist glücklich, und das ist alles, worum mich meine Tante gebeten hatte. Sie wollte, dass ich sicherstellte, dass ihr geliebtes Kind glücklich und gut versorgt ist.“

„Glück“, sinnierte sie leise. „So etwas Einfaches und doch so schwer zu erlangen.“

Sie schwiegen eine Weile, jeder in Gedanken versunken.

Kurz darauf fragte er: „Haben Sie ihn getötet, Miss Verney?“

„Nein“, erwiderte sie zitternd. „Das macht es noch schwerer. Diese Anschuldigungen haben eine Atmosphäre des Schreckens geschaffen, die mich ständig heimsucht. Ich habe einen Fehler begangen und meine Identität verborgen, aber ich habe niemanden getötet.“

„Ich verstehe.“

„Glauben Sie mir?“

„Das möchte ich.“

Ihr Herz machte einen Satz, und sie ergriff seine Hand. Ihre Augen leuchteten und blickten flehentlich, als sie sprach. „Haben Sie ihn getötet? Ich hörte Sie mit Beazley streiten, nachdem Sie mich an jenem Tag gerettet hatten. Ich war Ihnen gefolgt… Ich hörte, wie Sie gedroht hatten, ihn zu töten, wenn er die Frauen in diesem Haus auch nur ansah. Und am nächsten Morgen war er tot.“

„Das haben Sie niemandem gesagt“, sagte er, weil er es genau wusste.

Sie senkte den Kopf, um ihr Gesicht zu verbergen. Sie wusste nicht, was sie sagen sollte.

Er griff nach ihrem Kinn und zwang sie, aufzublicken. „Warum haben Sie es niemandem gesagt, Elizabeth?“

„Niemand hätte mir geglaubt.“

„Sie haben es nicht einmal Miss Trotter gestanden. Sie hätte Ihnen sicherlich geglaubt.“

„Woher wissen Sie das?“

„Sie hätte es Adair gestanden. Sie würde so etwas nicht geheim halten, nicht vor Adair.“

„Weiß er es?“

„Ich habe es ihm gesagt.“

Sie schnappte nach Luft. „Aber das bedeutet…“

„Ich bin ebenso ein Verdächtiger wie Sie.“

„Aber Sie sind unschuldig.“

„Wie können Sie sich da sicher sein?“

„Ich bin es einfach.“

„So viel Vertrauen. Das ist rührend.“

Sie errötete und fragte sich, ob er sie verspottete.

Seine Knöchel strichen über ihre rosa Wangen. „Auch ich sollte an den Tod denken. Schließlich könnte ich verurteilt werden..."

Schnell legte sie ihre Finger an seine Lippen, ihre Augen waren schreckgeweitet. „Sagen Sie es nicht. Man würde Sie nicht hängen. Sie haben doch einen Titel. Sie könnten nach Frankreich fliehen... oder nach Indien. Niemand würde Sie finden und mit all ihrem Reichtum..."

Er legte die Hände an ihr Gesicht und blickte auf sie herab. „Beruhigen Sie sich."

„Ich bin ruhig", rief sie. „Ich finde nur, Sie sollten auf einem Schiff sein, das Sie an irgendeinen sicheren Ort bringt. Ich könnte Ihnen etwas zu Essen einpacken, vielleicht könnten Sie auch etwas Gold mitnehmen. Ihr früherer Koch war Pirat, vielleicht kann er helfen, Sie wegzubringen..."

„Seien Sie still. Nichts wird mir geschehen und ich werde auch nicht zulassen, dass Ihnen etwas geschieht, nicht, solange ich lebe."

Bei seinen Worten und der unausgesprochenen Bedeutung dahinter erstarrte sie.

Er neigte den Kopf und küsste sie langsam. „Sie sehen heute Abend bezaubernd aus", sagte er rau.

Schritte im Korridor ließen sie auseinanderfahren.

Sie starrte ihn an, während sie entsetzt die Hand vor den Mund schlug. Was war nur los mit ihnen? Sie sollten sich nicht berühren und schon gar nicht küssen. Er hatte einen Titel und sie war ein lügendes, betrügendes Dorfmädchen.

Und doch, wenn er sie so ansah wie jetzt gerade, fühlte sie sich... begehrt.

Oh, er brachte sie ganz durcheinander!

Manchmal dachte sie, er hasste sie, weil sie ihn getäuscht hatte, dennoch hatte er ihre Lügen geheim gehalten. Er hatte sie beschützt und war wütend auf sie gewesen, als sie der Familie gestanden hatte, dass sie nicht Jane war, sondern Elizabeth.

Und nun, diese intimen Momente... was sollte sie von ihnen halten? Warum interessierte es ihn, was mit ihr geschah?

Warum hatte er sie erneut geküsst?

Er könnte sie niemals heiraten, und sie würde niemals seine Geliebte sein.

„Elizabeth?“

Sie schlüpfte unter seinem Arm hindurch und floh. Noch ein Kuss, und sie hätte ihn in ihr Bett eingeladen.

Kapitel Dreiunddreißig

Lucy

„Ich hasse stille Kinderzimmer." Lucy zog einen kleinen Stuhl an den Schreibtisch der Kinder und setzte sich.

Elizabeth gesellte sich zu ihr. „Master Willoughby ist wegen des Pudding-Vorfalls weggeschickt worden, daher ist dies der beste Ort, um unseren nächsten Plan zu besprechen. Er ist viel abgeschiedener als unsere Zimmer."

Lucy beäugte den kalten Kamin, die dicken, staubigen Gardinen und die Spielsachen, die ordentlich in der Ecke aufgereiht waren. „Ich glaube, er war froh, dass er gehen konnte."

Elizabeth legte tröstend eine Hand auf Lucys Arm. „Er ist einsam geworden. Es war das Beste."

Lucy nickte. „Alle haben einen Anfall von Depression bekommen und das hat sich auch auf ihn ausgewirkt."

„Sollen wir alles besprechen, was wir bisher in Erfahrung gebracht haben?", fragte Elizabeth und wechselte das Thema.

„Ja, bitte", erwiderte Lucy dankbar. Wenn sie noch trübsinniger wurde, würde sie anfangen, zu klagen, sich auf die Brust zu klopfen und um sich zu schlagen.

Elizabeth zog ein Stück billiges Pergament aus ihrem Pompadour, während Lucy Feder, Tinte und Sand zum Trocknen auf dem Tisch aufreihte.

„Liste der Verdächtigen", kritzelte Lucy.

„Lord Willoughby“, sagte Elizabeth sofort. „Er sagte, er sei in der Badewanne gewesen. Daher hat er kein Alibi und ein starkes Motiv. Er könnte Geld verloren haben, während er mit Beazley gespielt hatte und wollte ihn nicht bezahlen. Beazley könnte erfahren haben, dass der Butler und seine Frau eine Affäre haben und wollte ihn erpressen.“

Lucy schrieb alles nieder und fügte hinzu: „Er kannte Beazley am besten und er könnte schon seit Jahren einen Groll gegen ihn gehegt haben. Mir fallen noch unzählige weitere Gründe ein.“

„Als nächstes war Lady Willoughby mit ihrer Zofe Rosie zusammen“, sagte Elizabeth, „aber ich bezweifle, dass Rosie ihre Ladyschaft genug liebt, um zu töten.“

„Es sei denn, sie ist mit *kostbaren Kleinigkeiten* überhäuft worden.“ Lucy schob ein Zitronenbonbon in den Mund und lutschte nachdenklich. „Einen kostbaren Ring, eine Perlenkette, Geld, damit sie sich ein Haus kaufen kann, um ein angenehmes Leben zu führen. Wir können sie nicht ausschließen. Ebenso wenig, wie wir Lady Willoughby und diesen furchtbaren Butler ausschließen können.“

„Lord Claybrook.“ Elizabeths Stimme brach bei seinem Namen.

Lucy entschied sich, zu schweigen.

Elizabeth räusperte sich. „Er sagte, er habe es nicht getan. Ich habe l… letzten Abend mit ihm gesprochen, und ich glaube ihm.“

Lucy sah, wie sie errötete. „Und?“

„Er sagte, er halte nicht viel von seinem Bruder, da er das ganze Geld verschwendet, aber er habe Beazley nicht getötet.“

„Hat er dich geküsst?“

„Lucy!“

Sie grinste. „Er hat dich geküsst! Ich sehe es in deinem Gesicht. Wie war es?“

„Der Hausdiener“, schrieb Elizabeth schnell nieder.

„Bist du in Ohnmacht gefallen?“

„Wo war der Hausdiener?“

„Hat Claybrook dein Kinn gekitzelt? Hat er dich Liebling, Schatz und Leckerchen genannt?“

„Hör auf oder ich schlage dir den Schädel mit dem Schürhaken ein.“

Lucy seufzte dramatisch. „Na schön, kehren wir zurück zu diesem verflixten Mord. Der Hausdiener war mit Lord Aston zusammen.“

„Er könnte ein verstecktes Motiv haben.“

„Vermutlich.“

„Lord Aston?“ Lucy schob das Bonbon auf ihrer Zunge herum. „Was wissen wir über ihn?“

„Er ist ein bisschen irre.“

„Er hat die Lieblingsnichte des Königs geheiratet, so hat er seinen Titel verliehen bekommen.“

„Ich habe gehört, er sei nach dem Tod seiner Frau verrückt geworden.“

„Mir kommt er ziemlich scharfsinnig vor“, wandte Lucy ein.

„Vielleicht.“

Lucy trommelte mit den Fingern auf den Tisch. „Er kann kaum ein paar Schritte gehen, dann braucht er die Hilfe des Hausdieners. Er weigert sich, die Sänfte zu benutzen, aber manchmal hat er keine andere Wahl.“

Elizabeth lehnte sich auf ihrem Stuhl zurück und streckte sich. „Er hat viel Stolz.“

„Aber würde er Beazley töten?“

„Könnte er es?“, entgegnete Elizabeth.

„Er täuscht seine schlechte Gesundheit nicht vor“, erwiderte Lucy nachdenklich. „Dessen bin ich mir sicher.“

„Dann wäre es schwierig geworden.“

„Die Köchin, der Butler und Mary konnten es nicht getan haben“, sagte Lucy. „Die Köchin hörte den Butler und Mary in der Speisekammer. Das beweist also, dass die drei im Haus gewesen sind.“

„Es sei denn, die Köchin hat erst später am Tag gehört, wie die beiden ihre kleine Romanze besprochen haben, und hat diese

Information benutzt, um ihre Unschuld zu beweisen."

Lucy schlug ihren Kopf auf ein altes Geschichtsbuch, das auf dem Schreibtisch lag. „Alle sind verdächtig."

Elizabeth seufzte. „Dann waren unsere Bemühungen also umsonst."

Die Tür flog auf. „Mädchen, packt eure Taschen."

Elizabeth und Lucy sprangen auf.

Lady Willoughby stand vor ihnen. Sie trug ein langes, grün-rotes Seidengewand mit Goldstickerei und schwarzen Satinpantoffeln. Ihr blondes Haar fiel gerade und steif in ihr rosafarbenes Gesicht und ihre funkelnden Augen richteten sich auf Elizabeth.

„Warum müssen wir packen?", fragte Lucy.

„Habe ich euch gesagt, dass der Herzog von Firth ein großer Bewunderer von mir ist?", schnurrte Lady Willoughby. „Er hat sogar einmal bei uns übernachtet. Ein äußerst attraktiver Mann."

„Was hat das damit zu tun, dass wir gehen sollen?", schnauzte Elizabeth.

Lucy wandte sich ab und öffnete das Fenster, ihr war schlecht. Ein starker Ostwind fegte herein und ließ sie frösteln. Sie ahnte, was Lady Willoughby sagen würde.

Lady Willoughbys Lächeln wurde breiter, während sie sprach. „Ich schrieb dem Herzog und sagte ihm, dass ich seine Hilfe bräuchte, um ein Verbrechen aufzuklären, das in seinem Herzogtum begangen wurde. Tatsächlich hätte er von Anfang an derjenige sein sollen, der es aufklärt."

„Lord Adair ist berühmt für seine Fähigkeiten als Ermittler", sagte Lucy und drehte sich wieder zu ihr um.

„Zweifeln Sie die Fähigkeiten des Herzogs an, meine Liebe?"

„Zweifeln Sie Adairs an?", gab Lucy zurück.

„Es ist das Vorrecht des Herzogs, darüber zu entscheiden, wer sich mit einem Mord befassen soll, der auf seinem Land begangen wurde. Ich habe ihm einfach einen gut gemeinten Rat erteilt."

„Was meinen Sie?“, fragte Elizabeth.

Lady Willoughby warf ihr einen verächtlichen Blick zu. „Ich habe ihm alles gesagt. Alles über den Mord und meinen Verdacht in Bezug auf eine bestimmte Gouvernante und ihren Freund. Dass eines der Mädchen den Namen einer toten Dame angenommen hat, während die andere bereits in eine frühere Mordermittlung verwickelt war. Und er stimmte meiner Schlussfolgerung zu.“

Elizabeth wurde bleich. „Welcher Schlussfolgerung?“

Lady Willoughby verdrehte die Augen. „Muss ich alles buchstabieren? Er schrieb zurück und sagte, er würde spätestens morgen Abend hier sein. Er kommt, um Sie beide wegen Mordes an Lord Beazley zu verhaften. Ist das nicht wunderbar?“

„Wie konnten Sie?“, knurrte Lucy.

„Er gehört mir“, erwiderte Lady Willoughby mit zitternder Stimme. „Ich habe jahrelang auf ihn gewartet. Und sobald sich der wahre Mörder um meinen Mann gekümmert hat, werde ich frei sein, um ihn zu heiraten.“

„Den Butler?“

„Den Butler!“, erwiderte sie entsetzt. „Ich kann doch keinen Butler heiraten. Er wird in meinen Diensten bleiben und dafür gut entlohnt werden. Ich habe in meinem Leben nur einen Mann geliebt, und das ist Claybrook. Ich werde nicht zulassen, dass ein Emporkömmling meinen Platz an seiner Seite einnimmt.“

„Aber Sie dachten doch, die Köchin wäre die Schuldige.“

„Das denke ich noch immer, aber dann beschloss ich, dass es viel wichtiger ist, euch beide loszuwerden, als eine recht annehmbare Köchin an den Galgen zu schicken.“

„Sie machen einen schrecklichen Fehler!“, rief Elizabeth.

„Sie hätten ihn nicht küssen sollen“, gab sie zurück, ihre Augen waren wild vor Hass. „Ich habe euch in der Bibliothek gesehen.“

Elizabeth griff nach Lucys Hand. „Wir müssen mit Lord Adair sprechen.“

Lucy beäugte Lady Willoughby, die in der Tür stand. Ihr langes, goldenes Haar wehte im Wind und ihr grün-rotes[SW3] Seidengewand wirbelte um sie herum wie eine verrückte Fledermaus.

Sie senkte den Kopf und gestand die Niederlage ein. „Wir brauchen seine Hilfe. Wir haben keine Zeit mehr.“

∞∞∞

Lucy fand Lord Adair neben einem kleinen, künstlich angelegten Teich hinter dem Haus. Er stützte sich gedankenverloren auf seinen Gehstock.

Sie drückte sich neben einer alten Eiche herum und fragte sich, was sie zu ihm sagen sollten. Der Ostwind hatte nicht nachgelassen. Sie zog das Cape enger um sich, dankbar für dessen Wärme. Ein plötzliches Gefühl der Ergriffenheit durchfuhr sie, als ihr klar wurde, dass Lord Adair, der sie bestenfalls als lästig ansah, für sie das war, was einer Familie am nächsten kam.

Seit sie vor sechs Monaten das Waisenhaus verlassen und ihr neues Leben angefangen hatte, war er ihre einzige Konstante gewesen. Immer wieder und wieder war er ihr zu Hilfe gekommen, vielleicht, weil er Mitleid mit ihr hatte.

Sie wusste, dass sie nur eine unter vielen Menschen in England war, die von ihm abhängig waren, und dass er sie als Haustier betrachtete, an das er sich manchmal erinnerte, wenn sie kläffte.

Doch für sie war er ihr Anker. Seine Anwesenheit verlieh ihr die Kraft, zu kämpfen und von einem ehrbaren Leben zu träumen. Er gab ihr die Hoffnung, dass er die Dinge in Ordnung bringen würde, falls sie schrecklich schief gehen würden.

Sie war nicht in ihn verliebt, aber das, was sie empfand, wenn sie ihn ansah, war... Bewunderung, Respekt, Zuneigung und Sorge. Sein Leben war ständig in Gefahr und wenn ihm irgendetwas zustoßen würde... schon bei dem Gedanken daran setzte ihr Herz aus.

War ihm eigentlich klar, wie wichtig er für sie war?

„Miss Trotter, hören Sie mit Ihren Tagträumen auf und kommen Sie her."

Überrascht starrte Lucy auf seinen Rücken. „Woher wussten Sie, dass ich es bin?"

„Ich wusste es einfach."

Sie stellte sich neben ihn und ahmte seine Pose nach. Das Wasser schimmerte grün und golden im Sonnenschein, ein paar Disteln und Löwenzahn kämpften etwas weiter hinten mit dem Wind.

Es war kalt, doch es war Frühling und die Verheißung des Sommers lag im Wind.

Sie beobachtete die zarten Grashalme und die zerbrechlichen Triebe, die sich in die Erde krallten und dort blieben, während der Wind versuchte, sie herauszureißen.

Sie verschränkte die Arme und ein Energiestoß durchfuhr sie. Sie konnte jetzt nicht aufgeben, da sie so kurz davor war. Sie musste sich Adair beweisen. Ansonsten sähe ihre Zukunft düster aus. Sie würde ein gewöhnliches Leben führen und eine langweilige Arbeit verrichten, einen Bauern heiraten, ein paar Kinder bekommen und voller Fragen ins Grab gehen.

Ihr Haar löste sich aus den Nadeln und peitschte wild um ihren Kopf.

Gewöhnlich. Das Wort störte sie.

Sie schob sich eine Strähne hinter ihr Ohr und wandte sich ihm zu. „Ein Hinweis. Nicht mehr."

Er warf ihr einen Blick zu. „Ah, dann denken Sie also, sie hätten den Fall gelöst?"

„Haben Sie ihn denn nicht gelöst?"

„Sie kennen mich gut."

Sie schüttelte den Kopf. „Niemand kann Sie verstehen, Mylord, aber ich glaube an Sie."

Er wandte den Blick ab. „Möchten Sie, dass ich alles beende?"

„Noch nicht. Ein Hinweis und ein Tag. Bitte, das ist alles,

worum ich Sie bitte. Der Herzog wird morgen hier sein und ich werde vorher wissen, wer Beazley getötet hat, das schwöre ich. Ich werde es herausfinden."

„Dem Mörder war es egal, wen er getötet hat. Er wollte beide Männer tot sehen."

„Was?"

„Beide Männer waren das Ziel, Miss Trotter, und das ist Ihr Hinweis."

Kapitel Vierunddreißig

Lucy

Lucy ging auf die Suche nach Elizabeth und fand sie im Musikzimmer, wo sie sich unter dem Klavier versteckte.

„Claybrook?, fragte Lucy und setzte sich auf ein staubiges Sofa.

Elizabeth nickte. „War er draußen?"

„Nein, du kannst jetzt rauskommen."

Elizabeth schlängelte sich aus ihrem Versteck und setzte sich verlegen neben sie.

„Ich habe mit Lord Adair gesprochen…"

„Und?", fiel Elizabeth ein.

Lucy zog ein Stück Obstkuchen heraus und begann, die Rosinen herauszupicken. „Vorher muss ich dir noch etwas sagen."

Elizabeth runzelte die Stirn. „Was ist los?"

„Ich wollte in dem Mord ermitteln, aber nicht, weil ich dachte, dass Lord Adair diese Aufgabe nicht gut lösen und den Mörder finden würde, sondern, weil ich ihm beweisen wollte, dass auch ich dieses Verbrechen aufklären könnte. Ich war schon einmal erfolgreich gewesen und sicher könnte ich es wieder sein und ihn davon überzeugen, dass ich eine Bereicherung wäre und er mich als seine Assistentin einsetzen könnte."

„Du willst Detektivin sein?", lachte Elizabeth. „Aber das ist Wahnsinn. Du bist eine Frau, Lucy."

„Ich wollte investigative Fähigkeiten erlernen und dann herausfinden, was mit meinen Eltern passiert ist."

„Oh."

„Ich darf jetzt nicht versagen. Nicht, nachdem ich so weit gekommen bin."

„Weiß Lord Adair, wer Beazley ermordet hat?", fragte Elizabeth.

Lucy zerdrückte eine Rosine zwischen ihren Fingerspitzen und nickte. „Und ich bat ihn, noch einen Tag zu warten, um die Wahrheit zu enthüllen. Es tut mir leid, ich weiß, wie schwer jeder Tag für dich gewesen ist. Ich weiß, wie besorgt du wegen Claybrook bist, und du wirst nicht eher ruhen, bis seine Unschuld bewiesen ist. Aber bitte, kann ich noch einen Tag haben?"

„Und wenn ich sagte, ich könnte es nicht mehr ertragen, zu warten?"

„Dann werde ich ihn bitten, die Wahrheit sofort zu enthüllen."

„Ich kann noch ein paar Stunden warten, Lucy. Das kann ich um unserer Freundschaft willen tun. Wir waren von Anfang an gemeinsam darin verwickelt. Ich werde dich jetzt nicht im Stich lassen."

Lucy sprang auf und schlang die Arme um sie. „Oh, ich bin so froh, dich gefunden zu haben. Du bist absolut wunderbar."

„Und du bist komplett verrückt. Wer in aller Welt sagt, er mag Obstkuchen und pickt dann das Obst heraus, bevor er ihn isst? Jetzt kleben überall an meinem Kleid Rosinen."

Mit neuer Energie setzte Lucy sich wieder hin. „Ich bin bereit, diese Mordangelegenheit wieder in Angriff zu nehmen. Also, was hat Lord Adair gesagt? Ah ja, er gab mir einen Hinweis. Er sagte, beide Männer wären das Ziel gewesen."

„Was? Welche Männer?"

„Lord Beazley und Lord Willoughby."

„Der Mörder wollte sie beide töten?"

„Ja."

„Das bedeutet, Lord Willoughby ist nicht der Mörder."

Lucy klatschte aufgeregt in die Hände. „Das stimmt. Und nachdem Gespräch mit Lady Willoughby heute Morgen ist mir noch etwas anderes klar geworden. Der Butler hat es auch nicht getan."

„Warum nicht?"

„Wenn er Lord Willoughby getötet hätte, dann hätte Lady Willoughby Claybrook geheiratet. Einmal verheiratet, wäre sie den Butler losgeworden, da sie weiß, dass Claybrook zu klug ist, um sich Hörner aufsetzen zu lassen. Daher ist es im Interesse des Butlers, Lord Willoughby am Leben zu lassen."

„Mary könnte es getan haben", sagte Elizabeth nachdenklich. „Denn, wenn Lady Willoughby Claybrook heiratet und der Butler entlassen wird, hat sie den größten Vorteil. Sie liebt ihn."

„Aber sie hat keine Motivation, Beazley zu töten und Adair sagte, der Mörder will beide Männer tot sehen."

„Die Köchin hätte auch nur so tun können, als wäre sie betrunken, denke ich, und uns vorgaukeln können, dass sie Beazley mochte."

Elizabeth griff sich an den Kopf. „Ich bekomme Kopfschmerzen."

„Was wir brauchen, ist eine Tasse Tee und eine ganze Menge Glück", sagte Lucy und stand auf.

Den Rest des Abends gingen sie noch einmal die Fakten durch und versuchten, sich auch wirklich an jede Information zu erinnern. Sie gingen im Zimmer auf und ab, lagen auf der Couch, saßen aufrecht und gekrümmt, aber egal, in welcher Position sich ihr Kopf befand, nichts Neues kam ans Licht.

Die letzten Sonnenstrahlen verschwanden am Horizont und stürzten sie in plötzliche Dunkelheit.

„Wir reden seit Stunden", sagte Elizabeth und zündete eine Kerze an.

„Und wir sind noch immer nicht näher an der Wahrheit."

„Ich denke, wir sollten etwas essen und dann zu Bett gehen. Vielleicht sind die Dinge am Morgen klarer."

∞∞∞

Lucy trottete mutlos in ihr Zimmer. Sie würde die Nacht damit verbringen müssen, im Bett zu liegen und ihr Gehirn nach Hinweisen zu durchforsten.

Sie griff nach dem Türknauf und ging hinein. Kurz darauf legte sich eine Hand auf ihren Mund und sie wurde gegen die Wand geworfen.

„Wie kannst du es wagen, diesen Mädchen zu schreiben und dich einzumischen, du kleines Luder!"

Lucy riss entsetzt die Augen auf, als die andere Hand des Butlers ihren Hals an die Wand drückte.

„Ich werde dich töten", wütete er leise. Er nahm seine Hand von ihrem Mund und riss den Rücken ihres Mieders auf. „Aber noch nicht jetzt."

Er schenkte ihr ein krankes Lächeln und musterte ihre Figur. Seine Absichten waren klar und ihr Entsetzen stieg an.

Plötzlich sank die Temperatur, die Fensterscheiben fingen an zu klappern und die Härchen auf ihren Armen stellten sich auf.

Ein unheimliches Heulen ertönte und der Butler runzelte die Stirn.

Lucys Herz machte einen hoffnungsvollen Satz. Sie kannte dieses Gefühl. Dieser seltsame Schreck und die Kälte... normalerweise bedeutete das, dass der Geist von Tante Sedley, deren Bruder in dem Haus gestorben war, in dem sie zuletzt gearbeitet hatte, eingetroffen war. Im Laufe der Ermittlung waren sie Freunde geworden, wenn man eine Beziehung zwischen einem Menschen und einem Geist so nennen konnte.

Und doch hatte sich Lucy gefragt, ob das alles nicht eine Wahnvorstellung gewesen war, als Tante Sedley verschwand und sagte, sie wolle heiraten. In Zeiten von Stress beschwor ihr Geist vielleicht Bilder herauf.

Kurz darauf bekam sie den Beweis, dass sie recht hatte,

als Tante Sedleys Kopf über dem Butler auftauchte und vor Wut explodierte, als sie die Hand des Butlers um ihren Hals sah.

„Die Kerze, Mädchen!", drängte der Geist von Tante Sedley, als sich die Rauchwolken wieder zu ihrer eleganten Gestalt zusammensetzten. „Nimm die Kerze."

„Beeilen Sie sich, Miss Trotter!" Lord Beazleys geisterhafter Kopf schwebte vor ihrem verschwommenen Sichtfeld. „Verbrennen Sie den verdammten Mann und laufen Sie weg."

Plötzlich erschien Spinoza zwischen Tante Sedley und Lord Beazleys Kopf. Er stieß ein lautes Krächzen aus und griff den Kopf des Butlers an.

Lucy wusste nicht, ob sie Halluzinationen hatte, aber anstatt Zeit zu verlieren und ihre Vision zu hinterfragen, tat sie, was ihr aufgetragen worden war. Sie streckte suchend die Hand aus, während Spinoza den Butler ablenkte, indem er begeistert auf seine Stirn pickte.

Bald berührten ihre Fingerspitzen die glatte Talgkerze, die auf der Kommode stand. In Windeseile zündete sie die Hose des Butlers an und in dem Augenblick, in dem er vor Schmerz kreischte, rannte sie weg.

In ihrem gehetzten Zustand fiel ihr nur ein Ort ein, an dem sie sicher war – das Musikzimmer.

Sie wusste nicht, warum sie an dieses Zimmer dachte. Vielleicht, weil sie dort den ganzen Vormittag mit Elizabeth verbracht hatte und es noch in ihren Gedanken präsent war.

Dort angekommen, kroch sie unter das Klavier und legte ihren Kopf auf den kalten Holzboden. Ihr Herz donnerte und ihr Atem ging in scharfen, flachen Stößen.

Suchte er sie? Würde er erraten, wo sie war?

Ihre Hand berührte ihren wunden Hals. Es tat weh, zu schlucken.

„Er ist wieder in seinem Zimmer und sitzt in einer Schüssel mit Wasser." Tante Sedleys Kopf war vor ihr aufgetaucht.

Sie schloss die Augen und versuchte, ihr erleichtertes

Schluchzen zu unterdrücken.

Die geisterhaften Erscheinungen starrten sie an. Lucy ignorierte sie und entschied sich, zu glauben, dass sie ihrer Vorstellung entsprangen.

Oder vielleicht war sie wirklich irre.

Nach gefühlten Stunden beruhigte sie sich und fühlte sich plötzlich erschöpft.

„Finden Sie meinen Mörder", flüsterte Beazley in ihr schläfriges Ohr.

„Haben Sie ihn denn nicht gesehen?", fragte Lucy schlaftrunken.

„Er hat mir in den Rücken geschossen, Dummkopf."

„Selber Dummkopf", gab sie mit schweren Augen zurück. Es wurde allmählich schwierig, zu denken.

„Ich muss gehen."

„Bleiben Sie ein wenig", bat sie. „Es ist warm im Zimmer und Ihre Anwesenheit macht alles herrlich kalt."

„Sie sind ja seltsam. Normalerweise fürchten sich die Leute vor der geisterhaften Kälte.

„Ich hab's dir doch gesagt", erwiderte Tante Sedley stolz. „Sie hat vor gar nichts Angst."

Stimmt nicht, wollte Lucy sagen, doch sie hatte nicht die Kraft dazu und schlief ein.

Kapitel Fünfunddreißig

Lucy

Lucy öffnete ihre Augen und sah, dass alles leuchtend und weiß aussah, als wäre sie gestorben und in einer Wolke steckengeblieben.

Sie brauchte eine Weile, um sich daran zu erinnern, dass sie unter einem Klavier geschlafen hatte, das mit einem weißen Tuch bedeckt war, daher das seltsame Licht. Der Schmerz an ihrem Hals brachte die Erinnerungen an die Ereignisse der letzten Nacht zurück und sie ballte die Fäuste und grub ihre Nägel in die Handflächen. Sie wollte sich an nichts davon erinnern.

Ein lautes Flüstern erschreckte sie. Jemand war im Zimmer. Sie wurde ruhig und versuchte, zu hören, was gesprochen wurde.

Der Geruch einer Zigarre erfüllte die Luft, eine von der teuren Sorte.

„Töten Sie ihn", raunte Lord Aston.

„Wir müssen warten", erwiderte der Hausdiener. „Adair muss erst abreisen."

„Mir läuft die Zeit davon", knurrte Lord Aston. „Ich bin vielleicht heute Abend tot und Sie könnten beschließen, den Plan nicht auszuführen. Es war schon schwer genug, Sie zu überreden, Beazley zu töten. Seit Sie dieses kleine Mädchen haben, sind Sie weich im Kopf geworden."

Lucy schnappte nach Luft, und dieses Geräusch hallte im Raum wider wie eine unheilverkündende Glocke.

Im Handumdrehen zog der Hausdiener das Tuch weg und zerrte Lucy unter dem Klavier hervor.

„Kein Wort“, drohte ihr Lord Aston.

Lucy schluckte und nickte hektisch. Trotz ihrer Angst arbeitete ihr Verstand wie wild. Lord Aston hatte vom Hausdiener verlangt, Beazley zu töten, und jetzt waren sie hinter Lord Willoughby her. Aber warum?

In diesem Augenblick kam Elizabeth herein. „Ich habe dich gesucht“, fing sie an, doch etwas in den Gesichtern um sie herum ließ sie innehalten.

„Das ist schade“, sagte Lord Aston und zog eine kleine Perlmuttpistole heraus, die in seinen alten, knotigen Händen seltsam weiblich aussah. „Aber es ist am besten so. Gehen Sie zu ihr“, er deutete auf Lucy.

„Sie hat nichts damit zu tun. Lassen Sie sie gehen“, krächzte Lucy.

„Sie ist klug“, sagte der Hausdiener, nahm Elizabeths Arm und zwang sie, sich neben Lucy zu stellen. „Wir dürfen nichts riskieren.“

„Was werden Sie tun?“, fragte Elizabeth und wurde bleich, als ihr die Wahrheit dämmerte.

„Sie töten“, erwiderte Lord Aston.

„Sie werden erwischt werden“, rief Lucy. „Lord Adair ist nur ein paar Zimmer entfernt und der Herzog kommt heute an.“

„Ich werde ihnen sagen, dass ich euch beide dabei erwischt habe, wie ihr besprochen habt, meinen Sohn zu töten. Als euch klar geworden ist, dass ich eure Geständnisse gehört habe, habt ihr mich angegriffen und ich habe euch beide in Notwehr erschossen.“

„Lord Adair wird Ihnen niemals glauben“, wandte Lucy ein.

„Er wird niemals glauben, dass ich geplant habe, meinen eigenen Sohn zu töten.“

„Was ist das?“ Die Tür öffnete sich und der Butler schritt

herein.

„Die Mädchen haben den Mord an meinem Sohn geplant“, sagte Lord Aston gereizt.

„Aber ich hörte Sie sagen, niemand würde glauben, dass *Sie* geplant haben, Ihren eigenen Sohn zu töten“, erwiderte der Butler gerissen.

Seufzend zerrte der Hausdiener den Butler neben die Mädchen.

„Was sollen wir mit ihm machen?“, fragte der Hausdiener, zog ein Halstuch aus seiner Tasche und fesselte dem Butler die Hände.

„Mit wem?“ Die Tür öffnete sich und Lady Willoughby schwebte herein. Beim Anblick des gefesselten Butlers und der Mädchen, die mit der Waffe bedroht wurden, öffnete sie ihren Mund, um zu schreien, doch der Hausdiener erwies sich einmal mehr als effizient. Schnell band er ein Taschentuch um ihren Mund und zwang sie, sich zu den anderen zu stellen.

„Ich könnte sie ebenso gut alle töten“, schimpfte Lord Aston. „Parasiten, der ganze Haufen. Ich verachte sie ohnehin. Ich hoffe, mein Sohn beschließt, sich auch zu uns zu gesellen, dann kann ich es selbst zu Ende bringen, Perris. Ich habe es satt, darauf zu warten, dass Sie es tun. Dann kann ich Miss Trotter die Waffe in die Hand drücken und vorgeben, sie wollte alle töten, weil sie eine wildgewordene Irre ist.“

Der Hausdiener zerrte Lady Willoughby nach vorne. „Wollen Sie mit ihr anfangen?“

Lord Aston zuckte die Schultern. „Ich denke schon, da ich sie am meisten verabscheue.“ Er hob die Waffe und zielte auf ihre Stirn.

„Ah!“ Der Hausdiener schlug sich mit der Hand an den Nacken. Seine Augen traten zurück, seine Knie knickten ein und er landete in einer todesähnlichen Ohnmacht auf dem Teppich.

Lucy spähte zu dem Mann und sah, dass ein winziger Pfeil seitlich in seinem Hals steckte.

Verwirrt wich Lord Aston zurück. Die Waffe zitterte in seiner Hand.

Lucy sah, dass Lord Adair über das Fensterbrett sprang. Seine Muskeln spannten sich unter seinem Morgengewand an, als er leichtfüßig wie ein Panther im Raum landete.

Die Sonne ging am Himmel auf und die Wolken tanzten. Sonnenschein strömte herein und tauchte die Musikinstrumente in weiches, goldenes Licht.

Der Butler rief um Hilfe und Elizabeth schrie.

Lucy sprang auf Lord Aston und fing an, mit ihm um die Waffe zu kämpfen.

Lord Adair ging auf den Butler zu, der ihn erleichtert anlächelte.

Lord Adair lächelte zurück und schlug ihm eine Geige an den Kopf. Der Butler ging mit klingenden Saiten zu Boden. Als nächstes drehte er den Gepardenkopf, öffnete ihn und enthüllte den Lauf einer Waffe. Damit zielte er auf Lord Aston. „Geben Sie ihr die Waffe, alter Mann", befahl er.

In diesem Augenblick stürmten Claybrook, die Dienstmädchen und die Köchin herein. „Wir hörten Schreie. Was ist los?"

Aston sprang auf und erwies sich überraschend stark für Lucy. Im darauffolgenden Gerangel wurde die Pistole auf Claybrook gerichtet, der mit offenen Mund in der Tür stand.

Elizabeth sprang in die Luft und landete in dem Augenblick vor Claybrook, in dem ein Schuss ertönte.

„Elizabeth!", heulte Claybrook. „Bist du verletzt?"

Sie starrte auf ihren Arm. Blut quoll auf ihren Musselinärmel und breitete sich aus. Sie fiel in Ohnmacht und er fing sie in seinen Armen auf.

„Genug!", blaffte Lord Adair, packte Lord Astons Handgelenk, drehte es und entriss ihm die Pistole. „Also, Claybrook, binden Sie den alten Mann fest. Was den Hausdiener betrifft, so habe ich ihm eine ordentliche Dosis verpasst. Er wird zweit Tage schlafen. Sperren Sie ihn in einem Dienstbotenzimmer ein, bis der Herzog eintrifft."

Claybrook blinzelte. „Was in aller Welt geht hier vor?"

Lord Willoughby taumelte mit einer Flasche Brandy ins

Zimmer. „Ein lauter Morgen“, lallte er.

Bei diesem Anblick wurde Lord Aston wütend. „Dussel! Warum bist du nicht früher hereingekommen? Dann hätte ich dich erschossen und alles wäre erledigt gewesen.“ Lord Aston drehte sich zu dem schlafenden Hausdiener. „Ich habe dir gesagt, du sollst ihn töten“, sagte er und trat ihn. „Wach auf, du Narr! Ich habe dir gesagt, du sollst ihn töten, und jetzt sieh ihn dir an. Schwankt in einem trunkenen Nebel herum und ertränkt den Reichtum unserer Familie in Brandy, Schnupftabak und Karten.“

„Was ist los?“, fragte Lord Willoughby und sah verblüfft aus. „Warum ist der Hausdiener auf dem Boden? Warum stöhnt der Butler?“

„In den Gesellschaftsraum“, befahl Lord Adair. „Ich werde alles erklären.“

Kapitel Sechsunddreißig

Lucy

Abermals war der Gesellschaftsraum voller Mitglieder des Haushalts. Der grässliche rosafarbene Raum schien vor Aufregung zu glänzen, als Lord Adair und Claybrook eintraten.

Claybrook ging direkt auf Elizabeth zu, die hinten im Zimmer auf einem Hartholzstuhl saß. Mit entschlossener Miene nahm er sie am Arm, führte sie zum Sofa und ignorierte ihre Proteste.

Zur Erleichterung aller hatte die Kugel Elizabeths Arm nur gestreift. Lucy war erfreut gewesen, zu sehen, dass Claybrook aussah, als wäre die Welt um seine stolzen Ohren untergegangen, als er Elizabeth bleich und regungslos auf dem Bett liegen sah. Sie konnte es nicht erwarten, ihn deshalb aufzuziehen.

Lucy lehnte lächelnd am Kaminsims. Sie gehörten zusammen, dachte sie gerührt. Wenn sie doch nur etwas tun könnte, damit die beiden das auch erkannten.

Überrascht richtete sie sich auf, als Lord Adair auf sie zukam. Er drehte dem Raum den Rücken zu und verdeckte seine Handlungen mit seinem breiten Rücken. Er streckte die Hand aus und fuhr mit einem Finger ihren Hals entlang.

Sie zuckte zusammen und schloss die Augen.

„Wer hat das getan?"

„Der Butler."

„Die Kleidung?“

„Er hat den Rücken z... zerrissen. Ich musste mich umziehen.“

Er nickte. „Das dachte ich mir.“

„Hat er? Geht es Ihnen gut?“

Sie errötete und wandte den Blick ab. „N... Nichts Schlimmeres als diesen Bluterguss. Ich entkam.“

„Hier“, sagte er und reichte ihr einen Tiegel mit Salbe. „Tragen Sie das auf, sobald Sie können.“

„Haben Sie ihm die Geige über den Kopf gezogen, weil Sie vermuteten, was passiert war?“

„Ich habe sie ihm übergezogen, wie Sie es so poetisch formulierten, weil mir danach war.“

„Danke für die Salbe.“

Er nickte und ging nach vorne in den Raum.

„Ich habe George gesagt, er solle Beazley töten.“ Lord Aston sprach, bevor Lord Adair es konnte.

Lord Willoughby sprang auf. „Und du wolltest mich auch töten? Deinen eigenen Sohn? Ich hörte, wie du es vorhin zugegeben hast.“

„Ach, setz dich hin, du wasserköpfiger Tölpel. Ich streite nichts ab. Ich wünschte, ich hätte dich am Tag deiner Geburt ertränkt. Du warst nichts als eine Schande.“

Lord Adair hob die Hand. „Bitte, zanken Sie sich später und lassen Sie mich den Anwesenden die Fakten erklären, bevor der Herzog eintrifft. Also, der Hausdiener, George Perris, hat Lord Beazley erschossen“, sagte er und seine Augen waren dabei auf Lucy gerichtet. „Als ich Lord Aston das erste Mal getroffen hatte, wusste ich, dass er dahinter steckte.“

„Wie?“, fragte Lucy überrascht.

„Als Sie mir sagten, was passiert war, musste ich mich ein paar Dinge fragen, Miss Trotter. Warum würde ein Gast beschließen, an einem kalten, verschneiten Morgen tief in einen Wald zu gehen? Jemand musste ihn herausgelockt haben, was bedeutete, dass der Betreffende wusste, mit wem er es zu tun hatte, unabhängig davon, wessen Kleidung er trug.“

Lucy runzelte nachdenklich die Stirn. „Und die Tatsache, dass der Hausdiener in gefunden hatte, war ebenfalls verdächtig. Er schleppte die Leiche nach Gopshall Manor und verkündete den Mord."

Lord Adair nickte anerkennend. „Ebenso wie Lord Beazley, welchen Grund könnte der Hausdiener gehabt haben, in den Wald zu gehen, und wie ist er zufällig auf die Leiche gestoßen? Das Waldgebiet ist groß und die Leiche lag tief darin."

„Ich bin ein Narr gewesen", sagte Lord Claybrook leise. „Die einzigen Fußspuren, die ich während meiner Ermittlungen fand, waren die von Lord Beazley und dem Hausdiener. Ich habe dem Mörder mehr zugetraut, als er verdiente. Ich dachte, er hätte es geschafft, seine Fußspuren irgendwie zu verwischen, obwohl er in Wahrheit nichts dergleichen getan hatte. Die Wahrheit war direkt vor mir und ich habe sie nicht gesehen."

„Als nächstes", fuhr Lord Adair fort, „fragte ich mich, ob der Hausdiener aus freien Stücken gehandelt hatte oder ob jemand anderes dahintersteckte. Und dann traf ich Lord Aston. Er saß im Salon, umgeben von drei lodernden Kaminen. Die Hitze war unerträglich und er trug nur seine Unterwäsche. Da fiel es mir auf. Weshalb hat ein Mann, der es verabscheut, Kleidung zu tragen, einen Hausdiener? Außerdem hätte er mühelos einen Lakaien einstellen können, um ihn herumzutragen, und das wäre auch noch günstiger gewesen."

Lord Aston seufzte. „Ich hatte nie eine Chance gegen Sie, nicht wahr, Adair? Ich hatte Perris gebeten, ein Auge auf Beazley und Willy zu haben. Ich wusste, dass sie spielten, und sobald ich erkannt hatte, wie hoch Willy verschuldet war, musste ich Beazley loswerden."

Lord Adair zog einen Zettel aus seiner Tasche. „Als ich in London war, erhielt ich diese Informationen. George Perris war Schneider in London gewesen. Er erwischte einen Mann, der seine Frau entführen wollte, und ermordete ihn in einem Wutanfall. Er sollte gehängt werden, als Lord Aston von ihm erfuhr und seine Freiheit erkaufte, indem er die Beamten bestach."

Aston nickte. „Er wusste etwas über Kleidung, da er Schneider in einem noblen Geschäft in Mayfair gewesen war. Er sah auch so aus, hatte das würdevolle Gebaren eines Dieners der Oberklasse. Ich bezahlte gut für seine Freiheit, kaufte die Zeugen und befreite ihn."

„Und dann haben Sie ihn erpresst, für Sie zu arbeiten", erwiderte Lord Adair.

„Das stimmt. Ein Wort von mir und er wäre wieder hinter Gittern gelandet und seine Familie wäre mittellos zurückgeblieben. Er musste tun, was ich sagte, aber ich habe ihn gut behandelt. Ich habe ihn angemessen bezahlt und seine Kinder zur Schule geschickt."

Lord Adair sagte kalt: „Sie haben Perris gezwungen, die Schuldscheine zu stehlen oder jeden zu töten, an den Willoughby seit Jahren ordentliche Summen verloren hatte."

Aston holte eine Zigarre hervor und zündete sie mit zitternden Händen an. „Ja, und dann sagte mir der Arzt, dass ich nicht mehr lange zu leben habe. Mir wurde klar, dass nach meinem Tod niemand da sein würde, um seine Fehler zu beseitigen. Es ist nur eine Frage der Zeit, bis Willy alles verspielt, vielleicht sogar den Titel. Mein Enkel, der kleine Johnny, wäre verarmt gewesen. Das durfte ich nicht zulassen."

„Du hättest ihm den Geldhahn zudrehen können", schimpfte Claybrook.

„Diese Frau ist gerissen." Er zeigte auf Lady Willoughby."Sie hätte einen Weg gefunden, an das Geld zu kommen. Vielleicht hätte sie mich für unzurechnungsfähig und mein Testament für ungültig erklärt, oder wer weiß, welchen neuen Plan sie ausgeheckt hätte. Sie ist verzweifelt und schlau. Wenn sie Richard schon einmal täuschen konnte, dann kann sie jeden täuschen. Nein, die einzige Möglichkeit, sicherzustellen, dass Richard den Titel und meinen ganzen Reichtum bekommt, war, ihn zu töten."

Claybrook sprang auf. „Ich will nichts davon. Es gehört William und wenn er alles verschwenden will, dann soll es so sein. Wie kannst du dein eigenes Kind so schrecklich behandeln?“

Aston schaute finster drein. „Er ist seit seiner Geburt nutzlos gewesen. Er jammerte, meckerte und stöhnte, nicht so wie du. Du hättest der Älteste sein sollen, nicht dieser wehleidige Spieler.“

Adair hob die Hand und Claybrook schloss den Mund und setzte sich. „Der Herzog ist ein guter Freund von dir“, bemerkte er.

Aston nickte. „Ich werde nicht hängen, aber der arme Perris schon.“

Und dann zog er eine Waffe aus seiner Tasche und schoss sich in den Kopf.

Kapitel Siebenunddreißig

Elizabeth

Elizabeth saß auf der Bank im Pavillon und starrte auf die Amor-Statue. Jemand hatte sie repariert und nun floss ein Wasserstrahl aus dem Gefäß, das er in der Hand hielt. Ihre Augen füllten sich mit Tränen. Es war das letzte Mal, dass sie Lucy und Claybrook sehen würde. Früh am nächsten Morgen würde sie abreisen, um ihre neue Stelle als Gesellschafterin einer alten Dame anzutreten.

Die Anschuldigungen, die Lügen und der Mord hatten ihr Leben mit so vielen Knoten gefüllt, und nun, da sie sich alle gelöst hatten, fühlte sie sich eher leer als erleichtert.

Sie erkannte, dass sie lieber wieder mit dem Chaos konfrontiert sein wollte, damit sie noch ein paar Tage mit Claybrook verbringen konnte. Das war ein ernüchternder Gedanke. Er zeigte ihr, wie tief und intensiv ihre Liebe zu ihm war.

Die Eisentür des Pavillons quietschte und sie sagte ohne aufzublicken: „Ich wusste, dass du kommen würdest. Heute ist unser letzter gemeinsamer Tag."

„Wirklich?", fragte eine männliche Stimme.

Sie sprang auf. „Mylord… Ich dachte, es wäre…"

Claybrook ging zu ihr. „Lucy, ich weiß. Sie hat mich hergeschickt. Sie sagte mir, Lord Adair wollte mich in einer ziemlich dringenden Angelegenheit sprechen."

„Er ist nicht hier."

„Das sehe ich."

Elizabeth schluckte und wich ein paar Schritte zurück. „Ich denke, ich werde sie suchen."

„Bleiben Sie."

„Ich kann nicht."

Er bewegte sich auf sie zu, langsam und vorsichtig, als wäre er ein Jäger, der sich einem scheuen Reh nähert.

„Elizabeth", sagte er und ergriff ihr Kinn. Er zwang sie, aufzublicken und ihr Gesicht zu zeigen. „Ich verstehe."

Sie brach in Tränen aus und seine Arme schlossen sich um sie.

„Sei ruhig", sagte er tröstend, zog ihre Haarnadeln heraus und fuhr mit seinen Fingern durch ihr Haar.

Sie verharrten eine Weile in der Umarmung, und dann fingen seine Finger an, auf ihrer Haut zu tanzen, leicht wie eine Feder, nicht mehr tröstend, sondern verstörend.

Ihr Brustkorb hob und senkte sich, ihr Atem ging schwer. Sie wurde sich seiner Hitze und ihrer Nähe bewusst. Seine Hände strichen sanft über ihren Rücken, seine rauen Stoppeln berührten ihre Wangen.

Sie konnte nicht anders, stellte sich auf Zehenspitzen und küsste seinen Hals.

Sein scharfes Einatmen ließ sie zurückzucken. Er packte ihren Ärmel und zog sie wieder in seine Arme. Der Stoff riss und entblößte ihre Schulter, aber keinen von beiden störte es.

Er senkte den Kopf und küsste sie.

„Ich liebe dich", hauchte sie an seinen Lippen.

„Oh, du meine Güte!", rief Lucy.

Elizabeth blickte über Claybrooks Schulter und erbleichte.

Lucy, Lord Adair, Lady und Lord Willoughby, die Köchin und der Butler standen da und gafften sie an.

„Wollten Sie mir das zeigen?", schnauzte Lady Willoughby Lucy an.

Lucy zuckte unschuldig die Achseln. „Ich dachte, ich hätte hier einen Eindringling gesehen. Stattdessen finden wir diese beiden in eiere sehr schockierenden und intimen Umarmung vor. Das ist ein Skandal. Die arme Miss Verney wird ruiniert sein, es sei denn, Lord Claybrook heiratet sie."

„Ich werde kein Wort sagen", erwiderte Lady Willoughby schnell. „Und er braucht jemanden wie sie nicht zu heiraten."

„Sie meinen, sie ist eine Dirne?", fragte Lucy und legte in gespielter Überraschung eine Hand an ihr Herz. „Wie konntest du, Lizzy? Ich dachte, du wärst ein braves Mädchen."

„Sie *ist* ein braves Mädchen", sagte Claybrook endlich. „Es ist nicht ihre Schuld."

„Sie haben sie ausgenutzt?", keuchte Lucy.

„Nein!", rief Claybrook.

„Claybrook ist ein Mann", schimpfte Lady Willoughby. „Er muss ganz einfach Dienstmädchen hinterherschnüffeln. Kein Grund für Heiraten und solche Dummheiten. Niemand hier wird ein Wort sagen. Wir werden so tun, als wäre das nie passiert."

„Ich werde nicht schweigen!", rief Lucy aufgebracht. „Ich kann nicht glauben, dass das Mädchen, dem ich vertraute, meine Freundin Miss Elizabeth Verney, eine ... eine Dirne ist."

Elizabeths Gesicht brannte. Sie konnte nicht verstehen, warum Lucy solche Dinge sagte.

Lucy verschränkte ihre Arme und funkelte Elizabeth wütend an. „Du bist ein Luder. Wie konntest du deine Familie vergessen? Und wenn sie es nun herausfinden? Dass du Du für Geld so tief sinken würdest, tss, tss. Ich bin schockiert von deinem Verhalten. Du hast mich getäuscht. Du bist eine Frau mit lockerer Tugend, eine Dame der Halbwelt und eine dumme Schlampe!"

„Sie ist nichts dergleichen!", brüllte Claybrook. „Sie ist eine wunderbare, ehrenhafte Frau."

„Ihre Ehre, Sir, ist verloren." Lucy schüttelte traurig den Kopf. „Es sei denn, Sie wollen sie wiederherstellen. Andernfalls werde ich allen erzählen, was ich gesehen habe und Miss Verney wird lebenslang ruiniert sein. Sie wird von der Gesellschaft geächtet werden. Sie wird in einer kleinen Hütte mitten im

Wald leben müssen und sich von Blättern und Beeren ernähren müssen und manchmal von Eichhörnchen. Vielleicht, wenn sie schnell ist, von einer saftigen Ente…"

„Sie brauchen mir nicht zu sagen, was ich zu tun habe, Miss Trotter", fauchte Claybrook. „Ich will sie heiraten. Ich liebe sie. Ich wusste in dem Augenblick, als sie angeschossen wurde, dass ich mich lieber dem Klatsch stellen als sie für immer verlieren möchte."

Lucy kicherte. „Ich denke, Sie brauchten einfach nur einen kleinen Stoß, um zu fragen. Sie haben zu lange gebraucht."

Elizabeth riss die Augen auf. Dann hatte Lucy das Ganze also inszeniert, um Claybrook dazu zu bringen, seine Gefühle zu gestehen. Sie schaute ihre Freundin wütend an. „Ich bin also ein Luder?"

Lucy lächelte. „Es hat funktioniert, nicht wahr?"

Claybrook zog Elizabeth wieder in seine Arme. „Du kannst später mit Lucy sprechen", sagte er und küsste sie abermals.

„Der Skandal", jammerte Lady Willoughby. „Er kann sie nicht heiraten!"

Lord Adair zuckte die Schultern. „Die Tatsache, dass Lord Aston während der letzten Jahre hinter steckte, wird überschatten, wen Claybrook heiratet."

Elizabeth schlang ihre Arme um Claybrook und blendete die restlichen Einwände aus. Wenn Lord Adair dieser Verbindung seinen Segen gab, dann war ihre Hochzeit unvermeidlich.

Claybrook lächelte an ihren Lippen, hob sie auf und trug sie zurück ins Haus, um mit ihr zu tun, was er wollte.

Sie tat ihr Bestes, um ihn zu ermutigen.

∞∞∞

Lucy

Lucy schritt im Pavillon auf und ab und wusste nicht, wohin sie gehen sollte. Der Mord war aufgeklärt, sie arbeitete nicht mehr für die Willoughbys, also hatte sie keinen Platz mehr in Gopshall Manor.

„Die Kutsche ist bereit", sagte Lord Adairs Hausdiener von der Tür aus.

Alle hatten sich ins Haus zurückgezogen, außer Lucy und Lord Adair. Sie hob ihre Hand und Spinoza schwebte herunter und landete auf ihrem Arm.

„Lord Adair", rief sie.

Er zögerte einen Augenblick, dann drehte er sich um und sah sie an.

„Glauben Sie wirklich, dass es niemanden kümmern wird, dass Claybrook Elizabeth heiratet?"

Lord Adair bedeutete ihr, ihm zu folgen. „Das tue ich. Obwohl ich nicht glaube, dass eine Ehe zwischen den beiden funktionieren wird. Sie ist eine Gouvernante, während er ein Aristokrat ist. Ich meine damit nicht, dass sie weniger würdig ist, sondern ich glaube, dass die unterschiedliche Erziehung ihr Glück beeinträchtigen wird."

„Ich glaube, sie werden glücklich sein."

„Ich habe Ausnahmen gesehen, die Fairweather-Schwestern, zum Beispiel. Aber nicht alle können so ein Glück haben. Ich glaube, Ehen sollten zwischen Menschen mit ähnlicher gesellschaftlicher Stellung vollzogen werden, ansonsten schleichen sich Unsicherheiten ein."

„Aber, Mylord, Frauen werden nicht als gleichrangig mit Männern angesehen. Wir sind minderwertige Wesen und die Bildung, die wir bekommen, ist nicht dieselbe."

„Das ist blanker Unsinn. Ich glaube, dass Männer und Frauen von Geburt an gleich sind, aber es ist die Erziehung und Bildung, die sie unterscheidet und die einen mächtiger macht als die anderen. Und für eine funktionierende Beziehung ist Gleichheit im Denken und Status notwendig. Ich habe zahlreiche Männer gesehen, die Anerkennung für Dinge beansprucht haben, die von ihren Ehefrauen oder Töchtern geleistet wurden, und das ist eine Schande."

Sie wollte nicht mit ihm streiten, deshalb wechselte sie

das Thema. „Mylord, ich habe herausgefunden, wer der Mörder ist."

„Durch reines Glück."

„Ich habe schon zweimal Glück gehabt. Vielleicht sollten Sie mich in der Nähe behalten, damit mein Glück nicht auf jemand anderen abfärbt."

„Ich habe noch nie ein hartnäckigeres und stureres Wesen gesehen."

„Bitte", sagte sie und klimperte mit ihren Wimpern. „Werden Sie mir beibringen, wie man einen Mann niederschlägt und erschießt?"

Sie erreichten die Kutsche und er wandte sich ihr zu. „Sie erinnern mich an eine zarte Pusteblume oder ein ausgehungertes Kaninchen-Baby." Er musterte ihr Gesicht, seine Augen waren aufmerksam und wissend.

„Ein gutes Essen kann das in Ordnung bringen."

„Eine seltene Art, die es geschafft hat, das Waisenhaus zu überleben und hier kaum Narben hat", sagte er und fuhr über ihre Stirn.

„Ich verstehe nicht."

„Ihre Haltung ist fröhlich geblieben, obwohl Ihre Erlebnisse traumatisch gewesen sind. Selbst in schwierigen Zeiten suchen Sie nach Freude und Spaß. Glück ist Ihnen wichtiger als alles andere.

„Ähm."

„Jedes andere Mädchen in Ihrer Lage hätte mich gebeten, einen Mann für sie zu finden. Sie bitten mich stattdessen, ihnen beizubringen, wie man einen Mann erschießt."

„Ich..."

Er hob die Hand. „Sie reisen quer durch England, mitten in einem Schneesturm und riskieren dabei Ihr Leben, und das nur, weil Sie es nicht leiden können, eines Verbrechens beschuldigt zu werden, das Sie nicht begangen haben. Es hat Ihnen nichts ausgemacht, Ihr Leben zu riskieren, solange Ihr Name frei von jeglichen Verfehlungen blieb. Es war nicht die Schlinge, sondern der Gedanke, Ihre Selbstachtung zu verlieren, der Ihnen Angst gemacht hat. Ihr Name ist Ihnen wichtig, Miss Trotter, denn er ist alles, was Sie haben."

Ihre Augen weiteten sich, während er sprach. Er verstand sie besser als sie sich selbst kannte. Eine seltsame Angst kroch in ihr hoch, während sie ihn anschaute. Sie wusste nicht genau, ob es ihr gefiel, dass er sie so leicht deuten konnte.

Seine Augen wurden weich. „Sie bitten nie um Hilfe. Sie springen mit beiden Füßen hinein und versuchen, alles selbst zu machen, egal, wie gefährlich die Situation auch ist. Eine unausgebildete Person mit Ihrem Naturell wird sicher früh sterben."

Ihre Augen leuchteten auf. Sagte er das, was sie dachte?

Was sagte er denn eigentlich?

Sie runzelte die Stirn.

„Sie bringen mich zum Lachen, Miss Trotter. Also, für meine Unterhaltung und Ihre Sicherheit, werde ich sie ausbilden. Gerade genug, damit Sie bis zu einem reifen Alter überleben."

„I...Ich kann keine Almosen annehmen. Kann ich Sie irgendwie bezahlen? Vielleicht Ihre Köchin oder Ihr Dienstmädchen sein?"

„Sie können meine Haushälterin sein. Sobald Sie ausgebildet und bereit sind, werde ich Sie wieder in die Welt entlassen."

Sie sprang in die Kutsche, noch bevor er zu Ende gesprochen hatte. „Auf nach Lockwood!", rief sie und hüpfte auf den Sitz.

„Ihr Gepäck", sagte er ihr, „wird in der anderen Kutsche folgen."

Sie lächelte ihn an. „Lord Adair, Sie sind wunderbar."

Er errötete bei dem Kompliment.

„Ich wollte Sie noch eine letzte, winzig kleine Kleinigkeit fragen", sagte sie. „Ich verspreche, danach zu schweigen wie eine gute Haushälterin."

„Was denn?"

Sie berührte den Bluterguss an ihrem Hals und ihre

Augen wurden verhangen. Der Schreck war noch frisch in ihrem Gedächtnis und sie wusste, dass es lange dauern würde, bevor sie wieder friedlich schlafen konnte. „Ich mache mir Sorgen wegen des Butlers. Ich werde vor ihm sicher sein, aber was ist mit anderen? Sie versprachen, ihm eine Lektion zu erteilen, wenn er einer Frau noch einmal Schaden zufügte. Und er hat versucht, mich zu töten. Werden Sie ihn bestrafen?"

Er tätschelte ihre Hand. „Darum habe ich mich gekümmert."

„Wie?"

Er legte seinen Kopf an die Lehne des weichen Ledersitzes und schloss die Augen. Und gerade, als sie gedacht hatte, er sei eingeschlafen, sagte er: „Ich habe seinen Tee vergiftet, Miss Trotter. Er wird spätestens morgen Früh tot sein."

Ende

WEITERE BÜCHER DER AUTORIN

Regency Romantic comedy
Penelope
Seeking Philbert Woodbead
Dorothy
Regency Mystery
Wicked Wager
Murder At Rudhall Manor
Fantasy Novella
Ever After
Regency Romantic comedy
Penelope
Seeking Philbert Woodbead
Regency Mystery
Wicked Wager
Murder At Rudhall Manor
Contemporary Romantic Comedy
Love Muffin And Chai Latte
Fantasy
Meara
Destined

BÜCHER IN DEUTSCHER SPRACHE

Mord auf Rudhall Manor
Tod eines Aristokraten

[SW1]In chapter 2, it says Lord Willoughby has five children so I stuck to it here.

[SW2]Here, I took the liberty to change „guests“ to „residents“ because there are mainly family members at Gopshall

[SW3]On page 265 of the original, it says she’s wearing a green, red silk robe so I stuck to that.

About The Author

Anya Wylde

Anya Wylde lebt in Irland zusammen mit ihrem Mann und einem fetten französischen Pudel (jetzt auf Diät). Sie kann ein durchschnittliches Curry kochen, und ihre Vorstellung von Sport besteht im gelegentlichen Strecken ihrer Zehen. Sie hat einen Abschluss in Englischer Literatur und liebt es, zu lesen und zu schreiben. Verbinde dich mit Anya auf Facebook, Twitter, Pinterest oder Google+, um über zukünftige Veröffentlichungen informiert zu werden. Webseite: www.anyawylde.com

Printed in Poland
by Amazon Fulfillment
Poland Sp. z o.o., Wrocław

31578418R00143